肖亦农◎著

第六届鲁迅文学奖获奖作品

毛乌素 绿色传奇

远方出版社

图书在版编目(CIP)数据

毛乌素绿色传奇/肖亦农著.—呼和浩特 : 远方出版社, 2012.3（2023.7重印）
ISBN 978-7-80723-677-1

Ⅰ.①毛… Ⅱ.①肖… Ⅲ.①报告文学—中国—当代 Ⅳ.①I25

中国版本图书馆CIP数据核字(2012)第046882号

毛乌素绿色传奇
MAOWUSU LÜSE CHUANQI

作　　者	肖亦农	
责任编辑	苏那嘎　王松年	
封面设计	晓　乔	
版式设计	韩　芳	
出版发行	远方出版社	
社　　址	呼和浩特市乌兰察布东路666号　邮编 010010	
电　　话	（0471）2236473 总编室　2236460 发行部	
经　　销	新华书店	
印　　刷	呼和浩特市圣堂彩印有限责任公司	
开　　本	710毫米×1000毫米　1/16	
字　　数	210千	
印　　张	16.5	
版　　次	2012年3月第1版	
印　　次	2023年7月第4次印刷	
印　　数	65 001—65 500册	
标准书号	ISBN 978-7-80723-677-1	
定　　价	38.00元	

目 录

毛乌素沙漠的秋天好喧闹

　　深秋的毛乌素沙漠天高云淡，不由得让人思绪幽远。驱车行驶在黑油油的沙漠公路上，放眼望去，覆盖沙丘的草浪已经呈现了姜黄，草尖上沾扑着薄薄的白霜。在浓郁的秋色中，大片大片绿得发黑、油亮的沙地柏像是给毛乌素沙漠铺上了一层厚厚的绿色绒毡，无边无际。樟子松、油松透着青绿，昂首挺立在飒飒的秋风之中。株株柳树、白杨树满身金黄、彤红，在高高的蓝天下彰显着难以言状的华贵与雍容。云朵般的畜群自由出没在黄中透绿的茫茫草浪里。秋意深深的毛乌素沙漠就像一幅连绵不断、绚丽多彩的俄罗斯油画展现在我的眼前。

　　霜降一到，草木停止生长，在鄂尔多斯乌审沙漠实施的禁牧措施有了松动。这对于马牛羊来说，无疑是个解放。牧人们打开了棚圈的门，将关了一个春夏的马牛羊全部赶进了毛乌素沙漠和草原上。饱尝禁牧之苦的马牛羊像被大赦的囚犯一样自由狂欢，或抖颈长嘶，或扬蹄狂奔，或悠闲踱步，或不断亲吻着渐显枯萎的牧草。秋风掠过，草浪翻动，畜群就像五彩的云朵，飘浮在遥远的天边……

　　在2011年深秋，我终于见到了传说中的"天苍苍，野茫茫，风吹草低见牛羊"的景象。

　　这不禁让人泪眼婆娑。自弱冠出塞，我已经在鄂尔多斯高原整整生活了41年。现在，行进在草浪起伏的毛乌素沙漠上，我不时地问自己：你何时见过这般让人心醉的草原？这还是你的第二故乡吗？过去的毛乌素沙漠是个什么样子呀？也许人们已经记不起它的旧日容颜了。

　　毛乌素沙漠又称毛乌素沙地、鄂尔多斯沙地，在乌审旗境内的部分又称
乌审沙漠。它在鄂尔多斯高原的面积就达3万余平方公里。它南临明长城，
盘踞在鄂尔多斯的南部地区以及陕北榆林市的安边、定边、靖边、神木等县
的部分地区。这些地区曾是鄂尔多斯蒙古族乌审部落的游牧地。乌审沙漠是
我国沙尘暴的主要源头之一。人们说它是"一年一场风，从春刮到冬"。

　　我从踏上鄂尔多斯高原那天就知道，乌审沙漠是贫穷的代名词。当时
人们戏称伊克昭盟（鄂尔多斯市的前身）是"十二等盟市"（意即在内蒙古
自治区12个盟市中排名末位）。在自治区各种会议上走不到人前的是伊克昭
盟的各级当家人。而当时在伊克昭盟各旗县中，经济排名倒数一二位的乌审
旗，更是贫穷中的贫穷。

　　乌审沙漠穷啊，老、少、边、贫它占了个全。

　　那时，诙谐幽默的人们在山曲中自嘲地唱道：

　　　　河南乡的后生要不起，

　　　　揣上两颗山药蛋打伙计。

　　现在想想这两句山曲，那是何等的无奈和尴尬，乌审沙漠竟然贫穷出了
滑稽。

　　记得在20世纪80年代末，我陪《十月》杂志副主编张守仁先生及夫人陈
恪女士去乌审旗巴图湾采风，遇到大雨，被困在毛乌素沙漠里。那里前不着
村，后不着店，雨哗哗地下，我们被搞得泥一身水一身。幸好碰到了一个热
心的骑摩托车的乡邮递员，他把我们带到了乌审旗图克苏木的一个牧户家。
那家住的是柳笆子搭的茅屋，不大的地方挤满了被困在路上的人。我们想找
口吃的，可那家的粮食已经用光了，善良、好客的蒙古族大婶只得一碗一碗

地给我们上着砖茶。最后还是那位乡邮递员冒雨跑出去，不知从什么地方弄回来了一些煮鸡蛋，守仁和夫人算是勉强充了饥。那天夜里，我们就在牧人家的大土炕上挤了一宿。我记得那条大土炕上挤了男女老少十几口，而这家的主人在何处栖身却不得而知了。

我给守仁解释，没想到在旱得生烟的大沙漠也能碰上暴雨。守仁说："这有什么，就当体验生活了。咱们这趟毛乌素沙漠之行，你一定能写一部好中篇小说，写好了我给你发。"守仁这番鼓励，使我的心里酸酸的。我想，生活过成了小说，那就不是生活了。

现在谈起鄂尔多斯和毛乌素沙漠的生态建设，许多专家、学者都爱引用这么一段流传在鄂尔多斯高原上的顺口溜作总结："50年代风吹草低见牛羊，60年代滥垦乱牧闹开荒，70年代沙逼人退无处藏，80年代人沙对峙互不让，90年代人进沙退变模样，新世纪产业链上做文章……"

苍黄的沙漠是鄂尔多斯的底色。它在我的记忆中就是无穷尽的风沙。人们开玩笑说："鄂尔多斯的鸡蛋里都带着沙子。"至于顺口溜中讲的"50年代风吹草低见牛羊"，我是不大相信的。因为在200多年前，清人无名氏就曾填过这样一首描述鄂尔多斯自然风貌的词："鄂尔多斯天尽头，穷山秃而陡，四月柳条抽。一阵黄风，不分昏与昼。因此上，快把那万紫千红一笔勾。"

这"一笔勾"去，鄂尔多斯真的没有了万紫千红。沙逼人走，荒漠覆良田，春夏秋冬都是满目枯黄。毛乌素沙漠和库布其沙漠这两条黄龙在鄂尔多斯翻滚、搅动了上千年，扬起的沙尘甚至漂洋过海，搅得四邻不安。21世纪初，我接待过一位日本环保女作家，她是专程来采访毛乌素沙漠的。她告诉我，毛乌素沙漠的沙尘已经飘浮到了日本。她希望能给她安排一间带独立卫生间的房间，可我找遍了乌审旗的招待所，竟然找不到一间带卫生间的标准间。在伊克昭盟的首府东胜（今鄂尔多斯市东胜区）倒是有带卫生间的标间，可惜自来水龙头不出水，我只得让服务员给她找了个大塑料桶装水。

初夏时分，这位女作家还戴着一只大口罩，是用来过滤沙尘的。她一路上不时地用湿巾擦脸，说她的皮肤受不了干燥的气候，需要不时补水。采风途中，她要方便，我们开车走了好久，才在一个小村子边上找到一个厕所。她匆匆地跑进，然后青头紫脸地跑出，脸涨得就像一个熟茄子，蹲在地上，张着嘴哇哇地干呕着。稍停一下，她连连摇着头说：“太可怕了，太可怕了！”

我知道她见到了什么，乌审旗农村路边厕所的肮脏程度完全可以想象。我惭愧地背过脸去，听着她怪声怪气地哇哇叫，感觉就像有人用针扎着我的耳鼓。这个东洋女人弯腰呕吐的一幕像烙铁一样烙在了我的脑海里，只要想起就心颤。

多年来，我一直在想，我们的毛乌素沙漠何时才能实现现代化呢？何时才能旧貌换新颜呢？难道我们只能向世界展示我们的原始和落后吗？难道只能成为人们猎奇的对象吗？生活在这里的人们何时才能有人的高贵和尊严？

一路上，往事不断涌现在脑海中。我正沉浸在思绪里，司机忽然发出一声惊叫，吓了我一跳。我定睛一看，只见一片黑糊糊的影子嗖嗖地闪过我的眼帘，就像冲我迎面扑来一样，不禁有些心悸。司机说：“路边草丛里野鸡太多了，差点把我的挡风玻璃撞烂。你看，那海子里是天鹅吧？那么多啊！”

果然，在路的南边有一片蓝汪汪的水面。当地的蒙古人管湖叫“淖尔”或“海子”。海子上浮着大片大片的鸟儿，几乎把水面都遮蔽住了，远远传来一片嘎哇的鸣叫声。仔细看去，海子里确实有许多白天鹅游来游去。我知道这是南迁的鸟儿暂时停在毛乌素沙漠中这个无名的海子里做休整，待攒足气力，就振翅南飞了。蓝天上，一排排大雁嘎嘎鸣叫着飞过。天上地下鸟儿的喧闹，让我不禁想起了一段往事。

2009年春天，我和刘庆邦先生受美国埃斯比基金会的邀请，在大洋彼岸的一座海边别墅里开始为期一个多月的写作。这座别墅面朝波涛翻滚的维多利亚海湾，四周是密不透风的黑森林，房前屋后的绿地上不时出现野麋鹿、浣熊的身影。每天清晨，都是栖息在大杉树上的小松鼠用欢快的鸣唱将我从睡梦中唤醒。在黑幽幽的林间小路散步，不时能看到画着熊头的木牌挂在树上，提醒人们这里有灰熊出没。当地人告诉我们，森林中的灰熊从不伤害人，因为森林中有足够的浆果和树叶供灰熊吃，它们很少光顾人类的生活区。

我客居的这个美国西部小镇叫奥斯特维拉，翻译过来就叫"牡蛎"。这个海湾盛产牡蛎，海岸上堆着一堆堆小山似的牡蛎壳，在阳光下闪着白花花的银光。风儿吹来，尽是大海浓郁的腥湿气。这个小镇上有个女人叫蒂奥，人长得胖乎乎的，脸蛋红润润的，眉宇之间洋溢着火辣辣的美国热情。我们是在镇上的小教堂里认识的。她听说我们是从中国来的作家，便盛情地邀请我们去她家做客。第二天傍晚，基金会的翻译冬梅女士便把我和刘庆邦拉到了蒂奥的家。那是一幢乡间别墅，门前挂着一只小铜牌，上面写着建筑年代。冬梅告诉我们，这幢别墅大概是在林肯那个年代修建的，差不多和美国的历史一样长。

庆邦感慨地说："美国历史是年轻的，生态环境却是古老的。"

蒂奥和一个颇有风度的女人在门口迎接我们。这女人叫巴巴拉，是埃斯比基金会最早的创始人。看来蒂奥做了精心准备，请来了这位重量级的人物。我们喝着红酒，夸赞着蒂奥的厨艺。她听着，一脸的兴奋。餐间，蒂奥告诉我们，她只是农闲期间才回到这个海边别墅度假，平时住在俄勒冈州的乡村农场。她的乡间农场有20多亩土地及一幢房子，种着菜蔬，还养着许多牛羊。原来蒂奥是个"地主婆"，一个非常善良可亲的"地主婆"。她骄傲地告诉我们，她有4个儿子、1个女儿，最小的儿子刚刚4岁。

我们不停地与蒂奥和巴巴拉干杯，表示我们的谢意。用完餐，蒂奥约我们共同看了一个电视专题片，是关于气候变暖的。片中，北极的冰雪在融化，海平面在升高……最后是一只小北极熊趴在一块浮冰上，无助地漂向灰蒙蒙的大海……

蒂奥泪眼婆娑地讲，希望全世界的作家关注生态、关注环保。我告诉她，这是我们的责任，我刚完成一部描述治理鄂尔多斯沙漠的报告文学。

巴巴拉说她要为我们讲述一个《明天的寓言》。

我们要鼓掌欢迎，巴巴拉却优雅地摆手制止了我们。她呷了口红酒，抑扬顿挫地吟诵开了：

"从前，在美国中部有一个城镇，这里的一切生物与周围的环境很和谐。这个城镇坐落在像棋盘般排列整齐的繁荣的农场中央，周围是庄稼地，小山下果树成林。春天，繁花像白色的云朵点缀在绿色的原野上；秋天，透过松林的屏风，橡树、枫树和白桦闪射出火焰般的彩色光辉，狐狸在小山上叫着，小鹿静悄悄地穿过笼罩着秋天晨雾的原野……"

冬梅告诉我们，这是在美国家喻户晓的《寂静的春天》一书的开篇。在《明天的寓言》中，一切都开始变化，疾病袭击了畜群、人类，到处都是死神的幽灵；苹果树开花了，但没有蜜蜂嗡嗡飞来……一种奇怪的寂静笼罩了这个地方。这是一个没有声息的春天。这儿的清晨曾经荡漾着乌鸦、鹈鸟、鸽子、樫鸟、鹪鹩的合唱以及其他鸟鸣的音浪，而现在一切声音都没有了，只有一片寂静……

《明天的寓言》的叙述者是美国的蕾切尔·卡逊。她在20世纪60年代创作的《寂静的春天》在美国的影响可以与斯托夫人描绘黑人奴隶生活的小说

《汤姆叔叔的小屋》相媲美。这两部伟大的著作都改变了美国社会。斯托夫人把人们熟知的问题、公众舆论的焦点作为小说的主要内容，加速了废除奴隶制的进程；相反，卡逊发出了一个任何人都很难看得见的危险信号，从而把环境问题提上国家议事日程。

《寂静的春天》犹如旷野中的一声呐喊，敲响了人类将因为破坏环境而受到大自然惩罚的警世钟。正是有了《寂静的春天》，才有了联合国的"世界地球日"。《寂静的春天》吹响了现代环境保护运动的第一声号角，被誉为"世界环境保护运动的里程碑"。卡逊也被美国《时代周刊》评选为20世纪最有影响力的100个人物之一。

巴巴拉说，卡逊是她永远的偶像，是美国妇女的骄傲。蒂奥说，卡逊虽离我们远去了，但我们都爱她。

对卡逊我了解得很少，我只知道她是个生物学家、科普作家，同时也是身患绝症的环保斗士。她与能给工业寡头带来巨大利润的杀虫农药DDT展开了不屈的斗争，生前饱受质疑和围攻。我们这个年龄段的人都挨过DDT的熏。人们使用它时都要戴几层口罩，结果虫子杀死了，人也被熏晕了。DDT让发明它的科学家获得了诺贝尔化学奖，但它也许是全球使用寿命最短的农业杀虫剂，这与卡逊的不屈抗争有关。

巴巴拉说："在这个世界，我们还能听到鸟儿的歌唱，人类应该感谢卡逊。"

那个晚上，我也给巴巴拉和蒂奥讲了一个中国的绿色传奇。在20世纪50年代末期，在中国的毛乌素沙漠里，有一位叫宝日勒岱的中国妇女。她带领全村的村民在大沙漠里植树种草十几年，保住了自己的家园。她在大沙漠上创造的种树植草方法，引起了联合国治理荒漠化组织的高度重视，将其在世界范围内推广。在毛乌素沙漠腹地，还有一位叫殷玉珍的中国妇女。她独自在大沙漠中植树种草20多年，绿化了她家附近的6万余亩荒沙。2006年，世界妇女组织提名殷玉珍为诺贝尔和平奖的候选人。

蒂奥和巴巴拉惊异地看着我，好像我在讲一个神话。我告诉她们，我送给基金会的一部书中，就有记述这两位中国妇女事迹的章节。冬梅答应一定会将这些章节翻译成英文送给蒂奥和巴巴拉，她俩兴奋地叫了起来。我说："卡逊、宝日勒岱、殷玉珍是全人类的骄傲。保护我们赖以生存的地球，是我们义不容辞的职责。优秀的作家和学者都应该是地球的代言人。"

当时，巴巴拉冲我们鞠了一躬。

想到这里，我不禁泪蒙蒙的。

我没有想到，在毛乌素沙漠一个无名的海子里，竟然汇集了这么多的鸟儿。卡逊《明天的寓言》里的那一幕在毛乌素是没有上演的机会了。尽管我在毛乌素沙漠生活、工作了多年，可仍然会碰到那么多的"想不到"。不光是我，就连在乌审沙漠林业战线工作了大半生的林业专家吴兆军也和我一样有许多的"想不到"。20世纪80年代，吴兆军刚从伊克昭盟农牧业学校林学专业毕业，就被分到乌审旗林业局工作。他清楚地记得当时的旗林业局就在被沙漠包围着的两排平房里。沙路绵延，骑着自行车是进不了旗林业局院内的，需要推着、扛着自行车进去。吴兆军当时22岁，身材挺拔，长着一头浓密乌黑的好头发，浑身洋溢着青春的朝气和与沙漠一搏的雄心壮志。就是在这被沙漠重重围困的全旗林业工作的最高指挥机关里，吴兆军开始了自己的林业和治沙生涯。他27岁担任旗林业局局长，在这个岗位上工作了20多年，后又在鄂尔多斯市林业局担任副局长。参加工作30多年来，他几乎没有离开过林业和治沙工作。他主持的一些治沙项目曾获内蒙古自治区"科学技术进步奖"一等奖和"国家科学技术进步奖"二等奖。谈到这个林业专家，乌审人都说："毛乌素沙漠绿化了，吴兆军的头发沙化了。"

2011年深秋的一天，我和吴兆军交谈了一个下午。他说，30年来，他是眼见着毛乌素沙漠从城市退出，从乌审草原退出。人们在几十年驱赶沙漠的进程中发展着城市，绿化着乡村、牧区。他是眼见着农牧民由"扒肥皮"种地、过度放牧变为绿色的耕耘者和建设者。他说起老一辈的治沙英雄谷起祥、宝日勒岱和现在的殷玉珍、乌云斯庆等，如数家珍。我说我想听听他的事迹，他摸着自己稀疏的头发说："我真没有什么好说的。"我看看他的头发，说："你头上的沙化程度要比传说中的好一些。"吴兆军不禁哈哈大笑。谈起毛乌素沙漠的植被恢复，他感慨道："毛乌素沙漠几乎全是人工绿化的，乌审人流了多少汗水啊！"

这个秋天，万紫千红回到了毛乌素沙漠，回到了鄂尔多斯高原。现在，乌审旗这个坐落在毛乌素沙漠中的现代化城镇，已经被国家有关部门认定为首家"中国人居环境示范城镇"和"中国绿色名县"。而这一切，离那个东洋女人弯着腰嗷嗷怪叫着呕吐的时候，仅仅过去了8年。

短短8年，乌审沙漠为什么发生了天翻地覆的变化？我带着这些"为什么"，走进了乌审大地和毛乌素沙漠。我想知道，乌审旗这个工业化、城镇化强力推进的"绿色名县"是如何走出"寂静的春天"的。

也许只有融入毛乌素沙漠，亲耳聆听它从远古走向现代的铿锵节律，亲眼目睹一座座沙丘的悄然消失，你才会懂得什么叫心灵的震撼。只有俯下身子感受毛乌素沙漠的巨大变化，追索其背后的原因，你才会知道，是10万乌审儿女用生命、汗水以及丰富的想象力、卓越的创造力，还有渴求现代美好生活的激情，书写了毛乌素沙漠的绿色传奇！

我要记录这部绿色传奇。我要向广大读者解读毛乌素沙漠的前世今生，告诉读者一个陌生而又熟悉的毛乌素沙漠，一个真实而又灵动的毛乌素沙漠……

第一章

苍鹰盘绕的灰沙梁呀，那是我的家乡

一、毛乌素、黄河与无定河

600多年前的一个夏天，一群鄂尔多斯蒙古族乌审部落的游牧人驱赶着如云锦般绚丽的羊群、牛群、马群穿行在像大海一样的茫茫沙漠之中。他们在沙漠中艰难跋涉了多日，已是人困马乏，干渴难耐。头上的太阳火辣，脚下的沙子滚烫，一群探头探脑的蜥蜴不时表演着单爪撑身的高难技艺，倒换着快要被热沙子烫熟的爪子。死寂的沙丘，一堆堆干枯的草枝，散落的白骨，无不散发着死亡的气息。

牧人们爬上一座高高的沙梁，寻找希望中的那片诱人的绿色。他们四处眺望着，天穹下，仍是望不到边的莽莽黄沙，一个个月牙状的沙丘相连，像滚滚波浪涌向天边。他们惊恐地思忖：水源和草地在哪里呢？难道我们真的陷入了死亡之海？恐怖悄悄袭上人们的心头。于是，他们跪下来，默默地祈求着"长生天"……

几只小春羔围着一个老额吉凄凄地叫着。老额吉额头上的缕缕头发带着白色的汗碱，粘着黄沙。她艰难地从马背上解下一只几乎干瘪的盛水的皮囊，要给小羊羔饮水。旁人劝阻她，说："沙海无尽头，这可是您老人家的活命水。"老额吉木然地拔下皮囊的塞盖，喃喃地说："羊命也是命哇！"小羊羔们吮吸着水，快活地摇动着小尾巴。老额吉眯缝起眼睛，舔着干裂得渗着血丝的嘴唇。

趴在沙梁上吐着舌头呼呼喘气的几只牧羊犬耸动着鼻子，像是嗅到了什么，激动得连颈毛都乍了起来，汪汪地吠叫不止，然后像箭矢一样飞速地射进了苍黄的天地里。

老额吉睁开眼睛，脸上漾开笑纹。牧人们都看到了希望。他们知道狗鼻子灵，它们一定是嗅到了飘浮在苍茫大漠上的丝丝水汽……

终于，牧人们走进了一片沙漠绿洲，眼前是一片没有尽头的茵茵草滩，还有一泓碧水，波光潋滟。顿时人欢马嘶，羊蹿牛奔，刹那间，这泓碧水被旱伤了的人们、畜群扑腾得珠玉乱溅，水花四射。人们喝够了水，才发现这水稍有些涩，并且滑溜溜的，都摇头称其"毛乌素"，意即不好的水。老额吉告诉人们，不好的水总比没有水好。

众人点头道："马儿跑的地方少弯，老人说的话没错。"于是，这群游牧人在这里定居下来。绿色的草滩上散布着毡包，像云朵飘落，像白莲花盛开。

从此，这个地方有了自己的名字：毛乌素。

这是我所知道的关于毛乌素沙漠名称来源的传说。毛乌素沙漠究竟有多大呢？我只知道它是我国的四大沙地之一，横亘在鄂尔多斯高原南部、陕西省榆林市的北部和宁夏盐池县的东北部，面积有4.2万平方公里。我这人对数字有点晕，觉得数万平方公里的大沙漠已经是大得不敢让人想象。我从青年时期就生活在毛乌素沙漠里，感到毛乌素沙漠就像一个巨大的迷宫，不管你走出多远，只要抬头，毛乌素沙漠就会赫然出现在你的眼前，就像在你头顶永远飘浮的一团云朵……

现在，陕西省靖边县海则滩乡还有一个叫毛乌素的小村落。这个有着蒙古名字的小村，一定与鄂尔多斯乌审部落的游牧生活有关。不知这个叫毛乌素的小村中，那汪不好的水还在不在？

其实，毛乌素沙漠中湖淖星罗棋布，大小河流有数十条。其中有条著名的河，叫无定河，顾名思义，即河流无固定的河道。河水在毛乌素沙漠和陕北高原左冲右突，百转千折，就像一群纠集在一起的野马，呼啸翻腾，浊浪滔天。

因为处于农耕文化和游牧文化的碰撞前沿，无定河才在冷兵器时代有了特殊的战略地位。古代，无定河两岸是金戈铁马、刀光剑影的战场。生性散淡、爱好游历的晚唐诗人陈陶曾在这厮杀声不退的无定河边徜徉，看着战死士兵的累累白骨，念及苍生，胸中顿生悲悯，发出了"可怜无定河边骨，犹是春闺梦里人"的感慨，成为代代传诵的千古名句。无定河正是因为有了文学的滋养，才在人们的心中变得灵动与不朽。蒙古语称无定河为"萨拉乌苏"，意即黄水。其实无定河是黄河的一条支流，发源于陕北定边、靖边、吴起三县交界的白于山，流经鄂尔多斯市乌审旗，再入陕西榆林、米脂、绥德等县，至清涧县汇入黄河。流域面积为3000多平方公里，大多是被毛乌素沙漠覆盖的黄沙地。无定河在秦汉以前称奢延河；南北朝时期称夏水、朔方水；唐代因其水势汹涌，卷土含沙，河床无定而得现名。蒙古人称其为"小黄河"。而黄河被蒙古人称为"哈屯高勒"，翻译过来即是"夫人河"。这是因为成吉思汗病逝在西征路上，他的一名爱妃悲伤至极，投身黄河为她忠心爱戴的圣主殉情。蒙古人为纪念这位忠贞不渝的夫人，便将黄河称为"夫人河"。40多年来，我千百次地走过黄河，每次看到这涌动的滔滔水浪，都会想起这个凄婉的爱情传说，我的心也会伴随着传说在河水中翻滚……

数万年来，黄河亲吻着鄂尔多斯高原和黄土高原。其支流无定河拍击着毛乌素沙漠，奔流的轰隆声响彻在空旷的荒野上。河水带走了鄂尔多斯高原和黄土高原丰腴的泥土，在黄河中下游形成了冲积平原，成为数亿中华儿女繁衍生息的家园，而被黄河环抱的鄂尔多斯高原却变得千疮百孔、支离破碎。尤其是生活在毛乌素沙漠中的鄂尔多斯人，世代被沙所累，世代贫穷。

一项比毛乌素沙漠还重的穷帽子，鄂尔多斯人戴了几百年。

穷到啥程度？一件破皮袍子四季穿，冬天毛朝里，夏天毛朝外，夜里还能当被子。有的人家，女人一洗衣服就出不了门了，因为没有换洗的衣服。要是在这时候家里进了生人，那情景，不说也想得出……

那时在鄂尔多斯乌审旗流传着这样一首歌谣：

> 出门一片黄沙梁，
>
> 一家几只黑山羊。
>
> 穿的烂皮袄，
>
> 住的柳笆房。

这是20世纪70年代毛乌素沙区百姓生活的真实写照。

我正是在70年代末走进毛乌素沙漠的。

二、我的毛乌素沙漠往事之一

1977年底，我们这支屯垦在黄河南岸库布其沙漠的军垦部队，终于落下了"人沙大战"的帷幕。先是领着我们向沙漠进军的解放军干部撤了，后来从劳改农场补充进来教我们生产技术的地方干部也走了，几百人的连队眨眼间就只剩下二三十人，被沙漠困围的营房里只有我们这些军垦队伍中的"残渣余孽"。哥们儿姐们儿都说："咱这回可成了姥姥不亲、舅舅不爱的倒霉蛋了。"

无所事事的哥们儿姐们儿做着一些可笑的事情，譬如拆营房门窗、木料，扒连队砖瓦，数着堆儿跟附近老乡换鸡换肉吃。反正我们不拆，也得让沙漠压塌。盟里下了决心，要将我们这些兵团战士在全盟范围内就地安置，为此，还成立了专门的领导小组。领导关心我们，征求我们对安置的意见，我们几乎是异口同声地说："随便，只要离开这鬼地方就好。"

那时，真像鄂尔多斯山曲里唱的：

> 没家的哥哥沙蓬草，
>
> 哪搭儿挂住哪搭儿好。

我们终于走了。望着那一片废墟般的营房和被沙漠吞噬的农田、灌渠，我哭了。想想刚来沙漠时，我们的军垦部队是何等的雄壮。那时，我们摆出与沙漠决一死战的架势。我所在的北京军区内蒙古生产建设兵团，沿着黄河两岸一下子屯了整整4个师，足足有10万人。出工时，我们全部穿着绿军装，扛着锹头，在解放军干部的带领下，举着红旗，高唱战歌，向库布其沙漠、乌兰布和沙漠开战。我们一次次向毛主席发誓：要用青春和汗水把沙漠来浇灌，誓让沙漠披上崭新的绿装。

我们睡马圈，我们啃黑豆，我们挖灌渠，我们平黄沙。几年下来，我们的确在沙漠里开辟出了绿洲，种上了庄稼，而且收获了庄稼。我所在的连队还被评为全兵团的"军垦大寨"，各个师、团，甚至其他军区生产建设兵团的领导都率干部、战士一批批来我们连参观。好长时间，我们连队的任务就是挥着小红书："欢迎欢迎！热烈欢迎！"

据说我们生产的小麦每斤成本已经达到5元钱，可以说是当时世界上成本最高的粮食。但我们不算经济账，只算政治账。我们心炼红了，人长胖了，脸晒黑了，扎根边疆的决心更大了，反修意识提高了，革命意志更坚定了。我们是向沙漠进军的人们，我们是一支不可战胜的队伍……

两年下来，我们发现沙漠并没有退缩一步，我们开辟出来的绿洲就像沙海中落了几片树叶，沙漠这个怪物只要喘口气就能把它吹跑。我登上高高的沙山，纵目一看，才知我们的绿洲是何等的渺小，在绿洲上忙碌的哥们儿姐们儿就像在我脚下爬来爬去的蜥蜴。

每当渺小感袭来的时候，我就冲着东流的黄河放声朗读一些诗句，像王维的"大漠孤烟直，长河落日圆"，李贺的"大漠沙如雪，燕山月似钩"，高适的"大漠风沙里，长城雨雪边"，杜甫的"一去紫台连朔漠，独留青冢向黄昏"，白居易的"昼伏宵行经大漠，云阴月黑风沙恶"，王昌龄的"大漠风尘日色昏，红旗半卷出辕门"，岑参的"君不见，走马川行雪海边，平沙莽莽黄入天"，齐己的"草上孤城白，沙翻大漠黄"，崔融的"漠漠边尘飞众鸟，昏昏朔气聚群羊"，等等。

我站在沙山上，纵情地冒着傻气。好像背背这些古诗，想想出塞的前人，会给我壮些胆，以排遣心中的孤独和胆怯……实际上许多哥们儿姐们儿那时和我一样，心中还是有点畏惧沙漠。

数十年来，每想到这些往事，我的眼睛就会湿润。在那"人沙大战"的岁月里，我们的确从沙漠得到了收获。为了冬季取暖和平时的生火做饭，我们掏沙蒿，砍沙柳，活剥沙漠好不容易长出的星点绿色皮毛。那时我们不知道沙漠也是有感觉的，也会疼的。鄂尔多斯的山曲曾经这样唱道：

> 房前的沙蒿你不要掏，
>
> 这是咱二人的隐身草。

屋后的沙柳你不要砍,

这是咱二人的好遮拦。

当时我们只知道这是不健康的乡间野调,根本不懂得它的生态意义和人文意义。我们不光把房前屋后的沙蒿、沙柳掏光、砍光了,还跑到大沙漠深处去掏去砍,为此,有位哥们儿永远消失在沙漠里。

秋天时,只轻轻刮了几场小风,细沙就动了起来,刷刷地像河水一样朝我们新开垦的良田海子漫了过来,而且在我们新建的营区前一点点堆积。当春天开河风起时,沙尘就会乘风而来,淹没沟渠,吞没田地。那时我们高呼着毛主席语录,下定决心,不怕牺牲,昂然迎战,挥锹驱沙……

人沙大战8年,结果沙漠是越战越勇,越战越疯,甚至堵门叫板,我们却连招架之力都没有了。最后,偌大的兵团撤编解散,10万人马各回各家。我好像与沙漠结下了不解之缘,从黄河南岸的库布其沙漠一路风尘地来到了无定河北岸的毛乌素沙漠。

当时,有个绰号叫"四眼"的北京兵,是老高中生,特爱看书,古今中外没他不知道的。因他戴着一幅深度的近视眼镜,所以落了这么个绰号。那时,他已经考上了区内的一所大专。他怕毕业以后留在内蒙古,正犹豫着上不上大专。

"四眼"对我说:"兄弟,你要去的毛乌素沙漠更不是东西,凶恶地连明长城都给吞了。从明朝万历年起,朝廷最耗钱的费用就是'扒沙',把国库的一大半都给用了,急得万历皇帝和大臣们脸都是绿的。内忧外患,哪个窟窿不得拿银子填呀!"

我问他啥叫"扒沙"。

"四眼"告诉我："当时毛乌素沙漠南移，直扑长城。这叫'飞沙为堆，高及城堞'，守边士兵为了保住长城，只得动员长城内的百姓无休无止地扒沙。要是不扒沙呢，沙子就让风吹得和长城一般平了，那就'虏骑出入，如履平地'了。"

"四眼"还断言："小子，我告诉你吧，大明王朝不是被李自成推翻的，而是被毛乌素沙漠压塌的！"

这是我听到的关于毛乌素沙漠的最骇人听闻的说法。

"命运啊，把我带向远方，带向远方啊，到处流浪……"

这次，我是哼唱着那支让人感伤的《拉兹之歌》，走进毛乌素沙漠腹地一个公路养护道班的。与我同命相连的400多名战友，也像被农妇在黄沙地里点山药籽一样，被撒点在了穿越大漠梁峁间的数千里公路线上。

我所在的道班是一个小四合院，清一色的青砖，十分抢眼地伫立在这条沙漠公路的北侧。盖房的青砖十分考究，比我们在兵团时自己烧的红砖要强得多。我一打听，原来这些青砖是前些年"破四旧"时扒召庙拆下来的旧砖。那时，这条穿沙公路车流量不是很大，嗡嗡的汽车马达声时断时续。路两边除了湿洼洼的草地，就是高耸的沙丘。公路积沙处，道班建设了许多沙柳路段，以保证沙漠公路的畅通，甚至连排水的涵管也是将沙柳捆绑为筒状做成的。

小院后面还有一块十余亩大的副食地。

这一切（公路、道班、副食地）都是道班工人十几年来移走一座座沙丘建设起来的。那块被道班工人视为眼珠子和命根子的副食地，为他们提供免费的白菜、山药蛋、糜米。可好日子没过几年，沙子压过来了，而且越积越高，成了沙梁。后面是绵绵不断的由无数沙梁组成的后续部队。不时有沙子悄悄钻过人们用沙柳笆子扎起的几道屏障，像怪兽一样吞吃着我们的菜地。

道班工人也像士兵出操一样，每天天不亮就起来清沙，几乎天天都是沙尘飞扬……

道班有十几个养护工人，每天除了早上给副食地清沙，就是用更多的时间清理公路上的积沙，人人灰头土脸的，就像钻在沙里的土拨鼠一样。及时处理沙阻是我们养路工人的主要工作。要是因为沙阻断了路，道班的电话就会响个不停，接着就是各级领导下达的立即抢通的命令。这条黏土公路是乌审旗连接盟府的唯一通道，这条路断了，乌审旗就会成为一个孤岛。

公路两侧种植着一些行道树，这是养路工人经过十几年的辛苦管护才养活的。可以说，我目力所及的方圆几十公里范围内也就有这几行树。行道树大多是柳树，树杆常常刷些生石灰和牲口血，以防止牲口啃咬。

毛乌素沙漠中有许多下湿地、寸草滩。我们道班与乌审旗图克公社的交界处有一汪水淖，它的南面是一片泛着白碱的寸草滩，脚踩上去，会叭叭地溅起水来。牛、羊和马就出没在这片寸草滩上。

道班班长老杨告诉我，他们十几年前修这条公路时，这片草滩上的草长得老高，都能没住牛羊。"现在呢？"他苦笑起来，"都能看见老鼠的脊背了。这到底是咋日怪的？'文化大革命'闹的？"

地势较高的梁地上，散落着乌审旗的几个牧户。他们住的全是沙柳笆子搭起的泥巴茅屋，经过风雨的侵蚀，有些泥巴已经脱落，露出扎捆的已经发乌发黑的柳笆子。家家门前都竖着苏鲁锭和砖砌的祭台，我知道，这是鄂尔多斯蒙古人家特有的标志。沙湾子里的下湿地散住着一些农户，住的大多是切草坯堆起的干打垒小屋，连泥巴都不糊。沙湾里零零星星地散布着农田。后来，我才知道他们都是陕北过来"倒山种"的汉人。所谓"倒山种"，就是在沙漠里寻找些下湿地开小片荒，种上几年，土地沙化了，再去找块下湿地开垦。

星期天或雨休时，我总爱到这些农牧户家里转一转，或买些鸡蛋，或用衣物换只鸡，更多的是喝碗茶聊聊天，积累些生活经验。这里民风淳厚，人们待客热情，让我受用无穷。这里的农牧户差不多一样穷，除了一张大炕，家中几乎没有任何陈设。蒙古族人家炕上铺条旧毡，汉族人家炕上铺块油布。相比较，我感到蒙古族人家的被褥堆放得整齐一些，屋子也收拾得干净些，而汉族人家养的半大猪总哼哼着拱门进屋，在屋子里转来转去的，把屋子里搞得乱七八糟。

一个星期天，我去一家从未去过的农户，到了门前，看见门虚掩着，门旁的干柳条垛上铺着几件还在滴水的衣服。我断定家里一定有人，便一边喊着"有人吗"一边推门走了进去。屋内响起一声尖叫，把我吓了一跳。我依稀看到这家的女主人靠在水缸前，抓住一块菜板挡在胸前。屋内虽昏暗，我还是看到她赤裸的大腿。我吓得慌忙退出了屋，连连说着："对不起，我……我是想买一些鸡蛋……"

我感到无比尴尬，急忙掉头往回走。快步走了一程，听见她在背后喊我，我便止住脚步。我觉得应该为刚才的尴尬事儿道歉。她穿着湿漉漉的衣服追上了我，手里还捧着几颗鸡蛋。看来，她是急切地想做成这笔买卖。她说她家有两只下蛋的鸡，并且答应以后下的蛋都给我留着。当时供销社收鸡蛋，1斤还不到3毛钱；民间交易价是不论大小，一律5分钱1颗。她给了我6颗鸡蛋，我给了她1元钱。她为难地说："我没钱找你……"我捧起鸡蛋就走，没有勇气再看她身上的湿衣服。她在后面喊："你这后生是道班新来的吧？我认识你们那儿的杨老汉……等有了零钱我给你送去。"我感到鼻子酸酸的，没有想到这里的农户会穷得一个女人家连替换的衣服都没有。

我还见过这个生产队的队长，30多岁的汉子，穿着一条化肥袋子改的裤子，屁股蛋子上还印着"尿素"二字。脚下蹬双烂解放鞋，两颗黑脚豆子露在外边。更让人惊讶的是，身上竟然还披着一件毛朝外的皮袄。老杨说他："天热了，捂蛆呀？快脱了上炕。"他说："我这不是见人嘛！"

原来这皮袄是他见人时穿的衣裳。

队长找老杨是想向道班借10元钱，把公社给队里的返销粮买些回来。"有些人家实在是揭不开锅了。"见老杨有些犹豫，队长着急地说，"我这次说话算话，收了秋给道班还上。"

老杨又抽了一袋子烟，才叫来道班的会计玉彪，答应借给队长6元钱。队长千恩万谢地告别了老杨，跟着玉彪走了。

我原以为像我这样的知青才是天下少有的穷光蛋、可怜虫，可真正落进了这大沙窝里，我才知道，在这方圆百十里我竟是个数得上的富主儿。不说周边的农牧户，就是在道班，除了我和老杨是国家正式职工，每月能挣个50多元外，其余的人都是农村代表工。

当时国家养护省级以下公路实行民工建勤制度，要求每个村子都要派人来参加公路养护。到公路上当代表工是个肥差，农村青年就像招兵一样争抢着来，因为当代表工除了在队上挣工分外，每天还有3角钱的固定补助。因此，道班的代表工都不愿意过星期天，怕没了3角钱的补助。他们家里都靠着这每月十几元钱过日子哩。说起他们在队上的工分，更是可怜，每个整工也就三五分钱，有的还倒分红，就是说，谁出的工多，分红时欠队上的钱就越多。

代表工们的梦想就是能转正。老杨十几年前就是个代表工，前些年刚转正，所以老杨是他们的楷模。老杨当时50岁出头，道班上的人都尊称他为"杨拜老"。蒙古人称结拜兄弟为"拜什"，称人"拜老"就是对父辈人的尊称。我也入乡随俗，称老杨为"杨拜老"。

"杨拜老"挺关照我，让我当道班半脱产的文书，顺便再照看一下路上的行道树。"我也是瞎起官名呢，咱道班上有啥文书？你呢，想上路就提锹上路转转，活动活动腰肢。"他叮嘱我，"不想上路呢就在屋里看书写字。现在世道不一样了，你后生以后得多看书多写字。你是'大学生'，别把老师教的学问落下。"

"杨拜老"说一句，我点头应一句，就像听慈父训话。

三、我的毛乌素沙漠往事之二

有一天，一辆装满干草去乌审召的汽车拐进道班。我问司机这是咋回事。司机说水箱开锅了，实在走不成了。我帮着司机从井里提水，往水箱里加。司机挺高兴，爽快地答应了我要他带我去乌审召看一看的要求。我高兴极了。我早就有这个愿望：我这个"军垦大寨"的代表应该去拜会一下毛乌素沙漠里的"牧区大寨"。

司机告诉我："车楼子里人满了，你得到车上面猫着了。"

我说我知道，我早已经看见驾驶楼里坐着一个抱孩子的小媳妇。说着，我就攀住车帮往高高的草垛上爬。司机又叫住我，让我带一把铁锹。他说出车时忘带铁锹了，滚沙子的杠子倒是带了。那时，司机出门都得备好杠子、铁锹，车轮子陷在沙子里时好往车轮下面塞杠子，用铁锹扒沙子。我找了把铁锹，司机接过来，塞在了车厢下的木杠子旁。

我爬上了高高的草垛，在草垛窝里躺下了。车一摇一晃地在沙漠里穿行，我迷迷糊糊地在草窝里睡着了。蒙眬中我觉得车停下了，哼哼了一阵，又轰隆着加大油门。我知道这是汽车要冲沙窝子了，就暗暗地为车加油。

结果，车还是陷在沙窝里了。司机停了车，抽出铁锹，弯着腰扒车轮下的沙子。我忙爬出草窝。毛乌素沙漠起大风了，硬硬的沙子打得我眼睛都睁不开。我试着站起，差点让大风掀倒，于是急忙蹲下，手脚并用地爬下汽车。

司机已经掏清了一个前车轮子周边的沙子。我从司机手里接过锹，钻到车下，侧着身掏另一个车轮周围的沙子。我出了一身臭汗，总算把陷住大半个车轮子的沙子掏没了。司机也没闲着，钻在车下用手掏挡住弓子板的沙子。我从车底爬出，觉得风沙刮得更大更猛了。

司机发动车，一踩油门，车轰地从沙窝里蹿了出来。他探头对我说："车顶上风太大，你也挤进这驾驶楼里吧！"

我挤进驾驶楼，小媳妇把孩子抱进怀里，给我让了地方，还说："这风刮得邪乎，都夏天了，天老爷，咋有这么大的风沙？"

车顶风走着，行得艰难，狂风裹胁着沙粒叭叭地打在车身上，响个不停，孩子吓得直哭。小媳妇哄着孩子，说："不怕，有叔叔们哩。"

司机沮丧地说："这回完了，戗风躲躲就好了。这下车头被打成了白片，回去补漆又得挨队长的骂。"

车过图克滩时，风更大更烈了，似乎要把车掀翻。原来这里是乌审草原的一片好草地，现在咋给搅成了一团黄糯子？天色也由暗红变得发乌。我透过车窗玻璃，隐约看见正西边好像聚集着一团又一团黑乎乎的东西。我正要认真观察时，忽听驾驶楼子顶哐地发出一声闷响，像是有什么东西砸了下来，瞬间，一个黑物儿划出一个弧形，摔在了车前面。

司机一个急刹车，吓白了脸，说："糟了，我……我把人撞飞了！"

小媳妇也吓得尖叫一声。我看看头上的车顶子，已经塌陷了一块，觉得惊奇：人咋从天上掉下来了？我让司机下去看看，司机说他动不了了。我拧车把手要下去，小媳妇揪住我说："我怕死人，我今年逢九哩！"

"逢九"我懂。这小媳妇今年应是虚岁27岁了，按当地的习俗，逢九的人有个避讳，就是躲开红白事。我让小媳妇闭上眼睛，自己拧开车门下了车。沙粒打在脸上，生疼，我捂着脸，弯着腰顶风跑到车头前一看，只见路上躺着一个血肉模糊的、毛茸茸的物儿。我小心地凑前辨认，才看出是一只连肠子肚子都摔出的沙狐。我感到一阵恶心，急忙上车。只见司机头趴在方向盘上，像是不行了。

小孩子叫道："司机叔叔尿下了。"

果然，刹车闸前湿了一大片。我推着司机说："没事，是一只沙狐，不是人。"

司机这才抬起头来，咧着嘴，我真的看不出他是哭还是笑。

小媳妇忽然失声哭叫起来："你看看，鬼打墙了！鬼打墙了！"

我抬头一看，西面原来那一团团黑乎乎的东西聚成一道黑墙，像千军万马，排山倒海般从西面草地上正正地向我们压了过来。

司机惊叫起来："起黑暴了！快下车，趴进公路边沟里！"

司机把孩子抱进怀里，我把小媳妇拖下车，我们几乎是滚进了路边的排水沟里。司机觉得还不保险，又让我们往前边的一道排水涵管里爬。风太硬，我觉得自己的头发都快被巨风拔下来了。那道涵管太小，大人进不去，只得把小孩子一个人放了进去。小媳妇把头伸进涵管里，双手紧紧抓住哭喊不止的小孩子，一个劲儿说："妈在，不怕，不怕。"

黑暴过来了，一刹那天地全黑了。我和司机手拉着手趴在沟里，头紧紧地贴在地上。狂风扫过，我觉得都要被风抓起来抛出去了。图克滩上一时山呼海啸，地覆天翻……

不知过了多久，外面的动静才渐渐小了下来。我们动了动身子，竟然都快被沙子埋住了。我和司机站起来，赶紧将小媳妇和孩子拖出涵管。他们也是满身尘土，好在人平安。我们都躲过了这场骇人的黑暴。司机再看他的车，傻眼了，车已经滚出公路十几米远，草包被抛了一草滩。我们跑到车前，只见汽车前脸的漆全被沙粒打掉了，露出白生生的铁皮……

我感谢司机的机智，他让我们躲过了这场骇人的黑暴，但乌审召肯定是去不成了。小媳妇抱着孩子与我们道别，说她有一家亲戚，就住在前面滩里，她要去亲戚家了。小媳妇说着就抱着孩子姗姗而去。司机说他得到图克公社打电话给队长报丧去。图克滩离我们道班至少有50里路。看来，我只得回道班了。我和司机拥抱告别，然后顺着公路徒步往回返。因为公路被沙子埋住了，我分辨不出标志，差点迷路。回到道班时，已经是夜里12点了。

"杨拜老"还给我留着饭。他焦急地说："我让玉彪他们几个去路上接了你几次。黑暴怕人不？"我一面吃饭，一面点头。"杨拜老"告诉我："咱道班的羊让黑暴卷走了两只，一只被沙埋死了，光从死羊身上就抖落下20多斤沙来。这羊才多重，连骨头算上才不足20斤，还有压不死的？"

我说了我的历险记，"杨拜老"说："明早喝杂碎，晚上炖羊肉，咱吃好了，得好好清几天沙。"

过了几天，我才从广播中听到毛乌素沙漠发生了几十年未遇的沙尘暴。"沙尘暴"这名字我还是第一次听说，感到挺有冲击力。这场沙尘暴使得大小牲畜损失了上千只，人也有死亡和失踪的。在兵团时，我们只是领略了沙漠的皮毛。那时我们只是驻扎在库布其沙漠的边缘和黄河北岸的沙滩地上，而这次我是在毛乌素沙漠的腹地，算是真正见识了沙漠之威。我庆幸自己躲过了沙老虎的利爪。沙狐够狡猾的吧，可面对疾速而来的沙暴，连躲回地洞的机会都没有，嗖地就被卷上了天，又重重地摔在地上……

那几天收工回来，人们都在议论着路边那些农牧户，说有的被沙子堵住门，有的被沙子埋住后山墙。热心的"杨拜老"不仅要领着工人们铲公路上的积沙，有时还得为路边的乡亲们解除沙害危难。

一天晚饭后，"杨拜老"要我跟他去路北的老米家转转，说有要紧的事。我跟他去了。走进米家的沙湾子，他家的小花狗都叫起来了，"杨拜老"才告诉我："咱道班的玉彪看上了米家的女子。米家女子高中毕业两年了。玉彪央求咱俩去跟米家说说。"

玉彪是道班少有的高中生，兼着道班的会计，平时开小四轮，是老杨的左膀右臂，人长得也周正。"杨拜老"还想报工区提他当副班长呢。

我对"杨拜老"说："我去能干什么呢？"

"杨拜老"告诉我："米家多少有些顾虑，担心玉彪转不了正，你去给人家说说代表工的光明前程。"

我说："我哪有那个本事！你来个现身说法就行了。"

"杨拜老"说："瞎说！我是全区劳动模范，旗里特批转正的。玉彪就是能当全区劳模也得熬到我这把年纪，到时四月八都误了！现在中央要搞改革开放，你去给他们讲讲大政策。生产队都闹包产了，代表工能不改革？"

当时我们道班驻地的生产大队正在闹包产到户，田分了，牲畜分了。听说社员们把大队部都拆了分了，有的还要拆拖拉机当废铁卖了再分，都惊动了公社派出所。的确，伊克昭盟悄然刮起的包产到户风对临近的省区都有影响。我去离我们道班不远的外省的一个乡里赶集，就看见墙上刷着这样一条标语："三级核算好，顶住伊盟单干风！"

我跟"杨拜老"到了米家。米家女子为我们倒茶时，我看了她一眼，的确长得可以，玉彪眼光不错。"杨拜老"夸玉彪后生能干，有前程，保不定接他这个班长的班哩。他还应承，一定给大队说说，争取早点让米家女子当上大队的代课老师。

米家老汉气哼哼地说："大队食堂都拆了，我女子去那儿喝西北风呀？大队每月才给代课老师补4块钱，还不一定能保证哩！我女子去那挨刀哇？"

米家婆姨听不下去了，说："这灰老汉咋说话呢？"

米家老汉说："我这说的是实话哩！老杨，你给兄弟说说，我哪搭儿说的不是实话？"

"杨拜老"没话说了，一个劲给我使眼色。于是，我旁征博引，从十一届三中全会说到邓小平深圳南行，由芦新华的伤痕说到包产到户，最后对米家老汉说："我看代表工体制也得改革，玉彪转正是早晚的事情。"

米家老汉有些死心眼，瞪着大眼问我："究竟哪年能转？"

我说："快了。"

他还是直直地问："快了是哪年？"

我让米家老汉问住了。

"杨拜老"打圆场说："这后生又不是旗革委会的主任，哪能说得清楚？明天我去旗里开会，再打听打听代表工转正的事情。"

米家老汉说："那就等你打听准了，咱们再定。"

回道班的路上，"杨拜老"对我说："玉彪这事悬乎，咱还得下下工夫。"

后来米家姑娘嫁给了路南边老白家的后生。白家我去过几次，见过那后生。和他爹一样，他也有一手绘画的手艺。农忙时开荒种地；农闲时，爷俩走村串户，专给农户、牧家画炕围子，在铺炕的油布上画些山水花草什么的。白家父子也算是半拉匠人，钱虽不多，但总能见到。那时，毛乌素沙区的农牧户常常见到现钱的人家不多，米家选中白家后生也在常理之中。米家姑娘出嫁后，玉彪纠结了好几天。

"杨拜老"劝他说："过些天，我再给你瞅个更好的，米家甚眼光！沙子都爬上白画匠家的后山墙了，也不见他有个收拾，这是过日子的？等着刮野鬼吧！"

果然，又起了几场昏天黑地的沙暴，沙子还真的爬上了白家的房顶，压裂了后山墙。这天，我们在梁上出工清沙阻，远远看到白家的人扒了房子门窗，正往一辆毛驴车上装。白家后生赶着毛驴车上了公路，后面跟着他的父母和媳妇。车上装着门、窗、衣物，还有一只捆着蹄子扔在车上哼哼吱吱的半大猪。车上梁时，陷在沙子里，驴累得一个劲放屁，也挣扎不出。还是"杨拜老"领着我们用锹清沙、推车，一阵忙碌，才把白家的驴车从沙窝子里推了出来。

老白画匠抽出一支烟递给"杨拜老"，揶揄道："老杨，你们是甚养路段？我看叫养断路算了！"

"杨拜老"对老白画匠说："你也是个没良心的，没我们这些人，你现在还在沙窝里趴窝呢！我说老白，你这门窗可没安装几天，这是又去哪儿刮野鬼呀？"

老白画匠说："沙子撵得不行！这次怎地也得找个没沙子撵的地方住下。"

"杨拜老"说："想不让沙子撵，我看你得找月球住下。"说完，他自己先大笑起来了。

白画匠一家和我们也跟着笑。想想也对，要想在毛乌素沙漠找个没有沙子追赶的地方，真跟登天一样难。在苦笑中，白画匠一家远去了，真不知他们能在什么地方安下家。

在公路上，我常看到毛驴车拉着旧门窗和衣物迁徙的人。"杨拜老"称这些人为"刮野鬼"。这些"刮野鬼"的人，瞅准个离沙子远的地方，切些草皮垒起屋子，安上旧门窗便住下。他们或放牧，或开荒，与沙漠巧妙地周旋着。待沙子像个恶虎一样扑过来时，便又急急扒下门窗，继续寻找能开荒、放牧的地方。

那年冬天，我离开了毛乌素沙漠深处的这个道班。后来，我根据这段生活写成了中篇小说《灰腾梁》，算是对我在毛乌素沙漠7个月养路生活的纪念。80年代末期，我受《中国交通报》的委托，去乌审旗采写养路工人在毛乌素沙漠中绿化护路的报告文学，途中我还专程去了那个道班。见到熟人熟物，我一时泪蒙蒙的。玉彪还在，还是代表工，只是由每天3角钱补贴改为定额制，干多少活挣多少钱，算下来每个月都不低于七八十元。他在老家盖了房，早已结婚生子，正考虑着是不是回家乡跑运输，日子过得还算顺畅。"杨拜老"已经过世了，现在，他的儿子也是这个道班的养路工。他的儿子带着我到"杨拜老"的坟地上看了看。"杨拜老"的坟立在一片荒漠里，这个在道班几乎种了一辈子树的老人，坟前及周边竟然没有一棵树，显得有些空旷。我心中怪凄凉的，问他的儿子："咋不种些树陪伴老人？"

他儿子告诉我："种过，全让山羊啃死了。"

那时，毛乌素沙地基本是有草的地方没有树，有树的地方没有草。据说这全是山羊惹的祸。山羊啃树、啃短草，蹄子灵巧得就像刨草机，连草根子都能挖出来啃了。那时，毛乌素沙漠上有这样的传唱：

媒婆不死是闺女的害，
山羊不死是草场的害。

蒙古族还有这样的谚语："山羊脚下的沙丘消停不了，衙门管下的牧民好受不了。"

山羊成了真正的替罪羊。

　　我在道班工作的那年，附近的生产队正在划分草场到户。不知是上边号召的，还是农牧民实在不愿意养山羊了，当时处理山羊成风，一两元钱就能从农牧户手中买只山羊羔子。当时，许多邻近的陕西人开着小四轮车来乌审旗牧区走包串户收山羊羔子，然后拉回去倒卖，每只能赚三四元钱。不少精明的陕西人发了羊财。

　　有一天，我收工回道班，炊事员告诉我，有位大嫂给我送来了一只小羊羔。我想起了那位卖给我鸡蛋的大嫂，这应是归还欠我的零钱来了。我见那只乌黑的小羊羔被绳子拴在一只旧轮胎上，咩咩地叫着。我走过去用手摸了摸它的小脑瓜，这小家伙便伸出小红舌头舔我的手，顿时打消了我吃红烧羊羔肉的念头。羊羔这东西是个活物儿，得吃得喝，我一时不知该怎样养活它。"杨拜老"让我先把它放到道班的羊群里混养着，等长大了再说。不久之后我就离开了这里。临走的时候，我把自己不要的东西打了包，全送给了那家大嫂。然后我坐上班车，几乎是头也不回地离开了毛乌素沙漠。两年以后，我在东胜筹划成家时，"杨拜老"得讯专门派道班上的人给我送来一只宰杀好的肥羊。这是我结婚时收到的最贵重的礼物。

　　想到这里，我的眼睛有些发湿。我跪在"杨拜老"的坟前，重重地磕了3个响头。他的儿子一边拔着坟头上的草，一边喃喃地说："大，你不孤吧？肖领导看你来了……"

　　那次乌审旗毛乌素沙漠之行，给我的印象是沙漠越来越高，沙地越来越大，一些稀疏的林木、草地全都被重重沙子包围着。我曾看到沙漠脚下有一株树，已被沙子埋得只剩下绿色的树梢，就像一个溺水的人在苦苦挣扎，那情景，只要想起就让人心悸。行进在无边无际的沙漠上，只要能看到一点绿地、几株树，就会让人兴奋不已。一路上我搜集了许多养路工植树护路的事迹，也被他们的事迹所感动。我觉得在沙漠上种活一棵树，比在平原上种一万棵都难。我饱蘸激情，写了近万字的报告文学，整版发在《中国交通报》上。我虽圆满完成了报社交给的采访报道任务，但黄沙重压、草地消遁的毛乌素沙漠的严峻现实，始终像一块阴影盘绕在我的心头。

四、 内罗毕行动计划和乌审召

在我记录20世纪70—80年代内蒙古鄂尔多斯库布其沙漠和毛乌素沙漠与人进行拉锯战的时候，在遥远的非洲撒哈拉沙漠地区发生了持续4年的特大干旱。干旱导致沙漠扩大，撒哈拉周边的21个国家受到荒漠化的威胁，3500多万人的生产、生活受到严重影响。这场干旱总共夺去20万人和数百万头牲口的生命，1000多万人被迫背井离乡，成为"生态难民"。这是二战以后人类遭受的重大灾难之一。

若干年后，我只见过这样一张记录撒哈拉沙漠大旱的照片，但现在已不记得是西方哪位摄影家拍的。画面很简单，一只健康的白手托着一只枯瘦的小黑手，但反差之大，如同天壤，让人看后心酸不已。

越来越严重的荒漠化问题渐渐引起了国际社会的关注，人们逐渐认识到，荒漠化已经超越了国界、洲际，超越了意识形态，挑战着人类生存的底线，成为人类共同的敌人。为了共同对付这个敌人，人类必须放弃偏见和傲慢，采取统一行动。为此，联合国在1975年以3337号决议的形式提出"向荒漠化进行斗争"的口号。1977年8月，在肯尼亚首都内罗毕聚集了全球100多个国家的代表，召开了防治荒漠化问题会议，制定了一项全球协调一致、共同行动的方案，并制定了防治荒漠化的行动计划。

在这次会议上，中华人民共和国的代表向各国代表介绍了中国防治荒漠化的实践，着重介绍了内蒙古乌审旗乌审召人民用植被治沙的经验，引起了世界各国极大的兴趣。这份总结报告是中国科学院兰州沙漠研究所的专家、乌审召公社治沙经验总结小组组长黄兆华先生率领专家们经过几个月的调查研究总结出来的。这束闪现在中国毛乌素沙漠的绿色之光，一下子吸引住了世界的眼球。全世界都被这个中国的绿色童话所感动，人们纷纷提出要走进古老的中国，领略这个绿色童话的风采。因为，这个干涸的荒漠化世界太需要绿色的滋润了。

内罗毕世界防治荒漠化会议召开后的第二年，即1978年夏季的一天，联合国组织了近20个国家的数十名代表万里迢迢来到了毛乌素沙漠腹地的乌审召。这是内罗毕行动计划的一部分。汽车穿越了一座座沙山、一道道沙梁，在茫茫荒漠中七扭八弯，不知在单调的黄色与漫天风沙中行走了多久，代表们才见到了传说中的乌审召——那颗闪耀在沙海深处的绿色明珠。代表们站在光秃秃的沙山上，鸟瞰绿茵茵的乌审召，感到毛乌素沙漠太大了，而这颗绿色明珠太小了。但他们都知道，正是这片荒漠中透出的点点绿色和勃勃生机，代表着世界防治荒漠化的方向，昭示着人类生存的希望。

33年后，乌审召治沙的带头人，年过七旬的宝日勒岱大姐还清楚地记得当年她接待联合国代表的情形："不管白的、黑的、黄的，全都刮成了土人人。那天风沙太大了。乌审召一下子来了这么多外国人，从来没有过的。他们是专程来看我们咋治沙的……"

忆起当年，宝日勒岱大姐抑制不住自豪和骄傲。有报道称这位同沙漠打了一辈子交道的蒙古族母亲为"中国治沙之父"，她是当之无愧的。那天，宝日勒岱给联合国的代表们详细讲述了乌审召人民用植被治沙的经验，"前挡后拉"、"穿靴戴帽"以及"草库伦"建设，引得这些老外们问这问那，流连忘返。宝日勒岱感到这些外国人真的是学习治沙来了，不像以往接待的国内形形色色的参观团，对各类政治口号的诠释远远超过了这些纯朴的牧人们为了求生与毛乌素沙漠巧妙周旋的事情本身。当代表们知道眼前这位年轻的蒙古族女人就是这绿色童话的主人公，就是她带领乌审召人民在毛乌素沙漠创造这人类生存的伟大奇迹时，都不禁被这个看似孱弱的东方女性为治理毛乌素沙漠付出的努力和实践所感动。

世界记住了乌审召，记住了宝日勒岱。从此，乌审召的治沙行动汇入了世界治理荒漠化的浩浩洪流之中。

内罗毕会议之后，世界上各种抗旱防治荒漠化的行动计划也随之产生，每年都有数十亿美元投入治沙行动。从此，人类开始了更大规模的与沙漠的交战，苦苦地摸索防治荒漠化的途径。但是，十多年来，全球荒漠化问题不但没有缓和，反而变本加厉，更加严重了。

有资料统计，在20世纪90年代初，全球荒漠化面积已达到3600万平方公里，占整个地球陆地面积的四分之一，相当于俄罗斯、加拿大、中国和美国国土面积的总和。全世界受荒漠化影响的国家有100多个，约9亿人的生产、生活受到荒漠化的威胁。荒漠化在全球范围内呈扩大、加剧的趋势。尽管各国人民都在与荒漠化抗争，但荒漠化土地却以每年将近7万平方公里的速度扩大，全球现已损失三分之一的可耕地。在人类当今面临的诸多问题中，荒漠化是最严重的。

这正应了西方一位哲人说过的话："人类踏着大步前进，在走过的地方留下一片荒漠。"

亚洲频发的沙尘暴和西部非洲的大旱敲响了人类生存的警钟，更像是吹响了人类防治荒漠化的集结号。经过多轮谈判，世界各国首脑一再磋商，

1994年终于在法国巴黎集结了世界上112个国家的代表，共同签订了《全球防治荒漠化公约》。同年12月，联合国大会通过决议，确定每年的6月17日为"世界防治荒漠化和干旱日"。这个世界日意味着人类共同行动与荒漠化抗争从此揭开了新的篇章。为防治土地荒漠化，人类的步伐竟是那样的整齐划一。

我国荒漠化土地面积大、分布广，是受荒漠化危害最严重的国家之一。全国荒漠化土地总面积达263万平方公里，接近国土面积的三分之一。沙化土地为173.97万平方公里，占国土面积的五分之一。每年造成的直接经济损失高达500多亿元。全国有近4亿人受到荒漠化、沙化的威胁，贫困人口的一半生活在这些地区。西北、华北北部、东北西部地区（简称"三北"）每年约有2亿亩农田遭受风沙灾害，粮食产量低而不稳定；有15亿亩草场严重退化；有数以千计的水利工程设施因受风沙侵袭导致排灌效能减弱。尽管中国从来没有停止过对荒漠化的治理，但是由于种种原因，中国土地荒漠化扩大的趋势还在继续。20世纪50—70年代，中国荒漠化土地以年均1650平方公里的面积在扩大。80年代以来，荒漠化土地面积年均扩大2100平方公里，每天就有5.6平方公里的土地荒漠化。

不可否认，我们的国家，我们生存的这个地球，都在为不可遏止的荒漠化所累。加快荒漠化防治进程，是我们人类最为明智的生存选择。

90年代以后，我在北京学习、写作，只要有沙尘天气，我就会想到我生活过的毛乌素沙漠，那里一定是沙山移动，黄风呼啸，日月无光，山河失容。我的生活在毛乌素沙区的朋友、亲人们啊，在这铺天盖地而来的沙尘暴中，你们在怎样挣扎？又是怎样的无奈与无助？难道真的要背井离乡，再次上演先人们"走西口"的一幕？我想起了在沙漠公路上赶着毛驴车，驮着那些可怜的家当，在茫茫大漠中寻找栖身之处的白画匠一家，难道他们就是西方人所讲的"生态难民"？

90年代中期，沙尘天气频繁，新疆、甘肃、宁夏、内蒙古屡出沙尘暴。有时，北京城一连几日都笼罩在沙尘当中。即使人们都戴上口罩，患呼吸道疾病的人数依然剧增，大小医院人满为患。这些生活在大都市的人们，忽地感到内蒙古的大沙漠离他们并不遥远。多发的沙尘暴拉近了内地与边疆大漠的距离。据说毛乌素高扬的沙尘扶摇而上，漂洋过海，竟飘到了东洋三岛的上空。极端的时候，中国的沙尘甚至远涉重洋，越过半个地球到达了美国。世界真是变得越来越小了。

我忽然感到我们的生活渐渐地被沙漠改变了。

有报道说，人类与沙漠的生态战争将愈演愈烈，而且是旷日持久的战争。许多学者和预言家都不看好人类会是最终的胜利者。

沙漠与人类之间的战争，必将是一个世界性的永久话题。

五、沙漠上真的羊吃羊了？

当人们大张旗鼓地开展"三北"防护林建设，我的第二家乡也在开展建设"绿色鄂尔多斯"的活动时，我为生活在荒漠化梦魇中的父老乡亲庆幸，但又有些担心，怕见不到什么成效。种树不见树，种草不见草，人们已经司空见惯了。官员们年年讲成绩显著，局部改善，整体沙化速度放慢，再不就是一大堆数字听得你发晕。我只想问他们：我们的碧水蓝天究竟到哪里去了呢？我们的草原到哪里去了呢？难道说，真的像歌里唱的那样，"草原在我们的睡梦里"？

几十年来我们都在造林，可为什么没有见到成片的森林呢？有人揶揄说："千万别信统计数字，要是听他们的，咱们连炕头上都栽上树了。"每年到植树节时，我们都会从电视上、广播里得知林业建设取得成绩的消息，但那一大堆辉煌的数字已经引不起人们的兴趣，因为漫天的黄尘不断飘在我们的头顶。

为了绿化沙漠，我也参加过单位组织的植树活动。干部们带上锹镐，乘着汽车，一路说笑着来到城外的干沙梁上，挖些树坑，把树苗子往里一栽，浇上些水就算完事了。然后找个地方吃炖羊肉，喝烧酒，基本跟搞春游差不多。来年又到老地方栽树，可很少见几棵成活的。人们都说这样植树不行，得管活。有人说："本来干沙梁上种树就是瞎胡闹，没水让它咋活？"有人说："上边让种咱就种，种不种是咱的问题，活不活是它的问题。"大家无奈地笑了。一年后，大家仍在无奈中播种绿色……

在沙漠面前，人类往往很无奈。

20世纪90年代中期的一个冬天，我和玛拉沁夫先生应邀在海南观光。那时，他正整理自己过去的文稿。一天，我俩在海边漫步，他忽然对我说："以后我再也不写歌颂沙漠的文章了。"我当时有些发愣，不明白究竟是什么触动了这位草原歌者的神经，但我理解他的感受和选择，因为我们都是草原人，对草原变荒漠我们都有着切肤之痛。玛拉沁夫先生写过不少有关沙漠的小说、电影，现在决心不再歌颂沙漠，这里面一定凝聚着这位文坛老人的严肃思考。对此，我胸中涌起淡淡的遗憾。因为古往今来有多少文人骚客行吟在大漠上，写下过多少脍炙人口的名作啊！

我曾经说过，我特别喜欢边塞诗，一些名句常常盘绕在心头。这些宝贵的文学遗产曾激励和滋润过我的军垦生活，驱逐了我内心的孤独和惆怅。假若没有了文学的滋润，我不敢想象我的沙漠生活会是什么样子。长相忆，在那风沙中、雨雪中、孤独中、暗夜中，正是有了前哲的行吟，才使我的沙漠生活有佳句相伴，有了淡淡的诗意。我感谢那些给大漠血肉灵性的文人们，你们是不朽的大漠之神！

作为一个作家，我也许和玛拉沁夫先生一样，不再歌颂沙漠，不再称颂它的瑰丽，不再惊叹它的神奇，因为沙漠的狰狞大于它的雄浑，它带给人类的灾难罄竹难书。然而，我的青春是在库布其沙漠和毛乌素沙漠中度过的，沙漠是我人生的一部分，我怎能与它割裂开呢？再说，我无时无刻不与沙漠纠结着，也许沙漠是我一生的梦魇，是我神经最脆弱、最敏感的地方。

正因如此，鄂尔多斯的沙漠中稍有一点绿色，我就会异常兴奋和冲动，然后放下手中的小说和影视剧创作，一头扎进黄澄澄的鄂尔多斯，在漫天风沙中，上准格尔，下恩格贝，走毛乌素。我把在莽莽荒原和大漠上辛苦采撷的点滴绿珠串起来，就成了散文、报告文学、特写，在中央和省市的报纸上闪烁着点点绿色的光芒，如同唱响壮歌。我乐此不疲。

有一天，一位多年邀我合作进行电视剧创作的朋友，见我屡屡爽约，在北京打电话对我发牢骚："就你能把沙漠写绿了？你们那儿已经羊吃羊了。"

我问："怎么回事？"

他说："你上网看看就知道了。你快别写那些没用的了，咱哥们还是一块写电视剧挣钱吧。"

我在网上看到这样一张照片：干旱得发黑的草地上，有一群披着各色塑料布的羊，模样十分怪异和荒诞。据上传者介绍，今年内蒙古草原大旱，羊无草可吃，只得互相啃食羊毛。为防止出现羊吃羊的惨剧，草原牧民只得给羊儿披上塑料布。照片点击量以万计，跟帖无数，言词激烈，让人心惊。有人断言，世界荒漠化必将导致食草动物向杂食动物进化，羊吃羊，甚至羊吃人也是不远的事情。也有人发帖解释：给羊披上塑料布是为了防止沙尘落入羊毛，提高羊毛收购等级。

看着披着花花绿绿塑料布的五彩羊儿，真的让人欲哭无泪。给羊儿这副扮相，不管是防互相啃咬，还是防止沙尘落身，都与草原荒漠化有关。这也许是个恶作剧，是个荒诞的玩笑，但我一直认为，荒诞的东西可能与事物本身无关，但却能接近事情的本质，更能触动人心的柔软之处，让人心酸。一刹那，我觉得自己对沙漠的书写总和，还不如这张照片对自己心灵的冲击来得激烈。我不禁怀疑自己书写沙漠的意义，甚至怀疑自己的操守和文格。我的笔触渐渐远离了与自己交锋几十年的沙漠，无疑，我也成了白画匠们的一员，在自己的文学天地里刮开了"野鬼"……

21世纪初的一天，我接到张秉毅的电话，说他的长篇报告文学《与天地共生》引起了非议。秉毅是位优秀的小说家，关心生态领域是他的良心和尊严使然。其中"以树为神"那一章我仔细看过，写得不错，隐约记得其中有一节叫"'四大支柱'的阴影"，让人有些触动。作家谈古论今，隐约表达了对鄂尔多斯工业化进程引发的生态问题的担忧。

"四大支柱"，是鄂尔多斯人引以为自豪的"羊煤土气"，即羊绒、煤炭、陶土、天然气，是当时伊盟盟委、公署提出的伊盟工业发展战略的中坚产业。正是这"四大支柱"的提出，拉开了鄂尔多斯工业化的序幕，对鄂尔多斯的现代化发展起到了奠基作用。

那时人们欢唱着鄂尔多斯的"羊煤土气"，新建的东胜广场上都立着4根标志性的大柱子。我想秉毅一介文人，围着柱子找阴影，还写进书里，出现一些非议也在常理之中。我劝秉毅："你提出这个问题不就是想引起社会的重视和各级领导的注意吗？社会尊重和理解谔谔之士需要一个过程。"

他在电话那头道："肖大哥，不是那样，是……"

秉毅告诉我，一个什么大企业的老板在电话中警告他："以后，少瞎写乱写，要是影响了我们企业发展，你……"

当然，还讲了一些不客气的话。

原来秉毅是受到了威胁，是想找我这位当兄长的倾诉倾诉。秉毅说："我是一个农民，我没有别的意思。我就是喜欢蛮汉调，喜欢田园牧歌、碧水蓝天……"

20世纪80年代初，我去过秉毅的家，一片荒沙滩，两间小土屋，位置应是毛乌素沙漠最东端向准格尔高原的过渡地带。当时，他家里连吃水都得到深沟里去打。环境不像他说的那样浪漫与美好。秉毅以此为荣，他平时最爱说的话就是"我是农民"。电话那头秉毅还在说："我是农民，我喜欢风吹草低绿绿的……"

我对秉毅说："你是农民怎么了？你告诉我，你的家乡何时碧水蓝天过？我来鄂尔多斯的年头和你的年纪差不多，你我何时见到风吹草低过？"

秉毅放下了电话。看秉毅的作品，我深知他是个童年情结很重的人。我想每个人都有自己的童年情结，因为童年世界是单纯的，童年眼光是绿色的。我们每个人都心存童年的美好，但我们在成年后会无限地放大这点单纯和绿色。不管你是高官大贾还是贩夫走卒，不管你是专家、名流还是草根平民，人们多少都会把自己的童年单纯化、绿色化。

实际上，我和秉毅一样，对工业化的惧怕和担忧不亚于对世界荒漠化的惧怕和担忧。因为我们的思维基本上是农业思维，根本不懂得什么是工业化。之所以这样，也许是我们根本就不知道什么是真正的工业化。工业化或许是毛乌素沙漠那忽然耸起的土炼油炉、小炼焦炉、小白灰炉燃烧出的五彩浓烟给黄尘飘荡的沙漠天空又添了一些杂色和恶臭，或许是准格尔高原满天飘荡的煤屑堵塞了我们的鼻孔和嘴巴，或许是那隆隆的汽车轮子带起的灰碱面子烧死了我们的草场和庄稼……

20世纪鄂尔多斯的初始工业化在人们的心中留下了太多的阴影，给我们的鄂尔多斯带来太多的灾难。

秉毅讲的"四大支柱"的阴影，笼罩着鄂尔多斯高原。

进入新世纪那年春天，鄂尔多斯的荒漠化面积已经达到48%，还有号称"地球之癌"的砒砂岩地区的面积也已经达到48%。这两个48%，像两座沉重的大山压着鄂尔多斯人，让人们举步维艰，一路蹒跚。面对越来越高耸、越来越暴戾的毛乌素沙漠，十多万生活在沙区的乌审旗人民不得不面对这样一个严酷的现实：乌审旗的荒漠化面积已经达到1万多平方公里了。若再让千年不变的游牧、游种等原始的生产、生活方式继续下去，那就真应了鄂尔多斯的一句老话："杭盖地掏甘草——自刨墓坑。"

"生存还是死亡？"这个莎士比亚式的提问，像警钟一样不时提醒着乌审儿女。

那时，人们有了这样的共识：不能再在荒漠化的土地上收获千年不变的穷困。

时代在前进，人们是该换一下思维，不能再像以往那样对待沙漠了。从某种意义上说，换一种思维来思考问题，其艰难并不亚于改天换地。实际上，十几年前，当乌审人民在同沙漠做愚公移山般的苦斗时，当这场人沙大战难分胜负时，就有一位老人在用他那双睿智的眼睛关注着毛乌素沙漠和世界荒漠化现象了，这个人类罕见的智慧的大脑正在思考一种新的沙漠治理方式，即产业化治理。

这位老人叫钱学森。

六、钱学森与宝日勒岱

宝日勒岱和钱学森的交往始于20世纪60年代末。那时，他们一个是毛乌素沙漠的牧羊女，一个是中国"两弹一星"元勋、"中国航天之父"，但他们都有一个共同的身份，那就是中共中央委员。而且，他们都从九届干到了十一届。从60年代末到80年代初的十余年间，正是中国政坛风云变幻的年代。一个是蜚声中外的科学家，一个是在毛乌素沙漠与乡亲们一起创造了"牧区大寨"的"铁姑娘"，他们虽不能让天地翻覆，但他们在自己的活动领域都是杰出的人物。十几年雨骤风急，他们作为杰出的代表立身于中央高层。

在党中央召开全会的日子里，在京西宾馆，在人民大会堂，在庐山，十几年了，宝日勒岱和钱学森一次次地相遇，一次次地交谈。钱学森长宝日勒岱20多岁，宝日勒岱尊称他为"钱老"，而钱学森和蔼地称宝日勒岱为"宝日"。

我曾问过宝日勒岱："你和钱老谈些什么呢？"

宝日勒岱告诉我，她和钱学森之间有个谈不完的话题，那就是沙漠治理。钱学森多次饶有兴趣地听宝日勒岱讲她的治沙经验。当宝日勒岱讲到她和乌审召的牧民们把沙漠当成人一样打扮，先穿上靴子再套上裤子、上衣，然后再戴上帽子时，钱学森哈哈大笑："宝日啊，你们把沙漠当成人一样打扮，有意思……"

钱学森曾经这样问宝日勒岱："沙漠会不会变成我们的朋友呢？"

宝日勒岱不知该如何回答这位睿智豁达的老人了。她如实告诉钱学森，在她主政的乌审旗境内，毛乌素沙漠好多地方还是光秃秃的，就是"牧区大寨"乌审召也还有数不清的明沙梁。内蒙古境内还有库布其沙漠、乌兰布和沙漠、巴丹吉林沙漠、浑善达克沙地、科尔沁沙地，牧人们还在受沙漠的欺负，日子过得还很艰难。那时，宝日勒岱担任内蒙古自治区党委书记不久，她已经开始关注内蒙古十几万平方公里的荒漠化地带，想要在内蒙古广袤的荒漠化地区建设无数个"牧区大寨"。她从沙漠中走来，知道治沙的艰难。她告诉钱学森，真正让沙漠变绿也许还需要几百年的时间，看来，我们祖祖辈辈要同大沙漠斗下去了。

宝日勒岱向这位老人表达了不驱沙漠誓不休的决心。

钱学森看着刚毅的宝日勒岱，若有所思地点了点头。

钱学森归国之前，对沙漠的了解只是通过书本和人们的口耳相传。在60年代，钱学森经常奔波于新疆和内蒙古自治区的茫茫大漠之中，为"两弹一星"寻找、建设试验基地和发射场。钱学森和大家共同领略了沙漠的暴戾和严酷，他的许多战友就长眠于大漠之中。同样，就是在这荒无人烟的戈壁滩和大沙漠里，他发现了许多珍贵的沙生植物，像胡杨、红柳、梭梭，还有药用和经济价值都很高的沙棘、甘草、苁蓉。就是动物，在这里也不鲜见。在钱学森的眼中，沙漠是一个生机勃勃、丰富多彩的世界。

钱学森的沙漠实践告诉他：沙漠不是死亡之海。

但如何治理沙漠呢？这是钱学森苦苦思索的一个问题。他的忘年交宝日勒岱在用最原始的生产工具同沙漠搏斗着。这个倔犟的蒙古女人和她率领的乌审召人民有着"欲与沙漠试比高"的勇气和毅力。那时，宝日勒岱和她的"牧区大寨"乌审召的治沙经验代表着国内的治沙水平和治沙方向。但从宝日勒岱的嘴中，钱学森得知，即使是在"牧区大寨"乌审召，现在也是人沙对峙，难分胜负。

　　而在世界的另一端，财大气粗、傲慢而又自负的西方科学家也在撒哈拉大沙漠的治理上遭遇了"滑铁卢"。在内罗毕行动计划之中，西方科学家普遍认为，干旱荒漠地区阳光充沛，只要有充足的淡水供应，荒漠地区大规模农业开发是可行的。但出人意料的是，在西方发达国家援助下打的水井和建设的水源地却引发周围大量牲畜集结践踏，反而加速了土壤沙化，甚至导致流动沙丘的出现。更为严重的是，以水井为中心的同心圈式带状土地退化为"脓肿圈"，其半径在5~10公里。"脓肿圈"互相连接又形成新的荒漠化土地。被大家公认的对抗荒漠化良策却导致环境灾难，这是内罗毕行动计划的决策者和科学家没有想到的。

　　钱学森欣赏宝日勒岱在毛乌素沙漠植树治沙的经验，知道这是宝日勒岱带领乌审召人民苦苦摸索了几十年才总结出来的。让沙漠变绿，让沙区人民在绿中致富，绿富同兴应是治理沙漠的终极目标。宝日勒岱开始治沙活动时正处在"文化大革命"前后这个特殊时期。在"文革"风暴的漩涡之中，宝日勒岱和她率领的质朴的牧民们一直把治沙作为崇高的革命事业来看待。宝日勒岱创建的"牧区大寨"有着特殊的历史烙印和局限。可歌可泣的愚公真的能治理沙漠吗？面对浩浩沙海，我们的想象力真的会拘泥在一个古老的寓言之中？我们除了与沙漠博弈，有没有别的道路可走呢？

　　在钱学森眼中，沙漠可利用空间、发展空间非常大，远远超过了人们对沙漠的认知和想象。而西方科学家在撒哈拉沙漠"败走麦城"，更引发了钱学森对沙漠治理的深层思考。他认为，科学、理性地摸透和顺应沙漠的脾气和秉性，把沙漠当成朋友一样看待，可以做到与沙漠共舞。

　　20世纪80年代初，在中央全会的间歇当中，宝日勒岱与钱学森谈天，第一次从钱学森口中听到了"沙产业"这个名词。钱学森还建议宝日勒岱要认清乌审旗沙漠资源优势，下气力搞节水型沙产业，使沙漠真正成为人类的好朋友。沙产业、沙漠资源，这些新鲜的名词，宝日勒岱听都没有听过。她甚至有些怀疑，钱老说的沙产业、沙漠资源是那让她恨不够、爱不够的毛乌素沙漠吗？是那"三十里明沙二十里水，五十里路上看妹妹，半月瞅你十六回，生把哥哥跑成了个罗圈腿"的一道接一道的明沙圪梁吗？

宝日勒岱有些茫然了。

那时，宝日勒岱并不知道年过八旬的钱学森已经把目光投向世界的荒漠化问题。这位受人尊敬的科学巨匠正在用很大的精力研究中国的沙漠改造，而且把它上升到战略的高度来认识、来研究。

内罗毕行动计划在非洲撒哈拉大沙漠受挫，使西方的许多专家、学者得出了"沙漠是地球癌症"的悲观论断，他们计算着世界荒漠化的速度。这些缜密推算出的数据无可辩驳地告诉人们，在不远的将来我们的地球将是寸草不生的荒漠。到那时，人类都会成为不折不扣的"生态难民"。甚至有科学家在迫切地寻找着其他星球的生命迹象，探寻着人类移民到其他星球的可能。已经多年关注和研究荒漠化治理的钱学森却反弹琵琶，提出："我们能不能换一种思维看沙漠呢？人类将来与其搬到月球上，还不如把地球上的沙漠利用好、改造好。"

80年代中期，越来越不可遏止的世界荒漠化敲响了人类生死存亡的警钟。钱学森就是在这个时期首创了知识密集形沙产业理论。他认为，沙漠和戈壁的潜力还没有发挥出来，应在荒漠地带利用现代化技术，包括物理、化学、生物等科学技术的全部成就，通过植物的光合作用，固定转化太阳能，发展知识密集型的农业型产业。中国应该"用新的思维对待沙漠，寓保护于开发之中"。1984年5月，钱学森在中国农业科学院做学术报告时正式提出了他酝酿已久的沙产业理论。他的沙产业理论的基本构想是：沙产业是用系统思想、整体观念、科技成果、产业链条、市场运作、文化对接来经营管理沙漠资源，实现"沙漠增绿、农牧民增收、企业增效"的良性循环的新型产业。他预言：到21世纪，由于生物工程和生物技术的发展，将会引发人类历史上第六次产业革命——农业型知识密集型产业革命。沙产业作为农业型知识密集型产业类型之一亦在其列。

在钱学森看来，我国的沙漠、戈壁大约有16亿亩，和耕地面积差不多。沙漠、戈壁并不是什么也不长，其潜力远远没有发挥出来。这位科学巨匠脑中不时闪过睿智的火花，对沙漠的未来充满了诗意的想象。他预言：用100年时间来完成这个革命，现在只是开始，百年之内，在沙漠上挖出千亿产值。

现在，我们已经无法知道钱学森老人的这个千亿产值是怎样计算出来的，但我们知道，这位老人是想告诉人们：沙漠是资源，是财富。那时，一个全新的治沙想法，正在这位科学巨匠的脑海中盘旋、升腾……

当时内蒙古自治区的草原产值是多少呢？主持内蒙古工作的周惠在1984年第10期《红旗》杂志发表文章，公布了这样一组数字："在内蒙古自治区，共有13亿亩草原，1947年到1983年这36年里，畜牧业累计产值100多亿元，折合每亩草原年产值才0.2元多。"

周惠说的是草原。每亩沙漠年产值究竟是多少呢？我怀疑有可能是负数。据我所知，大包干前荒漠化地区农村生产队经常出现倒分红，就是说人们投入的劳动得不到任何经济收入，出工越多反而负债越多。现在，钱学森提出要从沙漠中挖出千亿产值，使我对钱学森老人的百年沙漠畅想充满了深深的敬意。

乌审旗因被毛乌素沙漠包围、分割，在相当长的一段时间内，不论是在农村、牧区，还是在城镇，人们一出门就是沙子。公路被沙子埋了，房子被沙子压了，草场和田地被沙漠吞了，人们被沙漠欺负得快要活不下去了。于是，"八仙过海，各显神通"，牧民倒场放牧，农民转山种田，也有的种草种树，能挡一下挡一下，能绿一片绿一片。鄂尔多斯人几乎是穷尽了生存、生活、生产的所有技巧，与沙漠这个千年祸害艰难地周旋着，互有进退地对峙着，僵持着。

钱学森关注着我国沙漠地区的治沙实践，不断地丰富自己的沙产业理论，并技术性地概括为"多采光，少用水，新技术，高效益，使不毛之地变为沃土"。

可惜宝日勒岱未能将钱老的全新的沙产业理论付诸实践。因为工作岗位的调整，宝日勒岱离开了她洒满青春和汗水的毛乌素沙漠，离开了乌审召那片荡漾在茫茫沙海中的让人骄傲的绿色。随着岁月的流逝，当年的"铁姑娘"也渐渐变成了一位老人。然而，毛乌素沙漠的风沙，乌审召的绿色，仍不时走进她的梦里。宝日勒岱十分推崇钱学森的沙产业理论，搜集了大量的沙漠资料。在她50岁的时候，竟然脱产到党校学习，完成了大专学业。

她说，她要弄懂钱老的沙产业理论。

当听说我要写一部关于毛乌素沙漠的书时，她高兴地说，我想要什么样的资料她都有，完全给我提供。她还建议我一定要到毛乌素沙漠去看看，看看现在的"绿色乌审"，看看现在的绿化加现代化的乌审召。我告诉她，我已经去过乌审召几次了，我想听听她对现在的产业化治沙的看法，看与她们当年治沙有什么不同。老人告诉我："现在的产业化治沙，是福气，是乌审召的福气！"

言谈之中，我听得出宝日勒岱对钱老的产业化治沙的奇景充满了憧憬和向往。

我非常愿意与宝日勒岱交谈。与她谈话时，我会产生与毛乌素沙漠交谈的感觉。我总觉得是这位坚强的女人赋予了毛乌素沙漠鲜活的生命。现在，人们只要提起荒漠化治理，就会自然地想到宝日勒岱。她就是耸立在毛乌素沙漠上的一座敖包，凝聚着一个时代对毛乌素沙漠的全部记忆。

我看着眼前的宝日勒岱，暗想：这位宠辱不惊的老人，在不经意间就成为了标志，成为了永恒。

谈起毛乌素沙漠，谈起当年在乌审召治沙，建设"草库伦"，老人滔滔不绝，讲到激动处自然说起了蒙古语，声音高亢，语调生动。虽然我听不懂她在说什么，但我知道宝日勒岱永远走不出让她魂牵梦萦的毛乌素沙漠，她的内心世界都是那黄色与绿色。在与宝日勒岱的交谈中，我才知道原来鄂尔多斯市乌审旗是最早实践钱老的沙产业理论的地方，也有专家把乌审旗的生态建设比作钱老沙产业理论的试验田。有媒体称乌审旗委、旗政府从2004年开始的"以人为本，建设绿色乌审"的决策拉开了沙产业革命的帷幕。看到她的后任们如此践行钱学森的沙产业理论，看到乌审旗的治沙事业取得这么大的成果，宝日勒岱非常高兴和欣慰。

老人告诉我，虽然她年纪大了，腿脚也不灵便了，但每年都要去乌审旗、乌审召看一看，看看她当年栽种在毛乌素沙漠中的树，就像亲近她的子孙一样，搂一搂，抱一抱，呢喃些什么。

我告诉她："我多次去过乌审召，多次抚摸你们半个世纪前在毛乌素栽种的那些大柳树，好粗好高，一个人都搂不过来。我还在一棵大柳树下乘过凉呢！"

宝日勒岱高兴地笑了。

这天，老人谈兴甚浓，谈话中间早早就在尼龙袋里放了一瓶酒，然后热情地邀我去呼市一个不错的餐馆吃饭。老人的热情让我感动。那天，宝日勒岱提着装酒的尼龙口袋，在熙熙攘攘的人流中蹒跚着，显得极为普通。

我们喝了点酒，谈起乌审召的沧桑变化，老人非常动情。她悄悄地告诉我，她死后就想变成沙漠上的一棵树。

我听后鼻子有些发酸，几乎是哽咽着对她说："大姐，你现在就是一棵大树！一棵参天大树！"

那天，我们多喝了几杯。

宝日勒岱一个劲儿地说："种树好啊，好啊！一棵成材的柳树，可以保证一只羊一年用的草料。"

我知道，在鄂尔多斯乌审草原，20亩为一个绵羊单位。也就是说，20亩草场才能养活一只绵羊。以此来计算，一棵大树就抵20亩草场。难怪宝日勒岱会将自己生命的全部扑在毛乌素沙漠的绿化事业上。我眼前的这位老人，热爱树木，热爱草原，热爱白云蓝天，浑身洋溢着蒙古人毫不雕饰的本真。

宝日勒岱就是毛乌素沙漠上永远的长青树！

第二章

毛乌素沙漠，一片远去的云

一、毛乌素沙漠真的要在鄂尔多斯境内消失?

2008年春季的一天，鄂尔多斯市林业局召开绿色信息通报会。到会的都是林业部门的领导、各类专家、新闻记者，还有我这样的作家。就是在这次通报会上，我听到了一个几乎把我雷倒的信息。市林业局局长丁崇明在通报会上做了主题发言，他讲道：鄂尔多斯境内的毛乌素沙漠森林覆盖率已达30%，植被覆盖率已达75%，绿化面积已超过全国平均水平。照这个速度绿化下去，到2010年，毛乌素沙漠将在鄂尔多斯高原悄然消失……

我不敢相信自己的耳朵。

身边一位我不大熟悉的人问我："甚？他说……说毛乌素沙漠咋了？"

这人眼睛瞪得老大，一副吃惊的样子，连说话都有些打磕。参加会议的人们也都吃惊地喊喳议论着。

丁崇明接着说："绿染毛乌素沙漠已经成为现实。"

我想：我们的绿色大梦真的做成了？

有关毛乌素沙漠的记忆一下子涌入我的脑际：沙海绵延，无穷无尽。怎么，它消失了？我想着它就要消失了，可我的脑海中盘旋缭绕的还是挥不去驱不走的绵延沙海。这是因为我在鄂尔多斯的大沙漠里生活过10多年，太知道沙漠是个什么玩意儿了。别说染绿毛乌素沙漠，就是在毛乌素大沙漠里种活一棵树，栽活一株草，都是千辛万苦的事情。我知道新时期开始后，当鄂尔多斯人的生存意识慢慢转化为生态意识后，人们开始探索着治理沙漠，恢复生态。经过几十年的生态治理，尤其是在进入新世纪的六七年里，人们逐渐认识、接受、实践钱老的沙产业理论等前瞻性的科学治沙思想，才使鄂尔多斯的生态发生了质的变化，实现了生态恶化的整体遏制和生态环境的局部好转。那个满目疮痍、黄沙滚滚的鄂尔多斯渐行渐远了。走在公路上，放眼望去，两侧荒凉的山头渐渐有了树林，公路穿过的沙漠也披上了绿装，很少见到干山梁和荒凉的沙漠。可是，毛乌素沙漠就这样悄然消失了？我所熟知的毛乌素沙漠的性格似乎不是这样的。

这时，我的好朋友全秉荣站了起来。老全是鄂尔多斯的资深媒体人、著名散文家，现任鄂尔多斯市专家联谊会的常务副会长，在鄂尔多斯市算是有影响力的人。他激动地说："刚才丁局长宣布的这条消息，应是本世纪最大的新闻，而且是爆炸性的新闻！同志们，尤其是年轻的记者同志们，我们应该知道，这是一件让世界震撼的事情。世界步入工业化以来，从来都是以牺牲环境为代价的，什么时候有过经济发展了，环境改善了？可鄂尔多斯呢？我们加快工业化进程以来，用了不到10年的时间，毛乌素沙漠就要消失了，这是何等的人间奇迹！难道不值得我们大书特书，倾力宣传？这才是鄂尔多斯最大的亮点！什么人均GDP超香港，这个世界第一，那个全国折桂，比起就要消失的毛乌素沙漠来，那只是小捏捏的事情。"

老全话总说在点子上。我知道，老全穷其一生都在寻找鄂尔多斯的亮点，讴歌鄂尔多斯的进步，就像一只从来都不知道疲倦的老夜莺。几十年来，他写了无数篇激越而又美丽的抒情散文，蜚声文坛。他主政盟电视台后，又写过许多电视散文。他的那些美文几乎都带着鄂尔多斯发展前行的锣鼓点。我想，若是把他的作品按年代整理，就会清晰地看出鄂尔多斯30多年来的发展轨迹。

老全善于发现亮点。有时，他发现大亮点后会兴奋地告诉我，鼓动我去创作。

20世纪90年代初期，当鄂尔多斯开始治理支离破碎的准格尔高原，输入黄河的泥沙含量有所减少时，就是老全及时发现并鼓励我深入准格尔山地的沟峁梁壑采访调查的。关注环境是我非常愿意做并且十分投入的事。我根据调查的素材，写出了报告文学《绿色壮歌》，发表在《人民日报》的《大地》副刊上，算是我对推动鄂尔多斯绿色进程所作的一点贡献。

现在，老全又鼓动我："大事件，全方位，就看你的手笔了！"

我还被绵延的沙海纠缠着，真的不敢相信毛乌素沙漠就要这样消失了。老全说得没错，这件事情太大了，大得让人不敢用笔锋去触碰。然而，渐渐退去的毛乌素沙漠又给我强烈的刺激，让我跃跃欲试。我承认，我是个环保主义者，是"绿党"。

我站起来说："假若我能亲眼目睹毛乌素沙漠在鄂尔多斯境内消失，我会觉得这是自己人生的一大幸事，因为我的青春和汗水曾经洒在那片沙漠上。年轻时，我也参加过愚公移山式的苦斗。在与沙漠的博弈中，我们曾经是失败者。现在毛乌素沙漠即将消失了，我想知道我们究竟掌握了什么样的法宝，才降服了为害千年的毛乌素沙漠？以后这几年，我会与残存的毛乌素沙漠共舞，用我手中的这支笔，记录毛乌素沙漠在鄂尔多斯境内消失。"

老全带头鼓掌，并鼓励我："也许，这是一个伟大的见证。"

他又提醒我说："毛乌素沙漠中的最大亮点是'绿色乌审'，而乌审召又在'绿色乌审'中。你最好先到乌审召走一走，看一看。没有第一手的素材，再妙的笔也生不了花。"

现在，老全索性连乌审旗都不叫了，改称"绿色乌审"了，可见乌审旗变化之大。过去，乌审旗这个名字几乎就是大沙漠和贫穷荒凉的代名词，而乌审旗境内的乌审召则是全国有名的"牧区大寨"，这个名字是人们改造沙漠的代名词。我对这颗传说中的毛乌素沙漠里的绿色明珠心仪已久。多年前我虽去过一次，却未见到它的美丽容颜。

那是20世纪90年代初，我与两位著名作家和一位《人民日报》的记者一起去乌审召。他们从北京来就是想看看乌审召，反映一下乌审召在新时期的变化。那时正是初春时节，内地已是草长莺飞、百花齐放了，可鄂尔多斯的风景还不行。我告诉他们，乌审旗和内地至少差一个节令，现在沙漠上的牧草和沙柳还没有返青，去了最多也就是"草色遥看近却无"。他们说：我们就是到毛乌素遥看草色来了。于是，我们兴致勃勃地结伴去乌审召。

清晨从盟府东胜离开时只有一点料峭的小风，可进入到毛乌素沙漠的坑洼土路，就明显感到车外起风沙了。天空变得灰蒙蒙、黄澄澄的，扬起的沙尘打在车上沙沙作响。越野汽车载着我们在毛乌素沙漠里穿行，越过一道又一道明沙，就像在"黄海"上颠簸，远近没有星点草色。快到乌审召时，车陷进了沙里，司机加大油门，汽车嗡嗡地拱着沙，就像负重的老牛，可哼哼了几声，就不动窝了。

司机恼怒地说："我这车还没被卡住过哩。"

当时我们乘坐的车是盟内罕见的丰田陆地巡洋舰越野车，是伊盟盟委秘书长、著名作家阿云嘎专给我们派的。司机拉开车门下车，呼地涌进一股风沙，车内立即污浊不堪，人们急忙捂住了口鼻。司机围着车轮拧来拧去，我知道他是在给汽车挂加力。当司机钻进车内时，已经成了个土人，连眼睫毛都沾着黄尘。他用毛巾擦着脸，嘟囔着说："来这穷地方做甚？做甚？"

我们到了乌审召，司机直接将车开进了乌审召苏木政府的院里。苏木的几位领导早就在等候我们了。苏木长略带遗憾地对我们说："你们现在来得不是时候。再过两个月你们来看，这地方有树有草有野花，美着哩。"

然后他给我们介绍乌审召，这个当年的"牧区大寨"、新时期的绿化典范，说草有多少亩，树有多少株，大小牲畜有多少头只，甚至连适龄母畜有多少都做了介绍。总之，这里是人畜两丰、树多草美的好地方。可我望着窗外扯不断的黄色帷幕，心想：那些树和草在什么地方呢？蛰伏在莽莽黄沙里吗？还在等待春风唤醒、雨水润活吗？我知道初春时节的草原没法看，还是希望它一年四季常青，再也没有这么多的风，没有这么多的沙！这是我们的绿色明珠啊！

风沙和早春天气让我不识乌审召的真面目。后来我在创作报告文学《绿色壮歌》时，没有提及乌审召，对我来讲这不能不说是遗珠之憾。多年来，这已经成了我的一块心病，总想有机会再访乌审召，为乌审召写些什么。可眼下，鄂尔多斯入冬以来几乎没下过雪，开春以后没有落过一滴雨，也不知毛乌素沙漠的草返青了没有？这时去乌审召，还是让我有些担心。我对老全说："等草长起来了，我一定要去乌审召看看。"

转眼到了夏天，鄂尔多斯的旱情仍在加剧，还是没有一点雨水。听人说，鄂尔多斯西部的牧区草原的草都没有返青，全是枯的，几乎跟严冬季节一样。这天，我和市里几位作家受市领导之邀在成陵风景区的蒙古包内喝早茶。喝茶之间不由自主地谈起了鄂尔多斯的生态建设，重点又是渐行渐远趋于消失的毛乌素沙漠。

老全问我："你去乌审召了吗？"

我说我还没有去。老全替我着急，说："你等什么呢？"

我说我还有些事情。实际上我是被乌审召的变化搞得有些犹豫不决了。通过媒介，我知道乌审召那里已经成立了乌审召化工园区，并有数个投资几十亿的企业进驻。报载，一个什么年产百万吨二甲醚之类的化工企业已经投产。一想到当年的"牧区大寨"现在成了化工园区，我的心中就有些发紧。我对化工企业心存恐惧，它们给我的印象基本上都是高度污染环境的，是该毫不客气地关停的。

前些日子，我陪从北京、天津、保定来的兵团战友重返当年与沙漠苦斗的黄河湾。一路走来，战友们都对鄂尔多斯的变化赞不绝口，让我这个仍留在鄂尔多斯的老知青脸上很有光。我们乘车从一条沙漠公路往黄河边上走，只见路两旁的沙蒿爬满沙障，满眼葱绿，战友们都说沙漠比过去好看多了。

我说："今年天旱，要不更好看！"我正得意，眼前却出现了一片灰蒙蒙的碱湖，车也走上了一条坑坑洼洼的碱土路，立即颠簸开了。我也闹不清是修好的沥青路被碱面子烧坏了，还是铺油路时就把这段放弃了，脱口便说："哪来这么段破路？"

战友们笑着讥讽我："亏你还当过交通局长哩。"

一辆辆汽车在这条堆满灰碱面子的土路上颠簸着，车轮带起乌灰的碱土面子。见烟尘滚滚而来，人们吓得赶紧关车窗。我看到碱湖边上有一个连院墙都要倒塌了的化工厂，厂房破破烂烂，高高的烟筒竟然还往蓝天上喷着乌黑的浓烟，跟装扮美丽的沙漠形成了极强烈的反差。

战友们都不说话了。

我闷了半天，骂了一句："这是啐在鄂尔多斯脸上的一口臭痰！"

说实在的，我真是惧怕工业化。

此刻，我直言不讳地向老全和那位领导表达了自己的观点。

领导说："你讲的那是初始工业，是对环境、对土地的野蛮掠夺和破坏。鄂尔多斯能走到今天，就是因为我们搞了循环工业。鄂尔多斯经济要发展，生态要恢复，就必须搞工业化。工业化与环境治理之间并不存在不可调和的矛盾，也不像你想象的那样你死我活。"

老全问："你说的循环工业，我们可不可以理解为绿色工业？就像'绿色乌审'那样？"

领导说："'绿色'应是一个文明的概念，它的本质应是和谐相处。工业与农业，与牧业，与草原、沙漠，与大自然，都应和谐相处。总之，我是一手要金山银山，一手要绿水青山。"

我问："假设只有一种选择呢？"

领导笑着说："我刚才说了，这是一种文明的概念。绿色文明是一种复合型的文明，它需要我们集中各个研究领域的最科学、最先进的思想、技术和成果。"

我想起了钱学森的沙产业理论，钱老讲的是知识密集型产业。

老全对我说："我觉得你还是快点去乌审召看一看。乌审召这个点既有历史的意义，也有现代的意义。"

领导也鼓励我说："你要去看乌审召，我给你安排。"

于是，我去了乌审召。

二、我们行进在"非典型化沙漠"里

车在起伏的绿海中行进着，若不是偶有黄色的沙碛出现，我不敢相信我们是行进在毛乌素沙漠里。15年前那条通往乌审召的旧道还在，不过已经换成了亮亮的黑色油面，路面非常洁净，被风吹得没有一点沙尘。路上，不时有野兔子机警地蹿过去，引得我们尖叫、惊喜。一路行来，原来大起大伏的黄色沙漠全铺上了沙蒿、沙地柏和各类沙生植物，就像一块块硕大的绿色地毯，从我们的眼前伸展到很远很远的天边。

我一路啧啧惊叹着：这哪是沙漠！

车不时停下，不是我攀上高高的沙梁远眺那无边的绿色，就是与我同行的《鄂尔多斯日报》摄影记者刘钢被哪片美景所吸引，咔咔地摁动快门，定格这永恒的绿色。刘钢的脸上现出抑制不住的兴奋，他告诉我，他也没有想到毛乌素沙漠竟然变成这样！

走着走着，天公作美，竟然下起了蒙蒙细雨。同行的市委副秘书长吴振清打趣地对我说："肖老师给毛乌素沙漠带来雨了。"

我知道今年冬春鄂尔多斯遇到了奇旱。这次我们能随着细雨一同来到乌审召，是一件让人非常惬意的事情。雨沙沙地打在沙蒿丛上，落在地柏滩上，使满目的绿色更透亮，更清新，更湿润。

汽车在雨雾中穿行，雨刷器轻轻刮开落在车窗玻璃上的雨水，车窗外还是绿色，一望无尽的绿色。我甚至产生这样的念头：若是能够看见一座金黄色的沙山，就能使绿色显得格外分明。吴振清和刘钢说他们也有这样的想法。

吴振清打趣说："肖老师，我们可不可以这样说，我们现在是行进在'非典型化沙漠'里。"

我一听不禁哈哈大笑。

"一日不见，现在还真有点想沙漠了。我们是不是太乐观了？这么美的地方搞什么化工园区呢？"

我不知道乌审召化工园区究竟是什么样子，会不会扼杀人们千辛万苦换来的满眼绿色呢？我怕再碰上黄河边上那样的让人倒胃的化工厂，那才叫人欲哭无泪呢。

离乌审召化工园区越来越近，我真的有些紧张了，不时向远方眺望着，生怕看到什么让人感到不舒服的东西。还好，仍是绿意浓浓，雨丝细细。我们来到了乌审召化工园区。透过雨帘望去，园区大路两侧花红草绿，一排排樟子松傲然挺立着，根本见不到裸露的沙丘。

我几乎是用挑剔的眼光审视着这个化工园区。最后，我不得不承认，这儿美丽得就像一个大花园。吴振清告诉我，化工园区动工时，他随市里的领导来过多次，这里原来是一片寸草不生的大沙漠。这个化工园区方圆50多平方公里，大约占整个乌审召流动沙丘面积的六分之一。现在，这里已经有博源化工公司、苏里格天然气化工有限公司等6家上规模的企业进驻。我知道吴振清说的上规模企业是指投资几十亿甚至上百亿的企业。

我们驱车来到博源化工公司的厂门口，看见许多白色的大贮罐并排立在厂区内，还盘绕着无数的铁管子。这些东西是现代工业的标志，可我感到这些钢铁组成的东西有些刺眼。厂区人很少，只有几个警卫在厂门口把守着。这时，乌审召化工园区管委会的陈主任迎了上来。他说已经替我们登记好了，陪我们进厂参观，并且提醒我们进厂区需要关闭手机。我听了头皮有些发麻，咋这绿油油的大漠里出了这么个易燃易爆的危险地方？我早就说过，我惧怕工业化，它的确让人心生恐惧。

我关了手机，又检查了一遍，还是不放心，索性把电池取出来了，这才跟着陈主任走进了博源化工公司的厂区。厂区里除了钢铁，就是林木花草。厂区道路的两侧全种了绿油油的沙地柏，沾扑着细细的水珠，显得生机勃勃。我忽然感到厂区的绿色环境与冰冷冷的塑钢厂房、钢铁管道、几十米高的白色贮气罐搭配得十分自然与和谐，甚至是相得益彰。

一个30多岁的年轻人负责接待我们。他戴着一副眼镜，显得文质彬彬，身上书卷气很浓。陈主任说他是这个工厂主管技术的副老总。他冲我们笑笑，便带我们到厂房参观。他非常认真地给我们讲二甲醚的提炼过程，只是太专业了，我根本听不懂。他只得用易懂的话告诉我，二甲醚是从天然气和煤中提炼出来的，是石油的替代产品，属于新型的清洁动力能源。

陈主任告诉我，这个年产百万吨二甲醚的项目是打造鄂尔多斯新型能源基地的重要举措。二甲醚在燃烧时不产生工业废气，十分环保，是石油的最佳替代品。二甲醚的确是个好东西，可我关心的是提炼二甲醚对周围环境的影响，比如说工业废水的处理……

陈主任笑了，脸上显得十分淡定和自然，他说："我正要带你们去参观，看看污水出厂后的样子。"

陈主任告诉我，经过处理的污水排放地离厂区还有五六公里远，只得开车去了。我和陈主任上了一辆车。他在路上告诉我，乌审旗委、旗政府在4年前确定了"以人为本，建设绿色乌审"的战略，明确提出"用集中开发利用1%的土地换取99%的生态恢复和保持"，强调在推进工业化的进程中治理毛乌素沙漠。他们之所以把工业园区选在乌审召的大明沙地段，就是鉴于旗委、旗政府这样的发展思路。一句话，把草场、良田留给农牧民，把流动的大明沙交给企业治理。

陈主任颇为动情地说："乌审召人与毛乌素沙漠苦斗了60多年，不容易，现在该得到回报了。我们不能干与民争利的事情！"

我的眼前出现了一个深绿色的湖泊，水面很宽，足有5平方公里。湖边的沙地上长着茂密的青草，里面几个躲雨的小水鸭子见车过来，嘎嘎地鸣叫着游进了湖里。水波荡漾，清风徐徐，绵绵不断的雨点敲击着湖水，泛着浅浅的涟漪，一圈接着一圈，十分养眼。雾蒙蒙的湖面上盘旋着灰鹤、捞鱼鹳之类的鸟儿。不时有水鸟扎进湖水里，长嘴里衔着鱼儿冲出水面……

这样的美景让我非常感慨，怕是在江南也很难找到这般静谧的去处。陈主任告诉我："你不是要看工业废水咋处理的吗？这个沙漠湖泊就是博源化工厂经过处理的污水汇集而成的，水质完全达标，现在可以为园区的绿化提供充足的用水。湖里的鱼类和水生物，湖边的水鸟，还有湖岸边的青草就是最尽职的水质监测员。"

我们都为这片蓝色的水面而倾倒，啧啧赞叹。

"秋天时，还有一些白天鹅来落脚哩！引得人们跑老远来观看。"乌审召化工园区的一位工作人员告诉我们，"过去这地方就是块寸草不生的灰碱地。风一起，灰碱面子乱飞。时间久了，人的头发都是黄的。咋敢想白天鹅哩！"

人们笑了起来。

抚今追昔，我也不禁好生感叹。

我问陈主任："园区中的企业在环保这块的投入一定很大吧？"

陈主任告诉我："根据旗委、旗政府定的'生态立旗'原则，在推动工业化进程中，在园区招商引资时，坚决实行环保一票否决制。入园的门槛高了，所以进驻园区的企业都是上规模的环保型清洁能源企业。这些现代化的循环经济企业的环保意识、生态意识都特别强。现在，这些企业都有自己的环保公司、绿化公司。我们这个园区每年用在环境治理方面的投入都在两亿元以上。只有这样，1%的工业用地才能保证99%的生态恢复。目前，我们园区控制的55平方公里的沙漠全部披上了绿装，恢复了生态。这些企业的生态公司、绿化公司还可以为乌审召的农牧民提供许多就业岗位。一定要保证树绿草青，人有钱赚！春季植树种草时，公司用的日工的工资都达到了130元左右。有的牧民说，过去治了那么多年沙，都是贴工贴钱，现在这是咋了？栽树苗子种草还有现钱挣，沙巴拉地里挖出宝来了。"

他所说的"巴拉地"，就是人们常说的沙湾子，一般是在两座大沙丘之间。过去，乌审旗的农牧民都在巴拉地上开小片荒。

我想，这就是公司的力量！

乌审召工业园区的企业治沙模式告诉人们，既然治沙是个产业，就应当用产业化的标准来规范治沙产业。也许人们会得到这样一个启迪：只有当工业化思维进入生态领域时，生态建设才会发生质的革命。

陈主任还兴致勃勃地带我们去参观博源公司的培训中心——博源商学院。这所商学院非常别致，全是仿唐式的建筑，深蓝色的琉璃瓦顶，灰色的校舍，让人感到如同踏入仿唐建筑保留得比较好的日本。徜徉在这集会所、教学楼、学员公寓、假山、小溪于一体的雅静校区内，你仿佛嗅到从这古色古香的建筑中透出的浓浓书卷气。真不敢相信，3年前这里也是一片荒漠。

在毛乌素沙漠里建起这样的学府，可能是乌审召人过去做梦都不敢想的事情。看着建在沙漠中的现代化工厂、幽静的商学院，我不由得感叹：变了，毛乌素沙漠真是变了！

陈主任带我走向了一个绿色的沙丘，说站在上面可以俯瞰整个工业园区，可以更直观地了解工业园区的全貌。我们向沙丘上走去。刘钢早跑了上去，举着照相机不停地拍照。

我站在沙丘上远眺，一座座现代化的工厂在绿油油的毛乌素沙漠中显得分外醒目。厂房设施大都是银白色的，静静地立在那儿，就像是一尊尊以现代工业为题材的雕塑，看上去非常大气，而且，它们以远处的沙漠、绿草、蓝天为背景，这画面又显得非常温柔和谐。

我想起自己来乌审召时的犹豫不决，感到有些可笑。在我的潜意识里，工业化是个冷冰冰的东西，在创造财富的同时，也在张开血盆大口，吞噬着文明、传统、人情、环境。像许多作家一样，我也对工业化存在着莫名的恐惧，对其敬而远之。我们在默默地享受、承受着工业文明带来的一切时，心中还恪守着恬淡的精神家园——那个渐行渐远的东西。今天看了乌审召化工园区，我才忽然发现工业设施与环境可以组合得这样美，这样让人心动。循环经济正在颠覆着传统工业带给我们的可怕的环境梦魇。

三、你说，把它恢复成原样？

当我回头准备走下沙丘时，却有了重大发现，禁不住惊叫了起来。我发现在我背后不远处竟然还隐藏着一个随沙丘走势起伏跌宕、错落有致的高尔夫球场。我像一下子掉进了五里雾中，有些懵懂，以为产生了幻觉，揉揉眼睛定睛观看，真是一个相当讲究的高尔夫球场。绒绒绿草铺满了沙原，或柔缓舒展，或高低参差，显得高贵、典雅。在这一刻，这片绿色沙原在我的眼睛中得到了升华——神话般的升华，似乎离毛乌素沙漠还很遥远的城市化就像一位美丽的仙女悄然降临到了乌审召。

我问陈主任："咋想起在沙漠里搞个高尔夫球场？"

陈主任告诉我："随着乌审旗境内的资源开发，园区要做大做强，到2010年还要有10多家世界级、国家级的大企业进驻园区，投资额度恐怕不能用百亿计算。因此，园区的配套设施和文化设施要与世界接轨。这个高尔夫球场是我们国家第一个建在沙漠腹地的国际标准化高尔夫球场。它既改造了沙漠，又搞了绿化，而且还提高了园区品位。我想有些大老板、企业CEO、高级白领乘飞机来打沙漠高尔夫，也不是什么大不了的事情。这里交通非常方便，东有鄂尔多斯机场，南有榆林机场，西有宁夏机场，北有包头机场，都在300公里半径内。我可是以乌审召为中心画圆的……"

说到这里，他哈哈大笑起来。我能听得出那份骄傲和自信。

他说："另外，我们也想给沙漠文化打造一个极品，定一个标高，毛乌素沙漠还可以这样搞。"

大手笔、眼光长远的乌审召人啊！半个世纪前，这里出了个宝日勒岱，"牧区大寨"声名远播，引领着一个时代的中国荒漠化改造。现在，乌审召人将循环工业和城市文明引进了毛乌素大漠，正在书写着沙漠步入现代化的辉煌篇章！

我望着这座漂亮的沙漠高尔夫球场，见绿色的草坪上有一辆高尔夫车缓缓驰过，车上坐着几个身穿高尔夫运动衣的人，正在兴高采烈地交谈、指点，似乎在评判着眼前的一切。我听不到他们在说些什么，但能感受到他们一定像我一样，对眼前的毛乌素沙漠充满了好奇、惊讶。

可这惊人变化，不过是用了短短3年多的时间。

一跃逾千年，乌审召换了人间。我和同行者不禁对乌审召的今昔巨变感慨连连，都称赞乌审召人改造毛乌素沙漠出手就是大手笔。

"你们千万别再夸了，咳！"陈主任叹了口气说，"我这高尔夫球场也遇上麻烦事了。"

"麻烦？"

"你说哪一级领导不知道这个高尔夫球场？哪个来了不夸奖？挥几杆子打两洞的也不少见。我以为这就算有了许可证哩！可前些日子忽然来了个上面的检查组，硬说我们这个球场违规。"

我问："哪个上面？"

他说："人家是联合检查组，专项清理高尔夫球场，来头大得很，北京的、呼市的、市里的人都有……要说，咱这高尔夫球场手续是有点不全……"

我问："补办手续不行？"

他说："我也是这样想啊，可检查组的人态度强硬，非要让我们恢复原样。我一听傻眼了，愣怔了半天。他说要恢复原样？好，既然要恢复原样，咱先得看看甚是原样吧？"

陈主任带检查组的人去了一片大沙漠，那是原汁原味的沙漠，满目荒凉，沙山高矮不一，一座接着一座，俨然进入了一片死亡之海。检查组的人这才知道什么叫沙漠。原来他们还以为绿草青青、湖光水色的乌审召化工园区就是沙漠呢！

陈主任对检查组的人说："这就是原样！"

面对沙漠，检查组的人无语了。

我问："现在怎么样，他们不再坚持恢复原样了吧？"

陈主任说："现在我们正在给有关部门报一些补充材料。咱不能以为治理沙漠情况特殊，就啥都有理了，该办的手续咱还得办，该报的材料咱还得报。"

我说："我原以为你让上边的人看看原汁原味的沙漠，人家就放你一马了。"

"哪能呢！人家缓期执行，给咱个补救的机会，我就阿弥陀佛烧高香了！"陈主任笑道，"关键是用水。咱的高尔夫球场用水主要来自工业园区的循环水。当初建高尔夫球场考虑的也是污水净化的有效利用。这高尔夫球场要是与人畜争水，我这关就过不去！"

我想陈主任讲得有道理。水永远是第一位的，是资源，是宝贝。对水的循环利用，是乌审召工业园区赖以生存和发展的保证。

陈主任告诉我："沙漠越治理，以后各类建设项目就越难批，征用土地就越难。前些年有陕北、宁夏的人跑进这沙窝窝里建了小焦炭炉子、土炼油炉子，一干多少年。别说管理部门，连这里的农牧民们都不知道。过去的沙漠太荒芜了，现在的毛乌素沙漠反倒成香饽饽了！真是'三十年河东，四十年河西'。"

人们大笑起来。

我相信陈主任说的是真的。据我所知，过去隐藏在毛乌素沙漠里的土炼油炉、土焦炭炉太多了，要想全部发现它们，除非用飞机低空侦察。

想到这里，我又记起了一个故事，也是关于戈壁、沙漠的，几乎就是一个传说。在新疆解放时，一群国民党溃兵无路可逃，最后窜进了罗布泊沙漠，不见了踪影。直到1964年进行原子弹试验，侦察飞机奉命对受爆炸影响区域做最后一次低空搜索时，才发现这群已在戈壁、沙漠中生活了15年的国民党溃兵。最后还是用直升飞机把他们运出了罗布泊沙漠。

我还是想见识一下没有改造过的大沙漠。到了乌审召我更明显地感觉到，以后再见大明沙怕是不那么容易了。也许再过两年，毛乌素沙漠就会成为一个传说。

风从草原走过，

吹散多少传说……

腾格尔就是这样唱的。

我想，趁传说还没有被吹散，我得赶快再见识见识大沙漠。

于是，我对陈主任说："能不能带我去看一看你说的那块大沙漠？"

陈主任说："那有甚看头？你又不是检查组的。"

我说："来一趟乌审召，不能光看'非典型化沙漠'吧？吴秘书长，你说是不是？"

吴振清对陈主任说："又不是啥宝贝，你老陈还怕人看啊？"

人们又笑了起来。

老陈带我们去看大沙漠。从这里往东驱车走了大约有半个小时，才渐渐进入到黄澄澄的大沙漠里。放眼望去，沙山逶迤，沙浪起伏，浩浩漫漫的荒漠没有任何生命的迹象。

我想，这才是真正的沙漠！

车走着走着，柏油马路没有了，于是停在了一座高耸的沙山前。这里好像在修公路，在漫漫黄沙中，有几台推土机在推着大明沙。我判断他们是在推一条路基。

陈主任说："没错，是在修路。可以这么说，乌审旗的每一条路都是穿沙公路。我们得抓紧把路修通，看来还得再上几台推土机。"

我们从车内走了下来，远眺这片荒漠。

吴振清问："看这架势，这块荒漠是不是也规划了？"

陈主任说："这块地划给中国煤炭总公司了，要上煤化工，总投资上百亿。这可是央企，中国煤炭工业的巨无霸。我这不是正在抓紧打通道路？明年中煤就要开进来了。今冬明春还得完成路两侧的立体绿化带。不管是任何项目都得边建设边绿化，这是旗委、旗政府的死规定。领导多次强调，乌审召工业园区上项目必须严格保证，要用1%的工业用地换取99%的生态治理！"

我想，这的确是个推进生态建设的好思路，用工业化带动生态建设的产业化，具体说是用上项目推动生态恢复。这可能就是乌审旗委、旗政府推进毛乌素沙漠治理时独创的。我明显感到这是推进"绿色乌审"建设的有力抓手。我相信按着这个思路发展下去，这里也会像建成的乌审召工业园区一样，实现创业者最初设想的"厂在绿中建，人在林中走，水在园中游，鱼在水中游"的情景。这并非是乌审召人浪漫想象中的乌托邦，而是今天确实存在的和明天将要实现的。

我们都为这个即将动工的煤化工项目祝福。

陈主任道："咳，我现在担心的是，要是明年检查组再来，我可真不知道该给人家看点甚了。"

老陈还在想着他的高尔夫球场。按说，高尔夫球场与毛乌素沙漠这本应是风马牛不相及的事情，现在却鬼使神差地联系在了一起，搅动着老陈的脑海。

我与老陈告别时，真心祝福老陈的高尔夫球场好运，也衷心祝福毛乌素沙漠走向现代化。

这次乌审召之行，使我下决心把气力定在"绿色乌审"的采写上。

我坚信：毛乌素沙漠有故事。

我望着眼前的毛乌素沙漠，暗想，也许我走进了一个故事的海洋中，随手拈一朵浪花也许就是一个动人的传说。

四、真的，兀其高的沙漠咋就没了？

两年多来，我多次走进毛乌素沙漠，想要亲眼看着那些残存的一座座大明沙低下不驯的头，像被驯服的野马一样老老实实地被牧人套上笼头。我发现，越是大的明沙梁越是孤单，已经失去了狂躁、咆哮、飞沙走石的凶悍，只得穿上人们为它精心缝制的绿装，慢慢汇入"绿色乌审"的浩浩绿海之中。

我知道，毛乌素沙漠的悄然隐退，在乌审大地已经开始了倒计时。我在想，能亲眼看到一块块沙漠慢慢消失，那是一件非常有意义而且惬意的事情。

在乌审旗看沙的日子里，我徜徉在绿意盎然的陶利滩上，在好客的牧民家里与牧人们大碗喝酒，倾心交谈，放声高歌，纵情跳舞；在无定河边的农户家里，我们盘腿而坐唠家常，古往今来，无所不谈。我能从毛乌素沙漠中触摸到鄂尔多斯人的生命轨迹——他们千百年来与这块沙漠共舞共歌、共生共荣，先人的骨殖溶化在这里，先人的音容笑貌嵌刻在这里，先人的魂灵福佑着这里。毛乌素沙漠已经是他们生命的一部分。

在这里，我不敢说自己像乌审旗的鄂尔多斯人一样与毛乌素沙漠休戚相关，但我能从毛乌素沙漠的变化中看出时代的变迁。这里的每一株树、每一棵草，都会轻轻絮语，向我叙述沙漠里发生的故事。毛乌素沙漠是有生命的，在我眼中它的重叠波纹就是生命的年轮。每当我从它的身边经过时，我都能感受到它的生命律动。

我还搜集、整理了有关毛乌素沙漠及乌审旗的历史、文化、农牧林业、工业、地理、地质等各式各样的资料，伏案阅读了足有上千万字，初步晓得了毛乌素沙漠的黄与绿、红与黑。我敢说，毛乌素沙漠在我的眼中是有历史底蕴的，也是丰富多彩的。

为了立体地掌握乌审旗一带毛乌素沙漠的状况，把毛乌素沙漠看得更清楚，两年多来，我从不同的方向穿越毛乌素沙漠进入乌审旗。从东胜出发往乌审旗走，最便捷的是走包茂高速公路，过成吉思汗陵再西行，上兰深公路，直达乌审旗嘎鲁图镇，这可见识乌审旗的东部沙漠。为了看乌审旗北部的沙漠，我从东胜往西过杭锦旗，然后穿越乌审旗的北部沙漠，至嘎鲁图镇。为了看乌审旗的西部沙漠，我从东胜到鄂托克旗，再由鄂托克旗穿越乌审旗西部沙漠公路直达嘎鲁图镇。为了看乌审旗的南部沙漠，我绕道陕北榆林市，走定边、靖边县，然后掉头往北，直达无定河，过苏力德草原，到达嘎鲁图镇。

"嘎鲁图"是蒙古语，译过来就是鸿雁。这是个浪漫而充满诗意的名字，能给人以充分的想象。这个以鸿雁命名的小镇，现在是乌审旗人民政府所在地。这里刚解放时只是一个居住了几百人的小土围子。据老辈人回忆，那时土围子设有城门，还有旗兵把守，以防兵匪和盗贼。60多年过去了，现在这里已是一个美丽的初具规模的现代化城镇，有常住人口5万余人。镇长自豪地告诉我，这个镇包括城市、沙漠、草原、农村，方圆有2475 平方公里。他热情地领我参观了镇区所辖的草原、沙漠、城市。在路上，他告诉我，2009年8月，有联合国人居署和亚洲人居署人员参加的中国房地产及住宅研究会人居环境委员会会议将乌审旗定为首家"中国人居环境示范城镇"。我知道这个会议，在我自己独自看沙漠的时候，这个有高官、国内外专家参加的会议的代表们正在浩浩荡荡地参观乌审旗的"非典型化沙漠"。

把首家"中国人居环境示范城镇"放在毛乌素沙漠里，可见乌审旗推进城市化进程的过人之处和"绿色乌审"的魅力所在。在2009年7月26日发布的《第九届全国县域经济基本竞争力与科学发展评价报告》中，乌审旗位列西部"百强县"的第33位。

媒体报道这个消息时称：

> 乌审旗虽然地处中国版图西部的毛乌素沙漠腹地，但这里并不是一片贫瘠的黄土地。事实上，乌审旗自上世纪50年代就因植树造林、抵御风沙、改造自然环境，与大寨齐名，有"农业学大寨，牧区学乌审召"之称。但在随后改革开放的若干年里，却逐渐在全国人民的视野中淡出，直到最近几年，一批资源能源企业在此聚集，才重新唤起了人们的注意。

这样的报道一看就是北京的大记者写的，高屋建瓴，俯视全国，有可能连毛乌素沙漠都没有来过，挥笔就给乌审旗定了位。不像我辈，眼睛就盯住毛乌素沙漠，一连几年都不放。

可这块沙漠让我咋看也看不够，而且还把观沙的乐趣、发现传递给我的朋友们。我曾多次对战友丁新民等人说："毛乌素沙漠在乌审旗可扛不了几天了，旗委、旗政府带领全旗人马，快把毛乌素沙漠收拾完了。"

丁新民是鄂尔多斯东方路桥集团的老总，30年前在当时的伊盟公路勘测部门当书记。他熟悉毛乌素的沙漠公路，几十年来不知穿越过毛乌素沙漠多少次。现在鄂尔多斯沙漠上的许多道路，都是他当年带着勘测队员一步一步勘测出来的。

老丁非常有把握地对我说："我知道哪儿有大沙、明沙。乌审旗的路我熟，有时间我和你一同去找、去看。"

2010年夏天，我和丁新民等人在乌审旗转来转去，像找宝贝一样寻找着大明沙。走来转去，像样的明沙没有见到一处，倒是见到了多条新修的沥青油路穿行在绿色覆盖的毛乌素沙漠里。我们都有些吃惊。老丁现在是鄂尔多斯路桥建设的"大哥大"，我在鄂尔多斯交通部门供职也有30多年了，我俩都是"交通人"，竟然都不清楚这些路究竟是何人所修。现在乌审旗境内的毛乌素沙漠已是网格化，而这些网格就是由四通八达的道路构成的。这是在"绿色乌审"建设中实施的以旗府嘎鲁图镇为中心，辐射全旗镇、区的半小时经济圈的公路网。这样的公路建设格局，就是把毛乌素沙漠切割成块，便于人们对毛乌素沙漠进行有效治理。还有横穿毛乌素沙漠的鄂尔多斯南部铁路。从某种意义上来说，这些都已经成为"绿色乌审"工业化治沙的重要组成部分。

老丁说："那么兀其高的大沙漠好像就在我眼跟前晃荡着，可你真要找它还真费劲了。"

同行的人都有同感：真的，那么兀其高的沙漠咋不见了？

在嘎鲁图镇我们见到了乌审旗委书记。

他见面就问我："听说你在旗里转悠两年了。有什么建议，给我们提提？"

我开玩笑地说："这得跟书记大人单独请教。"

老丁说："这两年，老肖总是给我说毛乌素的沙漠快让你们给治没了，我还不信。以往也没少来乌审旗，坐在车上，总觉得还是走在毛乌素沙漠上，可真的瞪大眼珠子一找，没了！"

我们都笑了。

书记说："好多人都有这样的感觉。我们常年身处这个过程中，可能感觉就不像你们那样强烈了。全旗范围内大的明沙还是能见到一些的。乌审召就还有不少，你有时间可以去看一看。"

五、隔壁雇日工都给到160元了，他还给140元

我再次去了乌审召，旗绿化委的主任邵飞舟与我同行。邵飞舟是乌审旗的"老林业"，提起乌审旗的林业建设如数家珍，让我学到了不少的林业知识。他有些不明白，别人来乌审旗都是看绿色，我咋非要找大明沙看。

我说："我也算是咬定沙漠不撒口了。"

为了让我了解乌审召的治沙历史，邵飞舟先安排我参观了乌审召镇的"牧区大寨"纪念馆。在纪念馆里，我看到了许多文物和照片，尤其是宝日勒岱背着沙柳艰难攀爬高沙梁的照片，给我很大的冲击，由此感受到了当年乌审召人治沙的艰难和决心。我想看看这片沙漠，同行的人告诉我这片沙漠现在已经被规划进了化工园区。这让我感叹，当年的大沙漠只能存在于照片上了。

在乌审召，我终于见到了宝日勒岱他们当年栽下的"砍头柳"，现在粗

壮得一个人都抱不过来。我抚摸这些老树粗皴的树皮，能体会到当年宝日勒岱他们在毛乌素沙漠上植树时的艰难。

邵飞舟说："1956年旗里只组建了一个治沙站，几个国营林场是60年代以后才慢慢发展起来的。宝日勒岱他们植树时，整个乌审旗都没有树苗子，想栽树，要拉上骆驼翻越几百里大沙漠去陕北榆林买。那时，沙漠上哪有路，唯一的路标就是牲畜的粪蛋子。行路的艰辛就不说了，就是号称'沙漠之舟'的骆驼来回驮一趟也得半个月时间。"

乌审召镇党委书记张志雄接过话说："树苗子是活物，娇贵啊！"

张志雄听去榆林拉树苗子的人讲过，为了保湿，每棵树苗子的根部都得用湿麻布捆绑着，路上遇到水洼子就把树苗子放进水里浸湿。就是这样，还有不少树苗子不等回到乌审召就让黄风吹成了干柴火。树苗栽下后，浇水跟不上旱死的和被沙埋的太多了。好不容易长出树芽了，又有被牲畜啃死的。这些树都是经过九死一生才存活下来的。

我觉得这一排排大树都像是坚强的战士，都是那个时代的见证。我对张志雄说："现在应当把这些树都保护起来，这是当年'牧区大寨'的活文物。"

他告诉我："2011年，我们已经对乌审召庙区的十几棵古树进行了保护复壮。当年宝书记他们栽的这些树，树龄也就50年，正值壮年哩。我看以后挂个牌子或立块牌子，告诉人们这就是当年宝日勒岱他们栽的树。我在大会小会上没少说，咱不论到什么时候都不能丢了当年治理沙漠的革命精神。"

谈到乌审召镇的生态建设，他说："随着乌审召镇工业化、城市化的推进，对环境要求比过去高了许多。我们以后还要在美化环境上下些功夫，把镇区搞得漂亮一些，绿化中有美化，美化中促绿化。今年春天，镇上光购买万寿菊、牵牛花等景观花木就用去了110万元。另外，投资200多万元，在道路两侧栽种了樟子松、旱柳等优质树种。近几年，镇上用于生态治理的投资已经达到8600万元。"

张志雄说话慢悠悠的，说到投资、上项目，他先说少的，老鼠拉木锨——大头在后面。

我问他："镇上财政收入如何？"他说："今年能上5000多万。"我说："你现在可是财大气粗了。"他连连摇头说："别说比市里，就是在全旗范围内比，我这儿还不行。现在不说别的，光镇里市政这块投入每年都得上千万。'十二五'期间，若镇财政收入过不了亿，我这儿的速度就得慢下来。"

听着张志雄说的几千万、上亿的收入与支出，我感到乌审召真是富裕了。

我告诉他，我看过一个资料，1976年，乌审召公社牧业总产值才42万元，这已经是全旗产值最高的牧业公社。产值才42万，能有什么财政收入？

他说："当时是穷得不行，可乌审召人穷志不短，硬是打拼成了闻名全国的'牧区大寨'，精神财富富裕着哩。到现在我们还是受益无穷。我常给镇上的干部职工讲，咱不管什么时候都得继承乌审召的光荣传统。今年春天，我们组织干部群众进明沙梁里义务植树，大家在明沙梁里苦干了半个月，全镇义务植树3000多亩。咱乌审召咋绿的？就是这么一棵棵栽绿的！"

我说："我这次是来看大明沙的。"

他说："镇上现在办了个生态旅游公司。来乌审召旅游的人不少，他们的生意还不错，因为人们都想看看乌审召，看看大沙漠。只是近处看不到大明沙了，这多少让大地方来的人感到有些不便利。"

我说："越不便利越好。真要还是遍地大沙漠，也就没人来了。"

他笑了起来，说："没错，你坐上我的车，我得带你去看看咱乌审召的大明沙。"

我上了他的丰田越野车。他驾车一直往西开去。我俩在路上愉快地交谈着。他告诉我："现在还能看，沙漠里风不大，回去洗把脸就行了。春天在沙漠里植树时，沙子粘在头发上，每天回来用两盆水都洗不干净。"

我说："我也在毛乌素沙漠里待过，知道那滋味。"

我告诉张志雄，2010年乌审召化工园区的陈主任陪我看过块大沙漠。他问我是不是东面那块，我说是的。张志雄说2011年中煤已经在那儿搞场平了，我要再去老陈那儿看沙漠，他可真没有给我看的了。

通过聊天，我才闹懂了乌审召镇是一级政权，乌审召化工园区管委会是乌审旗人民政府的派出单位。现在，张志雄还担任化工园区管委会的党委书记。他说旗委这样安排，主要是为了协调园区内的化工企业与地方政府、农牧民之间的关系。实际上，他的精力主要还是用在镇上。

张志雄说："现在全乌审召镇的生态治理总面积已经达到近200万亩，生态恢复面积也在200万亩。另外，还实施了40余万亩退牧还草项目。"

我说："我只知道退耕还林、禁牧轮牧，对退牧还草还是知之不多。"

张志雄解释说："退牧还草就是人、畜彻底从草场退出来，实行人上楼，畜进棚。这样，草场就可以得到休养、恢复，提高草的高度、密度，几年下来，你再来看……"

他对乌审召的未来充满了信心。

"人上楼，畜进棚。"张志雄似乎是不经意间讲的，但我知道这句话的背后必须有强大的产业化做支撑。只有工业化、城市化进入到毛乌素沙漠时，人们千百年传承下来的生产、生活方式才会发生改变，而维系这种生产、生活方式的土地也才会发生相应的改变。毛乌素沙漠是农牧业文化遗留下来的产物。不改变传统的农牧业生产方式，沙漠就不会得到改变。也许，工业化是沙漠的克星。

他讲起了乌审召镇生态移民小区建设，他说："2010年镇上就开始建设生态移民小区，2011年完成配套，已经有牧民搬进了小区。要不，咱们去看看移民小区？"他说着就要拐弯。我急忙说："咱不是说好去看大明沙吗？"

我两哈哈大笑起来。

他把车开下了公路，拐进了一条简易土路，穿行在苍茫的寸草滩上。草原显得很开阔，开阔得有些单调。绿色，都是无尽的绿色。张志雄说，过了这片草原，就能见到明沙了。果然走了一段路，在草滩上见到了一块块黄澄澄的明沙，每块都不大，有足球场大小，像积木一样东一块、西一块地散落在草地上。张志雄说，再往西就能看见连片的了。后来虽然见到了连片的明沙，但与我记忆中的沙漠相差甚远。我有些失落，但那是高兴的失落。

他像是安慰我："再一直往西还有高的、大片的，就是没有路了……"

我望着这片沙漠。沙漠上有推土机轰轰作业，边上有许多人影晃动。我不知道这是在搞什么样的项目。也许过不了多久，连这样的沙漠也见不到了。

张志雄用手比画着眼前的明沙对我说："我们可不想把这块沙漠简单地染绿了，我们要让它出大效益。"

原来，镇里在这里规划了万亩樟子松基地，已经开始动工了，眼前的那些推土机正在平沙。明年樟子松基地就要建成，而且全部上喷灌，3年内就可以出苗。现在沙漠边上已经有了零零散散的小规模的樟子松苗圃，有些已经有了收益。

我说："咱们去看看？"

张志雄带我去了沙漠之间的一块巴拉地。现在这里已经建成了一个樟子松苗圃，松树苗绿油油的，有四五十厘米高。一群女人正在往外移苗。苗圃边上有两辆汽车，车上装着松树苗子。地边上还停着几辆小汽车，我有些奇怪，不知是什么人用的。邵飞舟说人们开着小汽车种地的多了去了。

张志雄问在地里干活的一个女人："咋这么矮的苗子就往外卖了？"

那女人说："领导，我是打工的，这事你得问老板。"

张志雄说了一个人的名字，那女人笑着说："就是他。隔壁那块苗子地雇日工都给到160元了，他还给140元，看娘娘明天敢给他转场不！"

转场是指倒地方。日工140元人们还骂娘，应当算是幸福的嬉骂了。

那女人一面嬉骂着，一面忙忙碌碌地干着活。

张志雄打了个电话，看来是找到了这块苗圃的主人，训了一气，然后放下电话说："我早给他说过，到明年这苗子就能长到80厘米，和现在出苗相比，价钱能多出一倍，可他架不住人家央求，30多元一株就给卖了。"

我问："一亩地能出多少松树苗子？"

邵飞舟说："千余株应该没有问题。现在樟子松苗子供不应求，有多少市场吸纳多少。鄂尔多斯绿化面积广，树苗子太缺了，现在东北的松树苗子不停地往这儿拉还不够用。就是东北的苗子不太服鄂尔多斯的水土，不好侍候不说，成活率还有些低。当地育的松树苗子，皮实好活，市场前景好。现在旗里搞50万亩樟子松育苗基地，就是瞅准市里和旗里的绿化市场建的。"

我问："他们育苗经济效益如何？"

张志雄说："咱们算个账，1亩就按1000株计算，每株30元，就是3万元。这1万亩的产值是多少？3个亿！你说这块沙漠是不是聚宝盆？现在人们抢着开发荒漠，为甚？因为这里面有利。有利才能吸引投资，人们才有积极性，才有主意，有办法。这事我可是琢磨上了。我在乡镇干了快20年了，知道问题出在哪里。过去咋治不住沙？主要是净当贴面厨子了，人们积极性咋能长远！远的不说，就像咱乌审召，六七十年代那可是全国出了名的'牧区大寨'，也没能治住穷。你们说是不是？我看现在旗委、旗政府提出'绿富同兴'，这才挖在了事物的根子上。"

邵飞舟也说："现在的产业化治沙是用提高经济效益拉动的，一面治沙一面治穷。沙漠绿了，人也富了。绿富双赢才是真正可持续的科学发展。"

我望着眼前的沙漠，想象着两年以后这里就会成为万亩樟子松苗圃，不光出绿，还能滋生财富，成为乌审召人的生财之地。

张志雄拉我到了他的移民小区。这个小区在镇的东面，已经建起了10多幢6层楼房，看上去很漂亮、气派。我打量着这片小区，觉得即使把它搬到任何一个城市，也丝毫不逊色。张志雄说："这个小区安置的全是退牧还草转移的牧民。"我问："牧民需要交多少钱才能入住？"张志雄说："全部是免费住房，而且是精装修。就是这样，牧民们还不愿意住楼房呢！咱镇上的干部还得磨破嘴皮子动员他们上楼。要说，这也怨不得牧民。你想，祖祖辈辈住在草地上，牧马放羊，清风凉爽惯了，现在忽然住到了楼上，咋好适应？"

张志雄指着一幢漂亮的大楼对我说："这是已经落成的社区服务中心，里面图书馆、会议厅、党员活动室、娱乐室、健身房、卫生站等一应俱全，幼儿园马上也能投入使用。这些配套设施完善了，就更能吸引牧民入住了。"我问他："现在住进人了吗？"他说："今年已经搬进了百十户，明年就能全部入住。我让镇上的干部和新分来的大学生全部深入到住户当中，每个人包几户。连教他们如何使用卫生间，你都得考虑到。"

张志雄他们考虑得很周到，但我有些担心：上了楼的牧民能适应得了现在的生活吗？他们的生活来源是什么呢？张志雄想领我走几户看看，我说下次吧。这类移民小区将是我以后采访的一个重点。

说心里话，我是不愿意见到牧人的失落。这些呼吸惯了清风野气，放了一辈子牲畜的人，与草原、沙漠打了一辈子交道，忽然被封闭在这样一个狭小的空间里，那种不舒服甚至是痛苦，我是能够想象得到的。面对如此大的反差，我不知道该如何把握和反映。同样，对在草原、牧区快速推进的城市化建设，我也要有一个慢慢消化和适应的过程。

我与张志雄约定，一年之后，我还会来这个移民小区的。

第三章

青色雾霭笼罩的远方啊，那是牧人的梦想

一、萨拉乌苏有颗"中国牙"

距今7万年前，今鄂尔多斯地区温暖湿润，水草丰美，属于亚热带气候。在广袤的森林、草原里出没着数也数不清的扁角鹿、羚羊、披毛犀、纳玛古象、原始牛、野马、野驴以及虎豹豺狼等多种动物。天上地下，到处是欢跃的生命。

在这些动物中，有一种直立行走的，显得很另类，时常干出些让其他动物不知所措的事。动物们不知道他们是何时出现的。在动物们的原始记忆中，这些诡异的另类原本是些在树上蹿上爬下采摘浆果充饥的毫不出众的家伙。不知哪一天，这些家伙忽然下了树，在地上笨拙地行走、觅食，显得很滑稽，但是，一有风吹草动就吱吱叫着蹿回树上。不知又过了多久，有一天，这些家伙竟然站立起来了。这已经让动物们无比惊诧了，而下一幕更是它们没想到的：这些家伙突然开始猎杀其他动物了，羚羊、兔子、野牛、野马……能杀死什么就毫不留情地杀死，然后就撕扯啃咬，茹毛饮血。动物们很奇怪，这些家伙们何时长出了吃肉的利牙？难道树上的浆果不够甘甜可口吗？

更让动物们震惊的是，这些家伙竟然又把猎物架在火上烧烤，然后分食。这样的稀罕吃法连森林之王老虎以及残暴的豺狼们都做不到。不仅如此，这些家伙的前爪不知怎么又延长了，能扎，能砍，能砸，还能飞出去好远夺其他动物的性命。有时，老虎和大象见到他们也会被吓跑，其他动物怎么能不望风而逃！

有一天，这些家伙又出动了。动物们一见，立刻四散奔逃。最后，他们把一匹红色的野马逼进了树林。为此，他们已经计划好久了。他们想活捉它，为此还在本来就很密集的树与树之间横着竖着绑了些木杆，以拦阻它。野马被赶到这个大"栅栏"里，绕了一圈，就不知所措了。尤其是见到围在四周的另类又喊又叫，手舞足蹈的，更紧张了，不住地打转，咴咴地嘶鸣着，颈毛都立了起来，就像一只火红的大豪猪。他们都被野马的气势镇住了，谁也不敢贸然上前去套它，只是虚张声势，不让野马从来路逃跑。这时，一个高大威猛的家伙走了过来，提根麻绳，逼近野马，盯着它。野马感到了危险，咻咻地喷着气，瞪圆眼睛，也盯着他。忽然，这家伙蹿了上去，将绳子一甩，套上了野马的脖子。野马被激怒了，一跃老高，把拽着绳子的那个家伙带了一个跟头，狠狠地撞在了大树上。还没等他们反应过来，野马已经带着绳子狂奔而去。他们不知道，这次失败使人类饲养家畜的历史推迟了几万年。尤其是这个倒霉的家伙，他哪里会想这些，他的眼睛还冒金星哪。半天，他才爬起来，狠狠啐了一口，一颗牙齿带着血水落在了草地上。同伴们看他咧着缺了门牙的嘴，怪模怪样的，都哈哈地笑起来。他狼狈地转过身去，却看见他心仪已久的女人也在咧着嘴笑，露着一排精巧的小白牙。他气恼极了，狠狠地向草地上那颗让他丢脸的牙猛踢了一脚。那颗牙闪了一下，不见了，似乎永远消失了。

当这颗牙被重新拾起，被人像神物一样捧在手上时，已是20世纪20年代。发现这颗牙的人是法国考古学家桑志华、比利时考古学家德日进。

正是有了这颗古人类的上门齿，生活在萨拉乌苏河流域的古人类才被中国古人类学界定名为"河套人"，而西方学界又将其称为"鄂尔多斯人"。在这个问题上，乌审旗和鄂尔多斯市非常愿意与国际接轨，因为这对提高鄂尔多斯市的知名度大有益处。他们真的将"河套人"遗址改为了"鄂尔多斯人"遗址。但有学者撰文提出批评。这两个称谓，究竟哪个准确，哪个通用，学术界争执了多年，现在仍是争论不休。据说惊动了中央高层，才算有了定论，仍称"河套人"。

我觉得争论的症结在于有些人对"河套"的地域范围及历史不甚明了。早年我曾研究过交通史、航运史，大体了解黄河在内蒙古地区的走向。黄河现在的走向是清朝道光年间改道而成的，至今不过100多年的历史。黄河在史书上被称为"北河"，而黄河故道就是现在阴山脚下的乌加河。历史上将乌加河（古黄河）以南、陕北长城以北广大地区统称为"河套"。

河套地区历来是中国北方少数民族的游牧地。明朝天启年间，蒙古鄂尔多斯部落进入河套地区，这片广袤的土地才成为鄂尔多斯部的游牧地。1840年，黄河改道，将河套地区切开，分为前套、后套。前套指鄂尔多斯地区，后套指今巴彦淖尔地区。后套从清朝末期开始进行水利开发，到民国时已成为著名的粮仓，所谓"黄河百害，唯富一套"就是由此而来的。

在我看来，萨拉乌苏古人类不管是叫"河套人"还是叫"鄂尔多斯人"，都没那么重要，重要的是他们对古人类学界贡献出了一颗"中国牙"。

我为什么叫它"中国牙"呢？

桑志华在乌审旗萨拉乌苏河流域发现的这颗箕形上门齿，亦称铲形牙。据人类学家魏敦瑞考证，六七十万年前的中国北京猿人、一万多年前的山顶洞人以及商代人上门齿都是铲形牙，现代的中国人亦具有铲形牙。这是中国人独有的生命密码。

所以，这颗"中国牙"是迄今为止发现的最早的具有中国人种形态特征的古人类化石。在萨拉乌苏河流域劳动、生息、繁衍的河套人是国内外公认的中华民族的祖先。

人类学家李济先生在《中国文明的开始》一书中写道："铲形牙是中国人独有的人类学形象象征。"人类学家步达生先生也认为："中国人种的演进虽可分为几个阶段，但一成不变的是，箕形上门齿的出现从未间断。这一现象是中国特有的，我们尚未在世界上别的区域发现类似的情形。"国内外许多考古学家的考证都证明，世界上其他人种都不具备铲形牙。

据《伊克昭盟志》记载，自20世纪至今，在萨拉乌苏河流域共发现了23块古人类化石，古人类学界认定这是3.5万年前生活在鄂尔多斯境内的"河套人"化石。这些旧石器时代、新石器时代的文化遗存说明他们已会制造石器、骨器、陶器，过着定居生活，从事农业生产和狩猎活动。

"河套人"已经成了鄂尔多斯的象征和骄傲。萨拉乌苏文化更是飘扬在毛乌素沙漠上的一面旗帜。为了扩大"绿色乌审"的知名度，提高"绿色乌审"的文化含量，乌审旗联合中科院古人类研究所、内蒙古自治区文化厅和鄂尔多斯市政府举办了萨拉乌苏古人类国际学术研讨会，进一步提升了鄂尔多斯市和乌审旗在国际上的知名度。萨拉乌苏遗址也被确定为国家遗址保护示范基地。有关部门多次召开有国内外学者、专家参加的萨拉乌苏文化研讨会。

2006年，鄂尔多斯博物馆宣布，根据最新的对"河套人"生存的砂岩地层所做的科学测定，认定"河套人"的生存年代应在7万年前，一下子将"河套人"的生活年代向前推进了3.5万年。这个认定，使"河套人"声名鹊起，其锋芒直指西方学界的现代人类"非洲起源说"。西方学界"非洲起源说"的中心就是讲现代人类都起源于15万年前非洲的一个被称为"夏娃"的女人。"非洲起源说"一直统治着古人类学界。当然也有不同的声音，那就是现代人类的"多地起源说"，但一直缺少考古成果的支持。

中国人从哪里来？在西方学者眼里，我们也是"非洲夏娃"的后代，你愿意不愿意也难脱"杂种"之嫌。现在，这颗7万年前的"中国牙"给了人们确定的答案。

如果"河套人"生活的年代是7万年以前，就与"非洲夏娃"没有关系。这支持和佐证了现代人类起源的"多地说"，甚至可以破解和诠释"我是谁"这个人类生命学的百年难题。同时，也印证了中国人种的纯正。从7万年前至今，铲形牙像中国印一样烙刻在中华民族身上。这一切，足以让生活在毛乌素沙漠萨拉乌苏河两岸的乌审人民引以为豪：中国人正是从我们生活的萨拉乌苏河谷走出的！

这颗"中国牙"引发的"鄂尔多斯风暴"席卷了西方学界。这种独一无二的萨拉乌苏文化也在潜移默化地影响着这块土地，现在已经成为乌审旗旗委、政府打造"绿色乌审"的有力抓手。

是绿色文明孕育了中华民族的祖先"河套人"。而7万年后，乌审大地正在贯彻的"以人为本，建设绿色乌审"的发展理念既是对历史上的绿色文明的继承，也是对现代绿色文明的开创。现在，乌审旗委、旗政府正率领着10万乌审儿女意气风发地行进在继往开来的绿色大道上。

乌审儿女对这块诞生了中华民族祖先的土地充满了热情和期待，想把它装扮得更美丽。2008年，在对全旗国土空间开发利用重新进行构筑时，旗委、旗政府提出了建设"一核三带一廊"的总体布局思路。这将把乌审旗带进工业化、现代化、城市化的战略布局中，将使乌审旗告别传统的农牧业生产、生活方式。在这场彻底的颠覆中，可见到古老的萨拉乌苏文化的绿色文明的影子。

对"一核三带一廊"，乌审旗委领导在接受内蒙古自治区党委《实践》杂志社记者采访时曾有这样的阐述：

"一核"是指以旗政府所在地嘎鲁图镇为核心区，各产业重镇和项目区为基点，全力构筑"半小时经济圈"，强化嘎鲁图镇核心区中心地位、要素聚集和辐射带动功能，促进人口集中，推进城乡统筹。

"三带"，就是在11 645平方公里的国土面积上，搞三条产业带：一条是沿陕西省边界的工业带，亦称沿边工业带；一条是沿无定河流域的现代农牧业产业带；还有一条叫生态涵养带。

"一廊"是指乌审召经嘎鲁图、察罕苏力德、巴图湾至萨拉乌苏文化遗址的生态文化旅游长廊。

他在谈到这样的布局时，特别强调：

"之所以进行这样的布局调整，目的只有一个，那就是保护乌审旗的生态环境，促进乌审旗的科学发展。我们提出这样一个口号，叫做'用集中开发利用1%的土地换取99%的生态恢复'。这里面有一个重要举措，叫做'大集中，小聚集'。'大集中'就是人口向城镇核心区集中，工业向沿边工业带集中；'小聚集'，就是农牧业向适宜发展现代农牧业的区域聚集。采取这样大的动作，就意味着乌审旗将有大量的人口和大量的农牧业生产要素会从原来的土地上退出去。退出去以后，将会腾出大片的土地。在这些区域内，我们将会严格禁牧，同时推进种苗繁育基地、新能源林基地建设，实现生态建设转型，加快生态产业化进程……"

毛乌素

绿色传奇

　　这是对传统的农牧业文明的颠覆，还是对萨拉乌苏绿色文明的传承？我不知道为什么又想起了那颗7万年之久的"中国牙"。这片沉淀了至少7万年传统文明的土地，面对的是彻底告别传统的现代工业革命，这必然会有一个阵痛期。一个全新的"绿色乌审"正在这阵痛中诞生。

　　古老的萨拉乌苏文明，造成了乌审人对草原、对沙漠、对他们世世代代赖以生存的土地的敏感，对此他们有着自己的诉求和表达。记得在20世纪80年代，有关方面开始整理自己的家底。过去人们都知道乌审旗的毛乌素沙漠底下有矿藏，但究竟有多少人们并不清楚。为了搞清家底，上级勘测部门开始在乌审旗找气找煤。因为勘测队伍有日本专家，这引起了乌审人的猜测、担忧和不满。那时刚刚实行改革开放，再加上历史原因，乌审人不愿意见到日本人在他们世代生活的毛乌素沙漠里转来转去。

　　他们不明白，这些日本人为什么要在我们放羊的草地上打窟窿呢？打这些窟窿有什么用呢？

　　于是，他们向上级提出希望日本人能离开乌审草原，但他们能见到的上级又做不了这个主。领导们只得好言劝慰，说些让牧人们支持改革开放，要顾全大局和注意影响的话。乌审人自然不满意，又向上级反映了几次，但是，仍不见成效。嗡嗡的钻机转动声搅得牧人们的脑瓜疼，那些可怜的羊儿马儿们能躲多远就躲多远。于是有一天，勘测队的驻地忽然聚起了无数骑马的乌审人，使得勘测队的勘测车辆和钻机无法作业，这才引起上级的重视。出于多方面的考虑，勘测队调离了乌审草原，转到邻近的属于陕北、宁夏的毛乌素沙漠中勘测。

　　这就是传说中的80年代中期在乌审草原驱赶日本人的故事。

　　在与他交谈时，他跟我讲：当年长庆气田的总部准备设在乌审旗。乌审人一看气田总部高骡子大马的，动辄就是成千上万人，这还不把乌审旗的羊吃光呀！稍稍犹豫了一下，长庆气田总部就定在陕西了。如今长庆气田每年在乌审旗地面工作的就足足有2万多人。而长庆气田对陕北的财政、税收、就业的贡献率让乌审人多少有些后悔了。

这个真实的故事带来的负面作用就是，乌审旗的资源家底多少年来没有搞清楚。就是这些有日本专家的勘测队伍，在和乌审旗接壤的陕北许多地方勘测出了气田、油田和煤田。而邻近的老陕们（乌审人对陕北人的称呼）因油、因气、因煤而暴富的传说不断传到乌审草原，让乌审人感到有些纠结。有明白人告诉他们，实际上乌审旗与陕北是在同一地质构造上，沙漠底下埋的东西多了去了。这不能不让乌审人心动，甚至怀疑当年的行为是不是有些莽撞了。

人们见面互相递完鼻烟壶，然后就悄悄议论，打探上面的开发消息："听说，咱这沙巴拉底下有气有油，比老陕那面多了去了！上面咋还没有动静？"

于是，有些沉不住气的人找到苏木领导悄悄地问："油田的勘探车和钻机多会儿再回来呀？"

领导瞪起眼珠子喝道："让人家回来干什么！等着挨你的马蹄子踢呀！"

"这次我保证，我给他们杀羊吃！"

"人家稀罕你的羊呀！"领导更是一肚子火，训斥道，"你就捧着金饭碗讨吃吧！守着这有气、有油、有煤的沙巴拉放你的羊吧！歪在马背上喝你的烧酒吧！"

话虽这样说，乌审旗的各级党政领导还是四处活动，争取上项目、搞开发。谈到开发环境，领导们拍着胸脯子向有关部门保证："你们放心来，我带着鄂尔多斯的姑娘们为你们献哈达、敬烧酒！"

到了90年代中期，各式各样的勘测队伍浩浩荡荡开进了乌审旗的毛乌素沙漠。感受到现代之光在头上闪耀的乌审人民以极大的热情支持勘测队伍的工作，杀羊、敬酒、献哈达，欢快的鄂尔多斯敬酒歌飘荡在毛乌素沙漠上，萦绕在勘测队员心中。经过10年艰苦细致的勘测，当各种资源数据汇拢到人们面前时，人们几乎惊呆了，黄澄澄的毛乌素沙漠下真埋着座座金山呀！

原来，乌审旗位于国家级重化工基地陕西省榆林市和国家战略能源基地内蒙古鄂尔多斯市的交界地带，天然气、煤炭资源共生富集，潜力惊人，而且利于发展循环工业和配套开发。现经国家有关部门确认，乌审旗境内天然气探明储量为1.2万亿立方米，远景储量为3.6万亿立方米。现已勘探发现苏里格、乌审、长庆、大牛地4个超千亿立方米的大气田，位居全国县级地区之首。煤炭资源储量丰富，品质优良，预计储量为1000亿吨以上，煤层气总储量为1.38万亿立方米。水资源多年平均总量是6.8亿吨。另外，天然碱、陶土、泥炭、石英砂、白垩土等矿产资源也储量可观，极具开发价值。有专家测定，煤气热当量总值相当于160亿吨石油。苏里格气田储量高达8000亿立方米，是世界最大的天然气整装气田。中央电视台在新闻联播中用头条要闻向世界播发了在乌审旗境内发现世界最大整装气田的消息。

乌审旗号称"中国的科威特"是当之无愧的。

也许是家底摸清得晚，在21世纪前，除了乌审召的碱矿，乌审旗基本没有什么工业，财政全靠农牧业税，到2000年仍然戴着一顶"国贫县"的穷帽子，各项经济指标总和一直位于鄂尔多斯市的倒数第二。2000年底，旗财政收入为6608万元，城镇居民人均可支配收入为4833元，农牧民人均纯收入为2641元。植被覆盖度为50%，森林覆盖率为18.62%，根本没有抵抗干旱天气的能力。进入21世纪头3年，天大旱，基本没有有效降水，乌审旗的许多草场没有返青，夏天看上去也是满眼黄色，草木就跟冬眠一样。

　　丰富的地下矿藏和脆弱的生态，形成了乌审旗的独特旗情。于是，乌审旗委、旗政府组织全旗干部群众开展了乌审旗如何实现现代化的大讨论。在这场讨论中，沉淀了7万余年的萨拉乌苏文明，还有蒙古族"敬天惜地、天人合一"的绿色文明，影响着人们的决策。经过几年的实践，他们慢慢摸索出生态建设与工业化、城市化的关系，不断萌生新的有效的发展思路。到2004年，旗委才正式确定了"以人为本，建设绿色乌审"的总体发展理念。

　　任何事情都有两面性，似乎20多年前牧人的骑马一拦，放慢了乌审旗工业化进程的脚步，可是，乌审旗却避过了90年代发展"五小工业"带来的生态灾难。当2003年乌审旗开始加速工业化进程时，鄂尔多斯市正在治理"五小工业"，坚决关停境内耗能高、污染大的小煤矿、小炼焦炉、小炼铁炉、土炼油炉、烧石灰的土馒头窑和小发电厂。市委、市政府提出加快鄂尔多斯工业化发展的"六高"，即高起点、高科技、高效益、高产业链、高附加值、高度节能环保，发展循环工业、清洁节能工业。这样，乌审旗的工业化一起步就站在了高起点上，立足于发展循环工业、绿色工业。他们不断提高各类工业园区进园的门槛，从一开始就学会了拒绝，实行环评一票否决制，坚决把高耗能、高污染的项目拒之门外，不管这个项目能带来多大的投资，会有多少利润。不是乌审人不爱钱，但他们更爱自己的"绿色乌审"。"绿色乌审"是他们的眼珠子、命根子！

　　多年来，乌审旗的工业化进程始终依托"以人为本，建设绿色乌审"这个发展理念，把"生态立旗"当做第一要务。多年坚持下来，工业发展了，生态恢复了，人民生活富裕了。下面这些统计数字可以让人们感受到乌审旗现代化进程的铿锵律动。

　　乌审旗的经济总量是：地区生产总值在2003年为14.6亿元，到2010年已经达到190亿元，8年间增长了21倍；财政收入在2003年为1.03亿元，2010年达到23亿元，增长了21倍；城镇居民人均可支配收入在2003年为6453元，2010年为21 116元，增长了3.3倍；农牧民人均纯收入在2003年为3439元，2010年为8754元，增长了2.5倍。植被覆盖率接近80%，森林覆盖率达到31%。

8年来，乌审旗已经完成了牧业大旗向工业强旗的华丽转身。在这个巨变过程中，乌审旗的生态得到彻底的恢复，先后荣膺了"中国绿色名县"、"全国小康生态示范县"等国家级的生态荣誉称号。"绿富同兴"在乌审旗成为现实，要归功于乌审旗委、旗政府带领10万乌审人民在西部大开发中践行科学发展观的决心和行动。

谈到乌审旗的生态治理，谈到毛乌素沙漠的巨大变化，我接触过的乌审人都压抑不住内心的激动，言谈之中无不透着难以抑制的自豪和骄傲。

隐现在萨拉乌苏河谷上空的中华民族祖先们的魂灵在福佑着这块神奇、美丽、富饶的土地。萨拉乌苏文化和乌审草原延续千年的绿色文明就像水和空气一样，浸润滋养着10万乌审儿女。所以，这块土地才涌现出了那么多可歌可泣的绿色人物，那么多像抒情诗一样优美的绿色故事。

二、我不是乌审旗人是甚人？"河套人"？

公元5世纪，我国历史进入了北方民族大迁徙和大融合的魏晋南北朝时期。替后秦皇帝姚兴驻守朔方的安北大将军赫连勃勃见群雄并起，纷纷称王，这位自恃统率数万铁骑、并掌朔方诸郡的铁弗人心中也难免痒痒，想过一回皇帝瘾。于是，他不再侍候后秦皇帝姚兴，自称秦王、大单于，并于407年建立大夏国，自己做了皇帝。

赫连勃勃建于乌审草原上的大夏国，史书称之为"赫连夏"，也是魏晋南北朝时期的十六国之一。

赫连勃勃将大夏国都定在了今乌审草原。他曾登高远眺，盛赞道："美哉斯阜，临广泽而带清流。吾行地多矣，白马岭以北，大河以南，未有若此之善者也。"

赫连勃勃役使10万人，历时数年，在萨拉乌苏河南岸建筑大夏国的国都，名为统万。统万城蒸土筑墙，夯实堆砌，墙成白色。其规模宏伟，城高10仞，方圆3里。内有3道城。建有皇宫、鼓楼、钟楼，四角有高大的角楼，城墙上有36座敌楼。东南西北4座城门分别叫招魏、朝宋、服凉、平朔，显示出赫连勃勃"君临天下，统领万邦"的壮志雄心。

413年，赫连勃勃率铁骑10万，从统万城出发南征，一路横扫，最后打下了长安。得胜的赫连勃勃留下太子镇守长安，自己仍回师统万城做皇帝，这说明统万城在他心目中的地位十分重要。

可惜，如此钟爱这片草原的赫连勃勃所建立的大夏国仅立国25年就在431年被鲜卑族建立的北魏灭掉。大夏国都统万城现在仅剩下一片废墟，被当地人称为"白城子"。

20世纪90年代中期，我陪一批作家朋友到白城子参观过。看到那用熟土堆砌的白墙历经1500多年仍巍峨不倒，甚是惊奇。有明白人告诉我们，城墙之所以坚固，是因为采用"蒸土筑城"法，即把熟石灰、白黏土用糯米汁搅拌，蒸熟后进行浇注。登高远眺，南北东西再也见不到赫连勃勃"未有若此善者也"的绮丽风光，而是大漠茫茫，如死海一般。这不禁让人想起了晚唐诗人许棠的咏叹："茫茫沙漠广，渐远赫连城。"

讲这个小故事，除了想告诉人们乌审草原发生的历史故事之外，还想告诉人们：1500年前的萨拉乌苏河是清澈的，乌审草原是广袤的。而到了唐朝，许棠在《夏州道上》描述的景色，和我们现在看到的萨拉乌苏河两岸风光差不多。就是说，在唐朝时，萨拉乌苏河谷四周已经是茫茫沙漠了。

看来，毛乌素沙漠生成仅有千余年。

我们从这些记录中得知，在5世纪到10世纪的500年间，萨拉乌苏河两岸的生态发生了恶变，草原渐渐变成了沙漠。毛乌素沙漠是典型的人造沙漠。

我记得那天在白城子参观时，忽然起了一阵风，昏黄的风沙立即把白城子笼罩了。我们立即跑上汽车，没有了一点思古之幽情。一位作家朋友用纸巾擦着眼睛、眉毛上的尘土，对我说："看来赫连勃勃的眼光不咋的，咋选了这么个兔子不拉屎的地方做皇帝？不短命才怪哩！"

面对荒荒大漠，我不知该说些什么好。我想告诉他的是，眼前这条灌满风沙的萨拉乌苏河谷是我们中华民族的圣地，我们中国人的祖先就是从这条河谷中走出的。

2010年夏天，我几乎是怀着朝圣的心情，乘车向萨拉乌苏河谷驰去。萨拉乌苏河谷被当地人称为"大沟湾"。这条河谷跨省跨旗，延绵上千里。有专家称这条穿越毛乌素沙漠的河谷为亚洲最大的沙漠峡谷。

从20世纪20年代起，许多中外考古学家都在这里寻找过"河套人"的足迹，大量的古人类及古脊椎动物化石相继出土。一次次重要的考古发现，增加了这里的历史文化积淀。据说，河谷里有许多人迹罕至的地方，其险其幽其神秘，引起了许多人的兴趣，不时有人前来探险。

据《乌审旗志》记载：人类经过几万年的进化，在今乌审旗及其周边地区逐步形成了许多原始部落。从商周时代起，先后有鬼方、龙方、猃狁、荤粥等部落在此游牧。春秋战国时期为林胡、胸衍之游牧地。秦汉时期为上郡

地。东汉至晋代，匈奴、鲜卑、乌桓先后入牧。十六国时期铁弗匈奴的大夏
国在此建都。北魏置夏州。隋唐属夏州（朔方郡），同时又为突厥、党项驻
地。宋夏时为西夏领地。元灭西夏后归延安路，同时又为察罕脑儿辖地，蒙
古族入居。明代中期成为鄂尔多斯万户之右翼伯速特、卫新二部牧地。清顺
治六年（1649年）设鄂尔多斯右翼前旗，俗称乌审旗（由乌审部落得名），
此制一直延续到民国。

风云几千年，乌审旗作为游牧文化与农耕文化相互碰撞的前沿，历史积
淀极其厚重。这块土地以它的博大、富饶养育着各族儿女。这里有过"车辚
辚，马啸啸"的中华第一道——秦直道；这里留下过"胡汉和亲识见高"的
昭君倩影；这里留下了沙漠第一都——大夏国都统万城的巍峨宫殿；祭祀成
吉思汗的"九斿白纛"苏力德的香火延续了近800年，至今人们还在顶礼膜
拜……

由于历史文化的浸染，这片1.1万平方公里的土地显得格外厚重。而萨
拉乌苏河流域是中华母亲诞生的地方。我想，每一个长着"中国牙"的人，
对这条河谷都应该充满深深的敬意。

这里是我们生命的根！

看着眼前的萨拉乌苏峡谷，我思绪翻腾。

这条峡谷不知是无定河水用了几千几万年才淘刷冲开的，它深幽幽的，
一眼望不到头。我们乘坐的汽车盘绕了好久，才开进了半山腰的一片开阔
地，慢慢地停了下来。这片开阔地上已经停着几辆车，好像是一个新辟的停
车场。

司机告诉我们，车只能开到这儿了，要下谷底得走下山道。我又探头看
了看，感到谷底似乎不太深，便决定顺着石阶走下去。

石阶不算太陡，走了一会儿，往下一看，谷底仍是深幽幽绿葱葱的，看

不出什么名堂来。走着走着，视野一下子开阔了，谷底的田陌越来越清楚，两岸的窑洞前也有人影在晃动，远处的狗叫声此起彼伏。与我同行的邵飞舟告诉我，大沟湾里一直住着人家。这些人种种地，养养鱼，日子过得挺悠然的。果然，沟底有一块一块的池塘，亮晶晶的，就像一块块绿色的宝石，在黑幽幽的谷底闪闪发光。

下到了沟底，立刻感到一阵清凉袭来。我抬头往上看了看，两岸不是很陡峭，缓坡上的一眼窑洞前还停着一辆农用小四轮，有电线杆子和电视天线竖在一眼眼窑洞旁。沟里有些田块，有人在田里劳作。邵飞舟告诉我，这些住户是无定河镇的。旗里要在这里建立保护区，一直想把这些人迁移出去，但有些人在沟里住惯了，一直舍不得离开。

我向一块绿色的池塘走去。

我看到有人在池塘边静静地钓鱼。一条小河缓缓流入池塘，一尾尾火柴棍大的小鱼奋力地在清澈的浅浅的水流中顶水逆行着。池塘也有出水的地方，汩汩地往下流去，出水口插着一张铁筛子，大概是怕养的鱼儿跑出去。这条细细的小河弯曲着将这块块水塘串联起来，我看得出这是利用活水养鱼，不由得佩服养鱼人的绿色匠心。

邵飞舟说："这儿原先都是稻田。萨拉乌苏过去出产好大米。现在人们不咋种稻米了，一是嫌不挣钱，二是原来种田的人年纪渐大种不动了，而年轻人都跑进旗里打工去了。有些人家索性就把稻田改成了鱼塘。"

我问塘边钓鱼的人："这鱼好钓吗？"

那人说："还行。我钓3天了，钓过条1斤多的。还有条一只眼的鱼，被我钓住过两次，我看它挺可怜的，就把它放了。你说这鱼咋长了一只眼？是不是被水鸟啄瞎的？"

这人有30多岁，长得清清秀秀的。我递给他一支烟，与他交谈起来。他说他姓刘，是宁夏盐池的，现在乌审旗嘎鲁图镇做电子生意。做生意做烦了，就来这儿钓几天鱼，松闲松闲。

我问："这鱼咋钓法？"

他说："每次给主家放个百十块钱就行了。来这儿钓鱼的人大都是散心的。我见过一位老先生，鱼都咬钩了，他连管都不管，只是愣愣地发呆，一呆就是个把小时。说起来，谁是个真钓鱼的？就是瞅准了这地方清静。现在找这么个有山有水的地方真不容易。我来这地方就不想走，常住个三天五天的。"

他知道我是来看萨拉乌苏文化遗址的，说："有一次，有两个来这儿旅游的女孩子问我：'"河套人"在哪？我们咋见不着呢？'"

他说着笑开了。

我问他："在乌审旗生意好做吗？"

他说："生意还有个好做的？你上着心做不一定能挣上钱，你不上心做肯定挣不了钱。我还行，家也安在乌审旗了，还买了辆车，有空还能钓钓鱼。听口音你不是伊盟的吧？"

我说："河北的。"

他说："鄂尔多斯这地方啥都贵，外地人不好立脚，但立住了就差不了。"

我笑着与他告别。他提醒我："坡上主家那儿有水喝。爬沟太累，别忘了歇缓歇缓。"

这个鱼塘的主人不在家，替他照应生意的一个中年男人说："他家早搬到旗里了。你们有甚事？我这儿有主家的电话。"

那人很健谈，自我介绍他姓王。

我对老王说："我们没事，就是歇歇脚，说说话。"

邵飞舟说："肖老师是作家，来咱这地方，就是看看风景，找人拉呱儿拉呱儿。"

老王说："咱这大沟湾净来有学问的人，还有外国的专家。他们一来就东瞅瞅，西看看，在沟里辛苦得很，还说咱这沟里几万年前有……咱老百姓懂啥'河套人'不'河套人'……"

我问老王是啥地方的人，他说了个地方，我过去没听说过。邵飞舟告诉我，他说的是红墩界，属陕西靖边的一个乡。别看跨着两省，可就跟萨拉乌苏交界，近得很。

老王也说："没错，离这里也就七八里路。这儿的主家是我的姑舅哥哥。他这两眼窑、几个鱼塘交给我照应几年了。"

我问："收益好不？"

老王说："甚收益？我姑舅哥看不上这俩钱，人家在图克承包了块沙地育樟子松苗，现在每年都收入几十万。乌审旗这是咋了？弄苗木还能挣上大钱？我们那边越绿化越贴钱。我三叔就是个治沙大户，还是县里的劳动模范，这些年下来是光挣奖状不挣钱，现在都快赔塌脑子了！"

我说："我看过不少报道，就是说毛乌素沙漠造林大户生存陷入困境的。"

邵飞舟说："咱旗也有这现象。实际上国家造林补贴早下来了，可造林大户和邻近老百姓的林权却扯不清楚了。有些林地历史上就是搅在一起的，咋也分不太清楚。林权核定不下来，国家造林补贴就没法发放。现在旗里已经定了死日子，要赶紧核定落实，尽快把造林补贴给林户们落实。"

老王佩服地说："一听你就是好干部，多懂上边的政策。你说多会儿发放？让我三叔也高兴高兴。"

邵飞舟说："我们乌审旗还能管了你们的事呀！"

老王拍了下腿说："我咋忘了这茬呢！咱们说近也近，说远也真远，都跨着省哩！可我咋觉得自己就是乌审旗人哩！"

我们笑了起来。

过去乌审旗流传着这样一个笑话：曾有记者问当地的一个牧民："咱们自治区政府主席是谁？"那牧民答不上来。记者又问："陕西省省长是谁？"那牧民张口就说了出来。

就是现在，我刚到无定河边，手机里就接收到这样的信息：中国移动欢迎你到榆林来。

我知道乌审旗地处内蒙古自治区的最南端，与陕北和宁东交界，尤其是南部的无定河地区与陕西省的三边地区有些地块都交错在一起了。收听的广播、电视讲的全是陕西的事情，生活习俗、方言都搅在一起，当地蒙古人讲的汉话都带着浓郁的榆林腔。现在榆林地区的一道汤菜"拼三鲜"，已经成为乌审旗蒙汉人民最爱食用的一道家常菜。还有流传在鄂尔多斯的蒙汉调，更是蒙中有汉，汉中有蒙，蒙汉合璧，相得益彰。

过去，乌审旗位置偏远，是劣势。现在，蒙陕宁作为我国的重要能源化工基地，已经晋升到国家能源战略的层面上。而乌审旗正处于宁东、榆林和鄂尔多斯三角架构的中心位置，是实现蒙陕宁经济一体化的重要节点。原先的区位劣势现在已经成为区位优势。乌审旗的迅速发展、绿色发展、科学发展正是借党中央、国务院西部大开发的化雨春风才实现的。尤其是乌审旗"绿富同兴"，在工业化发展中下大气力恢复生态的实践，已经成为实施党中央、国务院西部大开发战略的成功范例，为资源富集、生态脆弱的中国西部地区走出了一条可持续发展的光明大道。

我想，这就是"绿色乌审"的真正意义所在，也是10万乌审儿女的光荣和自豪。

我问老王："你咋觉得自己就是乌审旗人呢？"

老王笑着说："你说我们全家都在乌审旗挣钱，我不是乌审旗人是甚人？'河套人'？"

老王的幽默引得我们开怀大笑。

老王接着说："肖老师，你们听听我是不是乌审旗人？我婆姨在姑舅哥的樟子松基地做饭，管吃管住每个月还挣2000元。我儿子在乌审旗的建筑工地打工，日工150元。我女儿跟着她妈在工地伙房里打个下手，每个月也能挣个一千大几。你们这地方的人实诚，给工钱利索，说月结就月结，说日结就日结。受苦人下苦能挣上现钱，这日子还不红红火火？现在，红墩界的后生、女子们都红着眼往乌审旗跑……"

我问他："你姑舅哥待你好不？"

他说："还行。我腰子上有病，心里想跑乌审旗挣钱，可身子骨不做主，现在只能帮我姑舅哥照看照看鱼塘、窑洞，姑舅哥也就照顾我个吃药钱。我知足了。重活、苦活，我姑舅哥还得另外请人做。"

邵飞舟问他姑舅哥是谁，老王说了个名字，邵飞舟想想，没有说话，大概是不太熟悉。

老王说："你认不得他。实际上我姑舅哥是白城子的，现在户口还在白城子。我姑舅嫂子一家早两辈子上从红墩界来到大沟湾，就成乌审旗人了。这沟里的人都和红墩界、白城子的人套着亲。你说我那老先人当年走西口时，咋不多走几里？要是那样，咱不也就是'绿色乌审'人了？"

我惊奇地问："你也知道'绿色乌审'？"

他说："咋不知道？红墩界的人谁不知道？看看你们那防火大牌子，'严防草原荒火，保卫绿色乌审'，谁不知道？过去，沙都是从北边来的，一个大明沙套着一个大明沙，甚都不长，还防火呢！我们那边造林防沙就是防北边的沙。现在呢，北边的沙梁梁全都盖上林草了，要不咋叫'绿色乌审'呢！"

老王咔咔地笑了起来。

邵飞舟说："瞅你这日子过得挺自在的。这地方风景好，空气也好。"

老王说："可不是咋的！瞅着这绿油油的大沟湾，就跟在画里面过日子一样哩。大夫说了，我这病得常开口说笑，说说笑笑病就轻了。"

我问老王："这沟里一直这么美？"

老王说："十几年前，这地方也不咋的。不说别的，头顶上的大沙子动不动就往沟里爬。我那姑舅哥哥说，三天不清沙，就能把窑洞的门堵了。春天起风时，天天刮得昏天黑地的。我思谋着，不出20年沙子就得把这沟填平了。那时，沟里是沙，沟外是沙，过得甚枯焦日子呀！你看现在，这沙子说没就真没了，水也清了，草也绿了，花也红了，瞅着心里就舒畅。"

我们起身离开，老王遗憾地说："你们真不钓鱼了？咱这儿钓鱼比上巴图湾水库那儿便宜哩！"

我们告别了老王，沿原路向上攀去。我不时回过头看着绿草茵茵、流水潺潺的萨拉乌苏河谷，这是孕育中华民族祖先的福地、圣地。我衷心地祝愿它永远水秀山清，永远给人们带来恩泽和祥瑞。

三、毛乌素沙漠上的蒙古源流

1227年初秋，毛乌素沙漠和乌审草原已经处处呈现秋天的肃杀。清晨的时候，起伏的沙漠上已经蒙上了一层细细的白霜，月牙状的沙丘间芨芨草已经开始发黄。湛蓝的天空上，大雁排着队嘎嘎鸣叫着，向南方飞去。

这时，从西面过来了一支黑压压的没有头尾的队伍，静静地踏过秋露沾扑的乌审草原和毛乌素沙漠，就连战马、拉车的牛群都没有发出一声嘶鸣和哞叫。队伍在一片肃穆中行进。这是刚刚荡平西夏的成吉思汗大军。但这支得胜班师的蒙古大军没有丝毫胜利的欢乐，因为他们的圣主成吉思汗的英灵已经回归到了"长生天"的怀抱。

战骑、车马如无声的洪流在鄂尔多斯高原上行进。

成吉思汗，这位世界巨人，终于结束了几十年的征战，静静地歇息了。在后人对成吉思汗的历史评价中，英国学者莱穆在《全人类帝王成吉思汗》一书中的一段话让我格外动心。他说："成吉思汗是比欧洲历史舞台上所有的优秀人物更伟大的征服者。他不是通常尺度能够衡量的人物。他所统率的军队的足迹不能以里数来计量，实际上只能以经纬度来衡量。"短短几句，勾勒出这位蒙古帝王衔山吞海的伟大气度。

载着成吉思汗灵枢的战车行进在鄂尔多斯高原上。车走着走着，车轮陷在甘德尔山上，而且越陷越深。这时，护送圣主的亲兵才发现，这里正是圣主失掉手中马鞭的地方。成吉思汗率兵西征时，被鄂尔多斯的美丽风光吸引，当时还口诵一诗：

> 花角金鹿栖身之地，
>
> 戴胜鸟儿育雏之乡，
>
> 衰落王朝振兴之地，
>
> 白发老翁享乐之邦。

吟完诗，成吉思汗对随从说："我魂归'长生天'之后，这里就是本汗的千年安睡之地。"

成吉思汗的陵寝被安置在甘德尔山上，并且从他能征善战、忠心耿耿的亲兵中精选了500名壮士，世代侍奉成吉思汗，为成吉思汗守陵。他们就是蒙古民族中的一个特殊群体——达尔扈特人。

元朝建立后，元世祖忽必烈钦定达尔扈特的体制。从此，达尔扈特人世代不离圣主的身边，他们遵奉蒙古族古老的祭祀礼制，祭祀着这个伟大的魂灵。成吉思汗陵寝前的祭咏声800年不断，圣灯800年长燃。这是人类文明史上的奇观，是中华民族的宝贵文化遗产。

据传，蒙古帝国的战旗"九斿白纛"就被乌审旗的蒙古人长年祭祀着。据鄂尔多斯学研究会的有关人士向媒体介绍，一位乌审旗的蒙古族长者嘎尔迪诺日布先生用近20年的时间，实地考察，搜集民间口碑和实物，完成了一部长达70万字的著作《大蒙古国九斿白纛研究》。"九斿白纛"便是蒙古史文献中所说的"也孙·库勒图·察罕·秃黑"，就是乌审旗蒙古人俗称的"察罕苏勒德"，是成吉思汗建立大蒙古国时的国旗。蒙古人在和平时期、庆祝胜利时刻都立"九斿白纛"，将其视为民族和国家兴旺的象征。从嘎尔迪诺日布先生的著作中可以了解到，"九斿白纛"确实留存在鄂尔多斯乌审旗。

在乌审旗的采访中，我发现乌审旗蒙古族中的哈日嘎坦人300多年来也在供奉、祭祀着一个伟大的人物，他就是成吉思汗的第22代嫡孙、《蒙古源流》的作者萨冈彻辰。他是蒙古族最伟大的文学家、史学家。据哈日嘎坦人，也是萨冈彻辰纪念馆的创建者拉格胜布林先生介绍，哈日嘎坦人曾是萨冈彻辰的属民，也是忠实的守护勇士。萨冈彻辰去世后，他们一直为其守护陵地，并祭奠他的英灵，现已坚持300多年。听到这件事情后，我深深为之震撼。我感到蒙古民族是尊重文化的民族，乌审旗的毛乌素沙漠深深镌刻着长长的蒙古记忆。

1604年，正是明朝末期，萨冈彻辰出生在萨拉乌苏河畔一个叫伊可锡伯尔的地方。那时的萨拉乌苏河畔虽然有沙漠环绕，但月牙状的沙丘之间仍有大片大片水草丰美的下湿地。这里的草滩、沙漠是萨冈彻辰家族世世代代定居的牧场。萨冈彻辰从小就骑马纵驰在乌审草原上。天资聪颖的萨冈彻辰自幼便处于成吉思汗"黄金家族"皇室文明的熏陶之下，并受到了良好的教育。由于他勤奋好学，10岁时就被封为彻辰洪台吉，意思是聪明的皇子。他16岁就参与政事，管理当地政务。青年时期参加过各封建主之间的战争。作为"黄金家族"后裔，他继承先祖的雄风，成为草原上一名勇敢的战士和统领。

接近不惑之年时，萨冈彻辰离开政坛，回到萨拉乌苏河畔的家乡。他不时肃然伫立于锡伯尔庙群中，徜徉在伊克布当的黄沙绿草间，或者站在统万城的断壁残垣之上俯瞰着浩浩东流的萨拉乌苏河水，思索着，感叹着。他想起察哈尔部最后没落的经历，亲眼目睹的林丹汗宏图大业的崩溃，亲身经历的明、清王朝更替的血雨腥风，追古思今，感慨万千。这使他更加坚定了著述《蒙古源流》的决心。从此，他把注意力转到了自己民族历史的研究方面。他要写下自己的研究成果，让子孙后代记住蒙古族源远流长的历史和曾经创造的辉煌。

在研究他的创作历程时，日本蒙古史学者小林高四郎先生认为：这位成吉思汗的后裔是有感于大清王朝的兴起和蒙古帝国的殒落，进行历史沉思而写出此书的。

我觉得小林先生的评述是接近于当时萨冈彻辰的创作心境的。

萨冈彻辰在自己的毡包中，秉烛夜读，奋笔疾书，秋去冬来，笔耕不辍，用去了整整20年时间，才在1662年写成了皇皇巨著《蒙古源流》，那时他已经是一位年届花甲的老人了。为了写作《蒙古源流》，精通蒙、藏、汉文的萨冈彻辰翻阅了大量的文献资料，研读了佛教经典著作。为了丰富《蒙古源流》的著述，萨冈彻辰还走遍了乌审草原，进入牧人的毡包，搜集了大量的民间传说和神话故事。有专家认为，蒙古族三大历史巨著《蒙古秘史》、《蒙古黄金史》和《蒙古源流》的作者中，唯有萨冈彻辰不是宫廷作家，他的写作是地道的民间行为。正是这种民间行为，使他采集了大量的民间传说、神话故事，使《蒙古源流》植根于蒙古族历史、生活的丰厚土壤中，才有了旺盛的生命力。

《蒙古源流》的内容极其丰富，从开天辟地一直讲到作者生活的年代，提供了元末至清初蒙古大汗的完整系谱，记录了藏传佛教在蒙古地区传播的历史，反映了北元时期蒙古社会部落变迁、经济状况、阶级关系、思想意识等诸多方面的历史面貌。

1766年，喀尔喀亲王成衮扎布把《蒙古源流》推荐给乾隆皇帝。1777年，乾隆皇帝命人将书译成满文，又从满文译成汉文，定名为《钦定蒙古源流》，并收入《四库全书》。这是蒙古族唯一一部被选入《四库全书》的史学著作。萨冈彻辰不仅为蒙古民族留下了一笔宝贵的精神财富，他的《蒙古源流》也成为中华民族文明史的重要篇章。

萨冈彻辰去世后，他的陵墓就建在乌审旗的伊克布当的绿草黄沙间。哈日嘎坦部蒙古人300多年来一直守护和祭祀着萨冈彻辰的英灵。当时，他的坟墓四周禁猎、禁耕。一年有5次祭祀，每年的农历五月十三是大祭，届时，乌审旗王爷都要去祭拜。

1830年，成吉思汗第26代后裔、乌审旗王府左翼协理陶迪把祖先成吉思汗、呼图克台彻辰黄台吉、萨冈彻辰3个人的画像和十世班禅等3位高僧的画像放在一起开光，做成一张神像，并建起一座汇众神熙宝殿，将画像供奉在里面。

这样的祭祀一直持续到1901年。

这一年，清王朝为了筹划"庚子赔款"，决定放垦鄂尔多斯沿黄黑界地。当时乌审旗的王爷同意放垦，为了银子，连萨冈彻辰的安息地——乌审旗萨拉乌苏河谷的伊克布当地区也划在了放垦的范围之内。被逼无奈的哈日嘎坦蒙古人虽参加了旗民组织的反对放垦的"独贵龙"斗争，最终还是没有斗过官府和王爷，只得把萨冈彻辰的祭祀神像带走，悲愤地离开了世代生活的伊克布当，整体迁移至乌审旗北部的梅林庙地区。从此，美丽的伊克布当的草滩成了清朝官府和汉族商人、地主的垦荒区。他们招募了大量陕西农民来这里垦荒，草原渐渐成了农区。后来清政府索性将其划到了陕西地界，企图一刀砍断哈日嘎坦人同萨冈彻辰的联系。但忠诚的哈日嘎坦蒙古人却恪守着对萨冈彻辰的祭祀制度，每年农历五月十三大祭时，都从几百里外赶来，供起萨冈彻辰的画像，祭祀这位蒙古族史学家、文学家的英灵。日子久了，哈日嘎坦蒙古人将其称为萨冈彻辰的陕西陵地。

据萨冈彻辰纪念馆创建者、哈日嘎坦蒙古人拉格胜布林先生介绍，1901年后，每年的春季大祭，除了离开故土的蒙古人回来祭祀外，当地的汉族人也参加祭祀，因为他们知道萨冈彻辰是蒙古族伟大的史学家、文学家，对他崇敬有加。300多年来哈日嘎坦蒙古人和后来移民过来的汉族人就一直守护着萨冈彻辰的墓地。不管是战乱、自然灾害还是"文化大革命"时期的动荡，对萨冈彻辰的纪念活动一直没有间断。尤其是最近这些年来，陕西的汉族人祭祀萨冈彻辰的活动更为隆重。他们按照蒙古人的祭祀礼制，献茶敬酒，诵祈祷词，每年都会为祭祀盛会敬献9只绵羊。

我知道，对于崇尚节俭、生活朴素的陕北乡亲们来说，每次敬献9只绵羊，是下了大决心的。这也说明汉族人民对这位蒙古族文学巨匠的崇敬和爱戴。

蒙汉人民对萨冈彻辰的祭祀，已经成为毛乌素沙漠一道独特的人文风景。

现在，乌审旗在梅林庙地区建立了萨冈彻辰纪念馆，供起了萨冈彻辰和他的先祖的画像。哈日嘎坦蒙古人还搜集、整理了萨冈彻辰的祭祀文献，编纂成书。

在萨冈彻辰诞辰400周年的时候，乌审旗召开了《蒙古源流》国际学术研讨会，来自国内外的蒙古史学者齐聚毛乌素沙漠，共同研讨萨冈彻辰和他的《蒙古源流》。专家们对哈日嘎坦蒙古人和萨冈彻辰陕西陵地的汉族人延续300多年的对萨冈彻辰的守护和祭祀，表示了极大的敬意。他们认为，这种对历史文化，对文学家、史学家的尊重和崇敬，在国际上亦属鲜见。专家眼中的乌审旗和毛乌素沙漠，不仅是满眼绿色和现代化的建筑和工厂，而且有了厚重的文化和历史积淀。正是因为有了萨冈彻辰和他的《蒙古源流》，才使得人们对这块土地刮目相看。

2011年春天的一个下午，我怀着崇敬的心情，驱车200多公里，去供奉着萨冈彻辰画像的萨冈彻辰纪念馆拜谒这位蒙古族的文学巨匠。纪念馆建在毛乌素沙漠腹地的梅林庙嘎查。与我同行的乌审旗文化中心主任张玉廷是一位书法家，也是一位文化学者，还当过10余年的中学校长。张玉廷向我介绍道："梅林庙嘎查的蒙古人是100年前从萨冈彻辰的故乡整体迁移来的。现在梅林庙建起了萨冈彻辰纪念馆，这些哈日嘎坦蒙古人到了祭祀的日子就可以在梅林庙开展祭祀活动了。"我问："陕北的萨冈彻辰陵地还在搞祭祀吗？"张玉廷告诉我："搞，而且越搞越大了，旗里的蒙古人也去参加。到大祭时，两面的蒙汉人民都搞祭祀，现在还有一些文化、经济交流活动，一搞好几天。"

这次的梅林庙之行，除了拜谒萨冈彻辰外，我还想看一下梅林庙嘎查的大沙漠。我一到图克镇，就给镇上的办公室主任赵正彦讲了自己的意图。赵主任说他知道哪儿有大明沙，2010年春天，镇里还组织机关干部去植树。于是，赵主任领我去看大明沙。

在车上的交谈中，我知道赵主任毕业于市里的卫生学校，学的是公共卫生专业。他过去一直在镇里搞计划生育，后来才在办公室工作。车顺着一条黑色的油路，在一片青翠的毛乌素沙漠上快速行驶着，走了一个多小时也没有见到大明沙的影子。我知道图克镇方圆有1500多平方公里，南北宽才30多公里，走出这百十公里，已经绕得差不多了。

赵主任伸长了脖子四处观望着，不时说："这阵子在办公室待久了，下嘎查少了。明明2010年春天我还来这儿的大明沙上植过树哩，咋就没有了？"

车来到了一块海子边上。海子蓝盈盈的，在阳光下闪着涟漪。赵主任告诉我，这块海子叫巴彦淖，过去产碱，现在产螺旋藻。内蒙古大学的一位教授正领着人在这里开发保健品。巴彦淖水面很开阔，在阳光下闪着粼粼白光。湖边是杂花怒放的寸草滩，有几匹红色的乌审马在草滩上转悠。历史上乌审旗产名马。乌审马以耐力、速度著称于世。现在乌审马也像明沙丘一样难以寻觅了。

赵主任打了几个电话，询问哪儿有大明沙。最后，他告诉我，人家说大明沙肯定有，是在巴彦淖的东边。咱们现在的位置是在海子西岸上，要看明沙，咱得绕到海子东边，大约还得二三十公里。我看了看巴彦淖的东边，透过茫茫的水面，很远处似乎有一条起伏的浅浅的轮廓。

赵主任说："这次我打听清楚了，就是东面，肯定有明沙梁。"

我想想说："那片明沙我知道，2010年我就去看过了，变化也是老大了。30年前，我就在那一带的道班工作过。"

赵主任惊奇地说："真的？那咱们就不去看了，绕得太远。我回去问问在图克待得时间久的老人，让他们就近给你指块大明沙。"

第二天，赵主任真给我找了个老人，是过去镇里的老领导，原镇人大主任斯仁道尔吉。斯仁道尔吉告诉我："要想看成片的大明沙还得去梅林庙嘎查。据我所知，图克附近的大明沙早就治住了。我在图克待了几十年了，对哪儿有明沙还是知道的。梅林庙那儿明沙大，前些年有陕西人在那儿的大明沙里搞了个土炼焦厂，好长时间都没人知道。最后，还是被寻找牲口的牧民发现了。大，那里的明沙大！"

我说："正好，本来我也想去一趟梅林庙，看看萨冈彻辰纪念馆。"

为了把握起见，赵主任给我联系上了梅林庙嘎查的党支部书记奥腾巴彦，他说奥腾巴彦现在搬到了图克镇上的移民小区，正好在家。于是我们到镇上的移民小区去找奥腾巴彦。图克镇这个移民小区建设得很现代，社区配套设施齐全，已经住了150多户人家。有意思的是，在漂亮的小区院里还竖着一些苏力德，让人一看，就不禁想起草原的毡包前、沙巴拉地的柳笆房前竖立的苏力德。我想这些苏力德大概是游牧文明留在这里的最后纪念了。它在顽强地告诉人们，这个小区里的居民曾经是草原上的牧人。

我们在一幢楼的单元房里见到了梅林庙嘎查党支部书记奥腾巴彦。他是个中等个子的哈日嘎坦蒙古人，看上去有50多岁。我打量着房子，看着房子的陈设，说这房子真挺不错的。奥腾巴彦告诉我："这是镇上给每个移民户免费提供的一套80多平方米的住房，都是这样统一的格局，水、电、暖配套设施都挺不错的。这倒好，用不着风吹日晒了。"

他呵呵地笑了起来。

我们随便聊了起来。奥腾巴彦对我说："自从老辈子人从萨冈彻辰陕北陵地迁移到梅林庙，已经整整5代了。打小就记得出门就是大沙漠，有些沙巴拉地就是好草场。羊就跑着吃，溜着吃。跑着溜着，连沙巴拉地的草场也没有了，只剩一片荒沙了。后来承包草场，荒沙滩也都有主了。人们按着自己的意愿治理沙漠，因此建起了许多'草库伦'。后来又轮牧、禁牧，草就长出来了，大明沙还真不多见了。上面提倡为养而种，我又在巴拉地里开辟出了几十亩水浇地，牲畜饲草料就全都解决了。"

我问："那你咋搬到移民小区的楼上来住了？"

奥腾巴彦说："我看草场现在挺好的，荒沙梁也不多了，咱梅林庙的林草从来没有这样茂盛过。可上边说不行，说咱这儿是生态脆弱区。梅林庙嘎查已经被旗里划定为退牧还草区，人、畜要坚决地退出来，用于生态的彻底改善和恢复。你想想，不让放羊了，都要搬到镇里统一盖的楼上来住了，人哪能想得通？甚说法都有！"

赵主任说："老奥，人家肖老师是找大明沙来了，看萨冈彻辰纪念馆来了……"

我说："随便聊聊。我听说迁移上楼的牧民有喝醉酒从楼上跳下去摔伤的。"

奥腾巴彦想想说："这事我还没有听说过。咱实事求是地说，退牧还草的补贴用于过生活还是够的。"

我问："旗里给的退牧还草的政策补贴有多少？"

奥腾巴彦说："就说我家吧，50亩水浇地，每年每亩补300元，国家每年补1.5万元；2000亩草场，补3万多元。还给我和老伴上了养老保险，每月1000元，一年就是2.4万元。光退牧还草政策补贴下来每年就有将近6万元的收入，这是旱涝保收的。这和我们上楼前的畜牧业收入差不多。别的人家都差不多。"

我想，退牧还草的牧民上楼以后，每户每年能有6万元的政策性固定收入，应该算是承庇祖荫了。可据我所知，许多牧民并不愿意上楼。其实，他们不是担心上楼以后生活没有保障。让这些草原上的牧人们纠结的是，上楼以后，他们就真的告别了草原，告别了千百年来日出而作、日落而息的自由自在的自然生活。

奥腾巴彦对我说："你说的现象也有，但也不全是这样。家中像我们这样的，老两口年纪大了做不动了，还是愿意上楼过光景。从此不再捡羊粪蛋子烧火熬茶了，不再过风吹日晒的日子了。嘎查的青年人早就跑进城里打工了。他们不愿意在家里待着，挣上钱挣不上钱的都往外面跑。肖老师，我跟你实话实说吧，草原已经留不住青年人的心了！"

我们听了奥腾巴彦这番话，都点头称是，感叹村里的年轻人越来越少，不管农区、牧区，情形都差不多。

我问赵主任："咱镇上给上楼的移民提供的就业岗位怎么样？如果有了就业岗位，在家门口就能挣上钱，不就把青年人留下了。"

赵主任还未答话，奥腾巴彦摇头说："咱们想得挺好，可年轻人不是这么想的。咱这地方，不比大城市挣钱少啊，可它就是留不住年轻人，你说有啥法子。"

赵主任也讲："的确是这个样子。实际上，我们建移民小区，主要是要做到'移得出，稳得住，富得了'。依托工业园区上项目，我们已经搞了一期2000亩设施，有农业园、物流园、生态建设示范园。镇区也能提供一些公益性岗位，像环卫保洁、治安联防等。企业也提供了一些辅助性岗位。我们认为产业支撑较为扎实，可现在遇到的问题是，别说年轻人，就连四五十岁的人就业的也不太多。"

"这是为什么？是不是工资不高？"

"主要是不太习惯。过去当牧民放羊，自己做自己的主。现在给人家打工，人家做你的主。"奥腾巴彦摇着头说，"有些我也说不清楚。咱凭良心说，栽移樟子松苗子打日工，每天150元，不算低吧？你要搞计件，每天三四百元钱也能挣，这走到哪儿也不能算是低工资。可他就是放着钱不挣，你有啥办法？你不挣，人家陕西、宁夏、甘肃的人打破头抢着挣。咱牧民过去过的是有累没苦的日子，悠搭着就把过日子的钱挣了。现在住上楼了，你要想有钱挣，就悠搭不成了。"

"悠搭"，我佩服奥腾巴彦用词的准确。一个"悠搭"，就好像有人骑马在我的面前晃动了起来。

我想起乌审旗人民政府旗长牧人讲过的一番话："城镇化不仅是换一个地方居住，更是换一种方式发展，要同时考虑人往哪里去，钱从哪里来，如何安居乐业。乌审旗土地辽阔，地势平坦，空气清新，绿地丰富，为实现'草原上有城镇、城镇中有草原'的新型城镇目标奠定了基础。但真正实现城镇化，首先是要转变人们的生产、生活方式，而不是简单地把人移到楼上去。"

奥腾巴彦叹着气讲："我是闹不明白了，放着日工150元不挣，人们这是咋了？"

奥腾巴彦说得不错，日工150元走到哪儿也应该算是好工资，可乌审旗的牧民就是看不上。除了有"悠搭"的因素之外，主要还是因为他们每家每户都有几千亩草场。这些年来，他们大都是雇陕西人放羊、种地，许多人早已经搬进市里、旗里。乌审旗的牧民是一些既享受着城市文明又享受着草原文明的快活群体。退牧还草、退牧还林，既是对他们长远利益的维护，也是对他们眼前利益的触动。

奥腾巴彦说："现在老的好说，小的也好说，上楼有甚不好的？要说不愿意上楼的，主要是半老不老这些人。这些四五十岁的人又不进城打工，又不愿意上楼。"

我问："那为什么呢？"

奥腾巴彦说："他们干得动，挣钱的路子就多，觉得还是守着自己的草场搞农牧业收入高一些。最主要的是他们怕退牧还草政策不长远，头几年行，要是以后没有了政策补贴，名下的草地也没有了。"

赵主任说："咋会呢？二轮承包不是刚签了？你得告诉牧民们，政策只会越变越好。现在住在风刮不进、雨淋不着的单元房里，每年你就甚也不用干，光退耕还草这一项就有五六万的进项，上哪儿找这好政策去！"

奥腾巴彦说："不管咋说，也是故土难离啊！我是嘎查的支部书记，我得带头上楼。现在全嘎查有152户住进了楼房，守着梅林庙草场的没有几户人家了。目前主要是把楼房的管理跟上去，还得引导上楼的牧民就业。我还是想不明白，日工150元，咋还没有人做呢？"

赵主任说："老奥，你在路上再想吧！咱们还是快点去看梅林庙的大明沙吧！"

我们笑了起来。

奥腾巴彦开上自己的车在前面带路，我们的车跟在他的后面，驰出图克镇，向梅林庙嘎查驰去。渐渐地，草地两面的沙丘越来越高、越来越大了，但都覆盖着绿色。你可以想象得出这些大沙漠的本来样子。沙丘上长着大片大片的沙地柏，绿油油的，一望无边，真的很壮观，好看，耐看。

沙地柏是产于乌审旗的独特灌木，以其树形美观、香味能驱虫蝇，且四季常青、耐旱节水成为国内外城市绿化的新宠和首选。我曾在东京、北京、上海等国际化大都市里见到过许多郁郁苍苍的沙地柏。其原始的根就深深扎在毛乌素沙漠上。沙地柏是珍稀树种，经济价值非常高。因此，沙地柏也成了偷盗分子盗窃的对象。为此，乌审旗成立了沙地柏管理局，专门负责乌审旗境内沙地柏的管护工作。

奥腾巴彦的车停在了一片覆盖着沙地柏的沙漠前，我们也停车，走下来。奥腾巴彦指着这片黑压压、绿油油的沙漠说："这里原先就是一片大明沙，图克全镇再也找不出这么大的明沙了。现在全爬满沙地柏，到冬天也绿绿的。要说明沙，就属这块大了。"

我告诉他："我想看没有绿化的大明沙。"

奥腾巴彦奇怪地看着我说："看没有绿化的大明沙？这还真不好找。你看那光秃秃的做甚？还是这绿油油的好看。"

我刚想解释几句，奥腾巴彦像是发现了什么，急匆匆地往远处的沙地柏丛中跑去。

他一会儿走回来，生气地说："又有人偷剪枝子了。这些贼忽拉，是该好好惩治几个！"

原来奥腾巴彦早就参与了沙地柏的管护工作。他告诉我："梅林庙嘎查是旗里野生沙地柏重点保护区域，嘎查的牧民们都自动配合旗里的执法部门，参与沙地柏的保护和管理工作。"

我问奥腾巴彦："这沙地柏经济价值高吗？"

奥腾巴彦说："沙地柏枝子贵得很，要是倒到旗外去卖，十几元钱一株哩！咱这大沙漠现在是金山银山哩！常有人开着车来盗窃。咱这沙地柏又多，地面也大，总有盗剪的事情发生，咋也制止不住。旗里的王法硬得很哩，逮住了轻则罚款，重则判刑。前些日子，旗里一个执法部门的司机偷剪沙地柏枝条盗卖被判了刑……不这样狠办，咱这里就会被人连根挖光、挖秃。"

我问："牲畜吃沙地柏吗？"

奥腾巴彦告诉我："沙地柏不能当牲畜的饲草。过去人们做香时，用它当过原料。它在牧人的心中非常神圣，祭'长生天'、祭敖包时，人们用沙地柏枝条沾上奶子向天抛洒，以表达对苍天神灵的敬意。沙地柏因为耐旱，是固沙的优良灌木，不但能够绿化沙漠而且还能美化沙漠。因为沙地柏品相好，现在渐渐成为城市绿化的观赏树种，常栽种在城市河边和广场的草坪上。沙地柏抗旱性强，非常节水，一般来说仅靠雨雪就能茁壮生长。而且，它是多年生植物，根子串得很快，今年栽上一株，明年就是一片，根本不用刻意管护，所以，花木市场需求量非常大。为了保护毛乌素沙漠的生态，乌审旗采取了专门保护沙地柏的措施，加强了对沙地柏的管护。"

我望着毛乌素沙漠上一眼望不到头的黑压压的沙地柏林，心想：毛乌素沙漠确实是一座金山。

我们上了车，快速行进在披着绿装的沙漠上。不一会儿，眼前出现了一片宽阔的草场。草场上横亘着一块块的沙漠，也都是绿油油的。极目望去，是一片无垠的绿色，让人感到震撼。与我同行的张玉廷连连叹道："真没有想到，沙漠会绿成这个样子。奇迹，真是奇迹！"

在绿色的草地上，屹立着一幢古色古香的建筑。张玉廷告诉我，前面就是萨冈彻辰纪念馆了。果然，奥腾巴彦已经把车停在纪念馆前。我们忙跟上去。我下车观看，发现这幢建筑非常朴素，就是几间平房立在草原上。奥腾巴彦给我介绍道："这里原来是梅林庙的旧址，现在建起了萨冈彻辰纪念馆。"我看到纪念馆大门紧锁，四周也是静悄悄的。奥腾巴彦解释道："今天不是祭祀的日子。要是到了祭祀的时候，人们就从四面八方来了，有时还有外国人。要不我跟管纪念馆的人联系联系，让他过来把门开开？"

我问管理纪念馆的人在哪。奥腾巴彦说："就住在镇里的移民小区。刚才走得匆忙，忘了叫他一块来了。"我说："太远了，算了吧，我在周围看看就行了。"我徜徉在萨冈彻辰纪念馆的四周，见门前有几株古柏，透着森森凉意。我透过门缝往里看，可惜看不清楚。我知道萨冈彻辰纪念馆内珍藏着一幅萨冈彻辰的画像，200多年了，一直被哈日嘎坦蒙古人视为神物。每年祭祀的时候，哈日嘎坦蒙古人就会冲其焚香敬酒，顶礼膜拜。

作家成神，这恐怕是世界上唯一的一个。这种虔诚寄托着对自己民族历史的尊崇，对自己民族文化和未来的无限期许。

奥腾巴彦说："自从建起这个纪念馆，我们就可以在自己的家门口祭拜萨冈彻辰了。要不年年得去陕北陵地，往返五六百里呢！"

我站在萨冈彻辰纪念馆前，四下打量着。不远处还有一些起伏的细小沙丘，黄澄澄的，显得很是洁净，在一片绿色中显得格外抢眼。奥腾巴彦对我们说："我家离这里不远，要不咱们去我家喝杯茶去？"

我们驱车走了大约十几分钟，来到奥腾巴彦家。他的家隐在一片小树林里，孤零零地立在草地上，显得十分清幽。我们进了屋，屋内收拾得非常洁净。透过大窗子就能看到无尽的草地、树木、白云、蓝天。炕桌上已经摆放了一些待客的奶食、炒米。奥腾巴彦的老伴乌努古笑眯眯地招呼我们，为我们斟好茶，便退到炕边默默地看着我们。奥腾巴彦告诉我们，他家还有20多只羊没有处理掉，老伴乌努古舍不下她的羊，草一返青就又回到自己的牧场。唉，高楼拴不住牧人的心呀！

我问乌努古，一个人待在草原上不孤单吗？她说，她在照料她的羊，不孤单。我继续问她，住在镇上小区的楼房内好还是住在这里好？她说在这里待惯了，草场上有做不完的事情。奥腾巴彦告诉我，他家过去养着6头牛、70多只羊。后来，旗里要在梅林庙搞生态移民，人、畜都要从这里全部退出来。他是支书，乡亲们都看着他哩。他家大半牲畜都处理了，还有一些羊没有处理掉，老伴就从楼里搬回来住了。

乌努古说，她听不见羊的叫声，心里就发慌。我听她这样一说，心里顿时感到酸凄凄的。我急忙喝了一口茶，问乌努古孩子们的情况。乌努古说，她的3个孩子都在城里打工呢，逢年过节和萨冈彻辰大祭时才会回到家里。我问她孩子们在城里待得怎么样？乌努古答不出来，一脸漠然的样子。奥腾巴彦告诉我，他的二小子在旗里办了个装饰公司，生意还算红火。大小子和三小子每年的收入虽比不上老二，但也过得去。乌努古说，这羊眼瞅着就没有人放了。

我知道，每只羊都是一台小型挖草机。在禁牧之前，小草只要露头，就会被羊吃掉。羊低头掠过，草场一片荒沙，因为一只羊需要几十亩草场才能正常生长，何况那时又盲目追求牲畜存栏数。羊在人们贪欲的驱使下，几乎是在疯狂地掠夺草场。这种传统的粗放的畜牧业生产方式成为草原荒漠化的重要推手。现在人们已经认识到，不转变传统的农牧业生产方式，生态永远不可能得以恢复。从20世纪末开始，乌审旗开始禁牧，对羊进行棚圈饲养和轮牧。十几年下来，草长高了，沙漠绿了，牲畜的头只数也比禁牧前翻了几番，乌审旗成为名副其实的牧业大旗。人们都知道绿染毛乌素，1万多平方公里的乌审大地生态得以恢复，禁牧、轮牧起到关键性作用。现在人们说起禁牧的百般好处来，唯一的遗憾是圈养的羊的肉似乎不如跑滩的羊的肉吃起来香。这不知是人们的心理作用，还是圈养的羊肉质量确实需要改进，个中滋味我是体会不出来的。

我所知道的是，目前，乌审旗全境的草场都被认定为有机草场，乌审旗全境的农、牧、副产品，包括牛、羊、水产品、粮食、水果、蔬菜，都被国家农业部绿色食品管理委员会正式认定为有机产品。就是说乌审旗已经有了自己的绿色品牌，"绿色乌审"的经济价值得到彰显，已经实现了由生态价值向经济价值的转变。乌审旗绿色品牌的整体确立，凝聚着几代乌审人的汗水和智慧，是10万乌审儿女像呵护自己的眼睛一样呵护自己赖以生存的家园，精心打造"绿色乌审"的结果。

四、人家看沙梁梁是黄的白的，可我咋看都是红红的

1929年2月11日，正是农历正月初二。

入夜，辛苦一天的席尼喇嘛送走了不断来慰问革命军的乡亲们，上炕休息了。当时，席尼喇嘛率领的内蒙古革命军第12团正驻防在乌审旗乌兰陶勒盖的文贡沙漠里，他和团部以及警卫排的十几名战士住在一个牧户的家里。

这位64岁的老人很快进入梦乡。

睡梦中的席尼喇嘛不会想到，一个针对他、针对乌审旗国民革命的罪恶阴谋，正在像夜色一样缠绕着他，试图吞噬他。

外面大夜如墨，朔风呼啸。

一个黑影像夜行的狼一样，悄悄靠近屋子。他是当夜的值班排长布仁吉日嘎拉。另一个黑影贴近了布仁吉日嘎拉，他是当晚的值勤战士额尔和木达来。两人密谋一气，便提枪钻进了席尼喇嘛休息的屋子里。

几声罪恶的枪声过后，乌审草原的优秀儿子、共产主义在内蒙古大地的早期传播者、坚定的民主革命战士、近代"独贵龙"运动的发起者之一和卓越的组织者、内蒙古人民革命军第12团团长席尼喇嘛死于叛徒之手。

席尼喇嘛是乌审草原上的红色传奇。

席尼喇嘛原名叫乌力吉杰日嘎拉，1866年出生在一个奴隶的家庭。8岁就给牧主放羊。刚刚成年，他就被送进乌审旗的王府里当杂役，受尽了欺

辱，经历了人世间的许多不平事。乌力吉凭着自己的勤奋好学，能熟练使用蒙汉文字，成为一名王府的笔帖式（文书）。其时恰逢"庚子之乱"，慈禧太后避难至西安。乌审旗的王爷为了讨好慈禧太后，向朝廷表忠心，便卖给陕北地主一部分草场，换了3000两银子，派俩人给慈禧太后送去。谁知那俩人在西安待了几个月，连慈禧太后住在哪儿都没打听到，气得王爷直骂"蠢材"。王爷又派精明干练的乌力吉赴西安办差。实际上，王爷卖出的草场中，就有乌力吉一家世代放牧的巴拉地，家人已经被迫西迁。失去家园和牧场的乌力吉正在悲愤交加之中。但他也像在草原上世代放牧的牧人一样，盼望乌审旗有好王爷、好官，牧人们能够平平安安地放牲畜就好。

乌力吉怀着这样复杂的心情来到西安，一打听，才知慈禧太后已经移驾回京。于是，乌力吉赶到北京，通过关系给朝廷送去王爷卖地的银子。王爷巴结上慈禧太后，高兴地笑了，而乌力吉的心却在滴血。就是在北京，世界向他打开了另一扇窗户，他知道了"戊戌六君子"、义和团运动、火烧圆明园、"庚子赔款"等，觉得大清王朝就像一个行将就木的老人，似乎一阵风就能将其刮倒。这年，乌力吉38岁，在王府当差已经20多年了。他知道王府里的王爷、福晋就像大清朝一样，也将跟草原上风干的马粪似的，只要大风一吹，就会被抛撒在无边无际的毛乌素沙漠里。

乌力吉回到乌审草原，感到乌审草原就像一个火药桶，时刻会被一根火柴点燃炸响。王爷和福晋为了银子，为了享乐，忙着卖地，大片大片的草场被教堂和汉族地主、商人买走了，牧民们流离失所，被迫迁移。旗内的许多有识之士和牧民早已经看不惯王爷的所作所为，他们秘密结社，共商对策，百年前被王府残酷镇压的"独贵龙"又在乌审草原上悄然兴起。王爷和官府已经嗅出了味道，但他们不知道现代"独贵龙"的头领是谁。

"独贵龙"运动起源于100多年前，起因也是反对王府大量卖地、放垦以及王爷和官吏们的荒淫无耻。"独贵龙"是蒙古语，译成汉语就是环形、圆圈。议事时大家坐成圆圈，各种抗议和请愿的呈文也签成圆圈形，这使王爷和官府找不出牵头的组织者。这是乌审旗牧民出于自我保护而采取的一种智慧的斗争形式。1828年，乌审旗的"独贵龙"成员忽然包围了王府，召开诉苦大会，历数当时旗王爷桑杰旺勤的罪行，要求他让位。诉苦诉不倒旗王爷，"独贵龙"又跑到盟府前安营扎寨，继续自己的诉求，整整坚持了3个多月。最后惊动了大清朝的理藩院，才撤掉了桑杰旺勤的扎萨克职务，改由他的儿子世袭。"独贵龙"掀翻一个王爷，这是几百年也未有的事情。1879年，乌审旗300多名"独贵龙"成员包围了旗衙门两名贪官的家，并将他们抓走批判。由于"独贵龙"的矛头直指官府和王爷，很快就遭到残酷镇压，领袖被拘捕，并且被举家流放湖南等地。

现在还有这样一首歌在乌审草原上传唱：

鸿雁带着嘹亮的歌声，
飞向了湖南。
歌声仍留在我们的耳旁，
引起我们无尽的思念。

由于王爷和官府的分化瓦解和残酷镇压，"独贵龙"运动一次次失败，但它留下的反抗火种却散播在乌审草原上。此时的乌力吉已经看到了乌审草原上即将燃起的冲天大火。

他作出了自己的选择。

他以搬家为理由向王爷告假。王府离不开这位精明干练的笔帖式，但王爷实在想不起拒绝乌力吉的理由，只得准了他的假。可乌力吉的眼风让王爷有些惴惴不安，他知道乌力吉是反对卖地放垦的。乌力吉为此曾苦劝过他：
"这地不能再卖了，再卖牧人就没法活了！你想一想，咱乌审游牧地100多
年前靠着长城边，现在都快退到无定河边了，面积缩小了一大半。"

这让王爷很不高兴，他非常不满意乌力吉的多管闲事，认为草原是我
的，我卖自己的地还用得着你们这些奴隶同意吗?

乌力吉正直清廉，在乌审旗各界和百姓当中口碑极佳，这让王爷非常担
心，怕这个笔帖式会成为潜在的对手。他知道，神龙不见首尾的"独贵龙"
百十年来像幽灵一样隐现在毛乌素沙漠里。他担心为自己服务20多年的乌力
吉会和"独贵龙"搅在一起。也许，乌力吉就是现在"独贵龙"的头领呢！
想到这儿，王爷不禁吓出一身冷汗。

乌力吉将家搬到嘎鲁图这个鸿雁展翅飞翔的地方。从此，嘎鲁图成为
"独贵龙"活动的中心。他们状告王爷，驱逐放垦的官员，揭露福晋的荒淫无
耻。乌力吉还与正直的官员、反对放垦的台吉（贵族）、文人雅士、平民结成
反对王爷恶政的同盟，壮大了"独贵龙"的队伍和影响。王爷唤他回旗衙门，
他托病推辞。王爷封他为哈喇章京，他置之不理。王爷派人去寻，他索性剃
发，披上了紫红色的喇嘛袍，并称自己是席尼（新）喇嘛。从此，席尼喇嘛的
名声传遍鄂尔多斯高原。他很快成为"独贵龙"运动的领袖，在民国元年被
全旗11个"独贵龙"组织推举为公众会主席。为了更好地开展"独贵龙"运
动，席尼喇嘛还与王悦丰、奇金山等70多位志同道合者结为兄弟，公开率领
全旗民众与王爷、福晋展开斗争，这就是鄂尔多斯历史上著名的"七十安达
独贵龙"。他还带人包围王爷、福晋的住地，当着王爷的面抓走作恶多端的
福晋，逼着福晋交待了祸害乌审草原的丑事。最后，义愤填膺的牧民处死了
罪恶滔天的福晋。乌审旗燃起的"独贵龙"之火很快燃遍鄂尔多斯高原。
达拉特旗和杭锦旗的"独贵龙"运动由控诉王爷，要求减租减息，很快发展

成了与封建王府的武装斗争，极大地震撼了盟官府的封建统治者。

1920年夏天，伊克昭盟盟长决定先消灭乌审旗的"独贵龙"运动，派兵包围了嘎鲁图庙，要求席尼喇嘛及"七十安达独贵龙"归案。这些官员和士兵有300多人，一共在嘎鲁图庙待了3个多月，每天吃掉的羊就有六七十只，还不时杀牛吃，要酒喝，这一切全部由乌审旗百姓负担，人们苦不堪言。席尼喇嘛为了解救百姓的困苦，主动投案，被官兵吊在一棵大树上，每天挨70皮鞭，并被戴上80多斤重的锁链。盟府准备押着席尼喇嘛去每家牧户示众，然后再加以杀害。机智的乌审人民为了解救席尼喇嘛，借助嘎老五率领的一支出没于陕北边境的土匪队伍的力量，从官兵手中抢走了席尼喇嘛，并将他连夜送过黄河。席尼喇嘛被土匪劫走，官兵也没了办法，只得从嘎鲁图收兵。这几百号人几个月吃剩下的牲畜尸骨，在嘎鲁图庙附近留下了一条长长的"骨坝"。

1921年夏天，席尼喇嘛来到北京，与另一支"独贵龙"运动的领导人、蒙古民族早期的民主主义启蒙者旺丹尼玛会合，两人共商鄂尔多斯"独贵龙"运动的大事。在此期间，他们接受了新民主主义和共产主义的熏陶，并结识了李大钊及第三国际的联络员雷卡嘎尔夫等共产主义者。在俄国十月革命、外蒙古革命、中国的五四运动及萌芽时期中国共产党的影响下，席尼喇嘛萌发了推翻整个封建统治，在内蒙古草原建立新生活的思想。

为了让更多的人接触共产主义思想，1924年8月，席尼喇嘛潜回毛乌素沙漠，挑选了16名"独贵龙"骨干，踏上了奔赴蒙古人民共和国学习的艰难行程。一行人穿越沙漠、戈壁，经过几个月的艰苦跋涉，终于在冬天来到了蒙古人民共和国的首都乌兰巴托，受到蒙古人民革命党领袖乔巴山的热情接见。蒙古人民革命党安排席尼喇嘛等人学习、参观。在此期间，席尼喇嘛如饥似渴地学习社会主义理论和共产主义思想，整理了许多学习资料和笔记，撰写了《鄂尔多斯升起革命曙光》等著作，并且加入了蒙古人民革命党。这位在暗暗长夜摸索了一生的席尼喇嘛，终于在年届六旬时成为一名革命战士。

按照第三国际的安排，席尼喇嘛在1925年回国，参与了内蒙古人民革命党的创建工作。在张家口召开的内蒙古人民革命党第一次代表大会上，他当选为党中央执行委员。第三国际和中国共产党的代表都出席了会议。席尼喇嘛按照内蒙古人民革命党的指示回到乌审旗，组织、发动群众投入到反对封建王公的斗争中，并筹备建立内蒙古人民革命党乌审旗委员会。1926年的正月十五，在嘎鲁图庙召开了有2000多牧民参加的群众大会，席尼喇嘛发表了热情洋溢的演讲。他回顾了以往"独贵龙"的斗争经历，明确指出："乌审旗的革命成功，必须要与全中国、全世界的革命运动联在一起。我们必须找到一条正确的革命道路。现在我们已经找到了，那就是共产国际为中国革命设计的道路。我们内蒙古人民革命党就是这条道路的实践者。"虽然会议遭到封建王公的破坏、袭击，席尼喇嘛播下的革命种子还是留在了牧人的心底，慢慢发芽、长大。

在短短一年的时间里，席尼喇嘛发展了700余名中坚分子加入内蒙古人民革命党，组建了7个党支部。在全国革命形势高涨的大背景下，1927年1月，内蒙古人民革命党乌审旗委员会经选举正式产生。据阿云嘎《席尼喇嘛》一书记载：那时毛乌素沙漠里和乌审大地上流传着许多新歌曲，像《"独贵龙"之歌》、《无敌英雄斯大林》等。还有一支曲调奇异的《全内蒙古之歌》，若干年以后，人们才发现这支歌的曲调竟然是《国际歌》。

革命的迅速发展，引起了封建王公的恐慌和仇视，他们不断进行破坏，并试图用武力镇压革命。席尼喇嘛认识到，保卫革命成果必须有革命的武装。在他的积极倡导下，在第三国际和乔巴山的支持下，由内蒙古人民革命党领导的内蒙古人民革命军成立了。

1926年9月，席尼喇嘛率领内蒙古人民革命党中央和革命军来到乌审召，这里成为内蒙古革命的中心。根据乌审旗革命的特殊情况，内蒙古人民革命党中央召开了由牧民群众、封建王公参加的三方会议。在会上，席尼喇嘛宣布：推翻乌审旗封建王公政权，全旗重大事务由旗党委、革命军、旗衙门三方共同协商决定；解散王府卫队，封建王公不得干涉牧民革命活动。会后成立乌审旗保安队，后改为内蒙古人民革命军第12团，席尼喇嘛亲自担任团长。

三方会议后，乌审旗王爷出卖大量土地、牧场，勾结陕北军阀井岳秀，纠集反动武装上千人围剿刚刚诞生的革命政权。席尼喇嘛率军迎战，粉碎了敌人的进攻。乌审王爷见大势已去，只得逃至陕北榆林，在井岳秀的庇护下苟延残喘。乌审旗的革命形势如火如荼，革命政权渐渐巩固。民主政权的建立对牧民的生活也产生了影响，喝醉酒打老婆的事情有人管了；陕北边商一块砖茶两年变成一头牛的事情有人管了；牧人遇到不公平的事情，开口就说找旗委、找公会……

旗委和公会为了保护牧场，还制定了植树计划，开始用新思想保护牧场和草原。

旗委与公会已经成为乌审牧民的主心骨。毛乌素沙漠经历了一场千百年来从未有过的巨变，千年的奴隶翻了身，翻身的奴隶当主人。社会主义、共产主义、苏维埃……这些词渐渐成为乌审旗牧民的口头禅。席尼喇嘛彻底改变了毛乌素沙漠和乌审旗，为他们打开了世界之窗，一下子把毛乌素沙漠与天翻地覆的世界拉得这样紧密……

1927年，蒋介石在上海发动"四·一二"反革命政变，大批共产党人遭到屠杀，中国革命受到重创。这时，内蒙古人民革命党中央的主要领导人白云梯投降了蒋介石，革命军总司令旺丹尼玛与前敌副总指挥、共产党员李裕智惨遭杀害。面对白云梯等人的威胁利诱及企图将第12团编入国民党军队的罪恶计划，席尼喇嘛坚定地说："我们内蒙古革命依靠的是中国共产党和第三国际，十月革命才是我们要走的道路。我们第12团官兵头上的帽子不留戴你那青天白日的地方！"

席尼喇嘛彻底与白云梯等人决裂，只身率第12团与国民党军队作战。革命形势的陡转，更让席尼喇嘛感到革命武装和民主政权的宝贵。席尼喇嘛健全了全旗的公会组织，动员大量牧民参加革命军第12团，并率部与不断进犯的井岳秀的反动军队打了大小20多仗。让人们称奇的是，以少对多、以弱对强的席尼喇嘛，每一仗都取得了胜利。席尼喇嘛率领第12团越战越勇，终于将井岳秀率领的国民党军第2集团军暂18师赶出了乌审旗，保卫了新生的革命政权。这让井岳秀颜面扫尽，于是，他和乌审旗王爷改变了策略，开始分化第12团，收买第12团内部的动摇分子，伺机从席尼喇嘛背后打冷枪。

席尼喇嘛领导的乌审旗革命政权，成为白色恐怖笼罩下的中国大地上一道耀眼的红色风景线。在席尼喇嘛的领导下，乌审旗公会成为当时中国最健全的县一级革命政权。

这是乌审大地永远的光荣！

席尼喇嘛被叛徒杀害后，乌审旗又恢复了封建王公统治，但席尼喇嘛留下的革命火种在毛乌素沙漠闪耀了几十年。在第12团与国民党部队战斗过的许多地方，由于群众基础比较好，后来都被陕北红军开辟成了革命根据地，1935年在巴图湾还成立过乌审旗苏维埃。中央红军长征到达陕北后，党中央为了开展对蒙古上层的统一战线工作，下令撤掉了乌审旗苏维埃。毛主席还指示，一定要将巴图湾（乌审旗苏维埃所在地）还给蒙古人民。在抗日战争中，八路军一个骑兵团进驻陶利滩，他们发动蒙、汉人民投入到抗击日本侵略者的人民战争洪流中。这支部队在贺秉坤团长的带领下，利用战争的间隙，在毛乌素沙漠上种植了大片的柳树。这些柳树被当地蒙汉百姓称为"八路柳"。70余年过去了，当年八路军战士种下的"八路柳"仍是枝繁叶茂，遥遥望去，就像一团团云朵飘浮在陶利滩上。

席尼喇嘛创建的第12团的骨干，也就是"七十安达独贵龙"中的许多人，在中国共产党的教育、培养下，成为坚定的共产党人，成为中国人民解放军伊盟支队的领导和骨干，为解放鄂尔多斯乃至内蒙古立下了不朽功勋。解放以后，他们中的许多人成为内蒙古和鄂尔多斯的各级党政领导，为内蒙古的社会主义建设立下新功。

席尼喇嘛的老安达、解放军伊盟支队的司令员王悦丰（蒙名为阿日宾巴雅尔）在1947年春天毛主席率党中央转战陕北进入毛乌素沙漠时，率领伊盟支队的指战员在毛乌素沙漠的张家畔芦河战斗中，打退了马鸿逵骑兵19团和国民党"还乡团"对边区的突袭，为保卫毛主席、党中央作出了贡献。这件事情让王悦丰一生引为荣耀。

1977年，饱经磨难的王悦丰病逝。这位鄂尔多斯人民的老盟长终于回到了乌审大地，静静地安息在他出生的陶利滩上。几十年过去了，人们还在津津乐道地谈论着王悦丰的故事。最让鄂尔多斯人民念念不忘的是，他们的老盟长参加过"独贵龙"，保卫过毛主席，还有他的子女几十年来一直都是当地最普通的牧民……

2011年夏天，我在毛乌素沙漠追寻着席尼喇嘛的足迹，寻找着毛乌素沙漠的红色故事。我在乌审草原上见过席尼喇嘛的侄孙女，我在巴图湾找到了老一代的共产党人。随着岁月的流逝，乌审旗曾有过的老红军、老八路、老革命越来越少了，但老一辈革命者为之奋斗终生的乌审大地却越来越美，越来越年轻。在陶利滩一位牧人的家中，我曾听酒酣的牧人们放声唱着这样一首歌：

我们跨上追风快马，

奔驰在家乡的草原上。

我们大家精神抖擞，

满怀信心奔向前方。

我们是席尼喇嘛的好弟兄，

心明眼亮意志刚强。

让敌人闻风丧胆，

胜利的旗帜高高飘扬。

高高的白沙梁，

耸立在遥远的天边。

我们是乌力吉杰日嘎拉的战士，

人民群众永远赞扬。

　　席尼喇嘛和他的12团战士是永垂不朽的，因为他们血沃乌审大地，是毛乌素沙漠永远的丰碑。20世纪60年代，曾使鄂尔多斯名扬全国的电影《鄂尔多斯风暴》，就是以席尼喇嘛为原型创作的。当年"独贵龙"活动的旧址已经被国家定为重点文物保护单位。为了纪念席尼喇嘛，乌审旗在嘎鲁图镇修建了宽广的"独贵龙"广场，并为他修建了极具民族特色的纪念碑。人们时常驻足纪念碑前，缅怀这位伟大的革命先驱。席尼喇嘛已经成为鄂尔多斯人的偶像。

　　2011年夏天的一个清晨，我在嘎鲁图镇的席尼喇嘛广场散步时，看到一对拍婚纱照的年轻人。晴空万里，太阳微露，这对幸福的年轻人迎着东方那抹霞光，笑得是那样甜，那样美。我问他们来自何方。他们告诉我，他们出生于乌审召镇，前些年去了深圳，在深圳经营一个充满蒙古元素的毛乌素酒吧。灯红酒绿之中，他们始终不能忘记自己的出生地——美丽的毛乌素沙漠和乌审草原。他们结婚前，忽然想起幼时的偶像席尼喇嘛，于是千里迢迢回到故乡，在席尼喇嘛面前发下海誓山盟，让这位革命先驱见证他们的爱情。

我深受感动，这是一种神圣的情感，是一种红色血液的自然流淌。

我在萨拉乌苏旅游区采访、写作时，偶然之中听到有一位建国前参加革命的老党员、老战士仍然住在萨拉乌苏河南岸的大沙漠里，这引起了我的兴趣。于是，我在萨拉乌苏旅游区管委会朋友的热心引领下，驱车前往，开始了在毛乌素沙漠的红色之旅。

我们的汽车穿行在萨拉乌苏河南岸，眼前是大片大片的樟子松育苗基地和大块大块的良田，放眼望去，到处绿油油的。同行的管委会副主任燕飞泉告诉我，过去这里都是大明沙，人们只能在沙巴拉地垦荒。沙压过来，再去开垦另外一块沙巴拉地。结果是越垦越荒，萨拉乌苏河两岸全都成了大明沙。我问燕飞泉："人们是何时将明沙梁改造成块块绿洲的？"他说："也就是近几年的事情。说来也怪，过去那些明沙梁说不见就真的不见了。"

透过车窗，我看到广阔的田野上有许多喷灌机在喷水作业，水雾在阳光下闪出一道道彩虹，一时间，毛乌素沙漠的上空水雾蒙蒙。让我感到惊奇的是，有时一大块地上能见到七八台喷灌机在同时作业，蔚为壮观。我知道这样的喷灌机是美国威猛特公司生产的，是当今世界上最先进的喷灌机械，过去只有在发达国家的土地上才能见到，而现在，这一幕在乌审旗的毛乌素沙漠里已经是司空见惯了。这说明，乌审旗农牧业生产的机械化程度已经接近国际先进水平。

我知道，能够如此使用"威猛特"喷灌机在小家小户的生产中几乎是不可能的。燕飞泉告诉我：这些成片的土地进行了整合，只有进行集约化、规模化生产，一些先进的机械才能派上用场。走农牧业现代化的道路，是旗委、旗政府实施"十二五"规划中强调的实现土地流转的重要举措。据他所知，统管萨拉乌苏河流域农牧业生产的无定河镇已经开始实现大规模的土地流转。这既是农牧业现代化发展的需要，也是解决当前农村问题的需要。

燕飞泉多年在乌审旗基层工作。他告诉我，无定河镇是农业人口比较集中的地方，现有户籍人口3万多人，占全旗人口的三分之一，而人均农田在全旗又是最低的，这就决定了土地的收益是有限的。和其他农牧区的情况一样，大量的农村劳动力进城务工，许多土地无人耕种或耕种方式原始低下。这就需要土地整合，在土地使用权不变的情况下，向种植大户和养殖大户集中。

这些在绿色田园上不停喷转的"威猛特"使我看到了土地流转集中的效果。在乌审旗的每一个角落行走，你都能感到现代化的铿锵律动。是快速发展的现代化诱发了毛乌素沙漠翻天覆地的变化。

毛乌素沙漠的巨变使我思绪万千。

我们的车停在一个农家小院前。小院四周静悄悄的。我发现在这方圆不小的地方，就这孤零零的一家。燕飞泉告诉我，这就是那位老党员的家。

我们走进去，屋内除了一盘大炕、一个衣柜外，简陋得几乎什么都没有，跟我熟悉的30多年前毛乌素沙漠农家没有太大的变化。我心中有些发紧，暗叹这里是被人遗忘的角落。这是我近年来走访过的毛乌素农牧民中最贫困的一家。灰暗的土炕上盘腿坐着两位老人，他们就是老党员郑三有和他的妻子。

两位老人老得已经看不出年纪了。

燕飞泉大声对他说："我们看望你这位老党员来了！"

郑三有老人说："一到党的生日跟前，旗里、镇里的人就来看我。旗里组织部慰问建国前的老党员的人刚走。去年公社还有两位老党员，今年就剩下我一个了。"

燕飞泉有些吃惊，他不知道那位老党员过世了。他告诉我，2010年他还去看过那位老党员。那位老党员是个女的，"当年腰里别支盒子枪与敌人干，是无定河两岸赫赫有名的女八路。我去看她时，还挺精明的。咋就走了？"

郑三有说："是春上走的，我知道了就是难受，腿脚不灵便了，想送送都走不成。我入党时她就在党了。那时，我们背着枪在河沟里跑来跑去的，跑来跑去的……"

老人眯起了双眼，回忆着当年那激情燃烧的岁月。他感慨地说："那时，马不卸鞍，人不脱衣，三天不吃饭，还要打胜仗。跟我一块闹革命的都走了，就剩下我一个了。你撂得下撂不下都得走。"

燕飞泉说："郑叔，瞅你这身子骨多硬朗，咋和大婶还不再活个三二十年的？"

郑三有的妻子说："那不活成一对老妖精了！"

我们都笑了起来。

郑三有说："我是撂不下这个前朝古代都没有过的好社会。我们现在上了农村养老保险，每个月都有两百多元。我们老两口光养老保险就够用的。我还有老党员补贴，每年就这么坐着，能有两万多元的收入。好社会啊！我得好好活！"

郑三有告诉我，过去他一直在巴图湾生产大队当支书，干了20多年。土地承包后，他年纪大了才不干了。过去老两口就在巴图湾住着。前几年腿脚不方便了，才让二儿子接过来养老。原来，这里并不是他们的家。燕飞泉告诉我，他与郑三有的二儿子是初中同学。这老同学是个死作死受的庄稼主儿，一直鼓捣这几十亩田地。他说着把郑三有的儿子叫了进来。郑三有的儿子40岁出头，憨憨的样子。我问他每年收入有多少，他说四五万吧。燕飞泉告诉我，他说的四五万是纯收入，吃的喝的消耗掉的全不算。我知道鄂尔多斯农牧区的农牧户都是这样计算自己的收入。我问他这里搞土地整合了没有，他说现在还没有。有的农户把土地入股，每年干拿收益。要是去地里干活，还另有收入。

郑三有说："党让你干，你就去干，没有错！党让你剥开你就剥开，党让你合上你就合上。咱郑家没别的本事，就是听党的话，照党的指示办。党还能把你往黑圪崂里领？"

他儿子说："咱这儿地方偏，人家土地整合还没有整合到这儿，你着的甚急啊！"

他儿子说着走了出去。

燕飞泉问郑三有老人何年入党的。老人一板一眼、一字一句地说："我是1947年8月23日上午8点向党旗宣誓的。入了党，就得保守党的机密，铡草刀把头割了去也不能说出党的机密！我二哥叫郑三富，是八路军骑兵大队的战士，1943年夏天在查干呼代战斗中牺牲了。那一仗损失大了，一下子牺牲了几十名战士。我妈听说后，一下子就给急死了。她是放心不下我二哥，才跟着我二哥走的。那天是8月16日，清晨下了点雨……"

老人陷入悲怆的回忆之中。

"还有邓参谋，让敌人的飞机炸死了。他是个南蛮子，长征走过来的老红军。沙利乡牺牲了17个人，查汉台牺牲了7个人，都叫不上名来了。记得有个叫边满满的，牺牲时还是个十五六的孩子。"郑三有老人喃喃道，"这沙滩上都浸着战士的血。我二哥身上的血都流尽了，那年他刚刚23岁。这好世道是咋来的？咱当支书得吃苦多干，千万不能白吃白占、贪污腐败。咱得对得起党员这个名号。人家看沙梁梁是黄的白的，可我看着咋都是红红的……"

老人的话让我震撼。

老人又重复说道："我是1947年8月23日上午8点向党旗宣誓的。"

我问老人："你的二儿子今年多大了？"

老人想了下说："约摸着有三十大几了吧？"

他老伴说："老头子，老二今年41了。"

我问老人："当年这里的大沙梁多吗？"

郑三有老人说："多，海海漫漫多了去哩！当时出门就是大沙梁。跟上队伍在沙梁梁上转来转去的，咱没少跟敌人在沙梁梁上藏猫猫，瞅准机会还放上几枪。好沙梁啊，藏龙卧虎。后来解放了，说是要治理沙梁梁，再也用不着绕在里面打游击了。那时，我在农业社当支书，领着社员没白没晚地干。那时提出的口号是'沙地变林田，旱地变水田，荒地变良田，山沟变成花果园'。"

他老伴说："那时他跑着哩，蹦着哩，像胡燕一样飞着哩！鞋一年得跑烂几双，就这样勤换还是露着脚指头跑。"

老人的话让我笑了。从他们简短的几句话中，我能触摸到那个时代。

郑三有老人说："1958年提出'河水让路，高山低头'，那时有幅画，马都飞起来了，还嫌慢，还用马鞭子抽屁股。紧跑慢跑你还赶不上趟。咱社是穷沙窝子，咋干都还是一片荒沙梁。那时不光干，还得提口号，'洪水打坝朝上流，花果满山挂满沟，一不小心撞破头……'"

老人说着呵呵地笑起来。

我总觉得1958年是全民的浪漫主义，人们生活在对社会主义的美好想象之中。在我幼时的记忆中，有一幅画印象颇深，是一个背镐头的农民伯伯提拎着躲在山后睡懒觉的太阳公公的耳朵，画上面写着："太阳太阳你好懒，为啥起得这样晚？"

老人说："那时搞绿化植树也没个早晚，阳洼消了种阳洼，阴洼消了种阴洼，赶到清明全绿化……"

我问："绿化了吗？"

老人说："绿化了，绿化了。就是后来水有点跟不上……巴图湾村的大柳树都是那时种活的。几十年了，一个人都搂不过来。"

老人激动得说不下去了。

临走，老人再一次对我说："我当了几十年支书，我有个信条，甚时候也不能白吃白占、贪污腐化。"

郑三有老人的确是苦过，现在也活得清贫，但他苦得坦荡，贫得自豪。他的身上留着那个时代的整个记忆。我怀着深深的敬意告别了老人，并默默地为他祝福，希望他长寿，好多看几眼先烈们血汗浸染的毛乌素沙漠现在的美丽。

五、高高的蓝天上汇集着云朵

贺希格巴图是中国近代史上一位杰出的具有民主主义思想的蒙古族诗人。

1849年，他出生在乌审旗沙利苏木一个普通的牧民家庭。幼年时期和父亲为乌审旗西官府巴拉珠尔公爷家放牧。贺希格巴图聪敏好学，劳动之余就跟私塾先生学习蒙、汉、藏文，很快就熟记蒙译本《名贤集》《三字经》，粗通中华民族的历史。他还搜集大量的鄂尔多斯蒙古族民歌、传说和谚语，丰富了他的蒙古族文化知识。一个牧人之子有这样的学识，很快受到巴拉珠尔公爷的赏识。巴拉珠尔公爷是伟大的文学家、史学家萨冈彻辰的后代，他对学识过人、才华出众的贺希格巴图有一种自然的亲近感。

公爷对贺希格巴图说："骏马得配好鞍，好身板得穿件好衣裳。你以后就不要跟着马尾巴转了，来公爷府当差吧。"

于是，贺希格巴图在14岁的时候进了巴拉珠尔公爷的王府，当了一名文书。从此，他与笔墨纸张结下一生之缘。贺希格巴图在公爷府接触到许多诗书典章，尤其是藏族的文史古籍，极大地丰富了他的学识。他在完成大量文案工作之余，常常创作一些短小精悍的诗文。他的诗文特点是幽默风趣，合辙押韵，易于上口，便于传诵。很快，他的作品受到了人们的喜爱。

贺希格巴图生活的时代，正是"独贵龙"运动风起云涌的时代，牧人们反抗封建统治、保护牧场不受割卖的运动此起彼伏，而贺希格巴图的家乡正是"独贵龙"运动的中心地带。在那里，就连一些台吉、仕官也大力支持"独贵龙"运动。流传在民间的一些反抗王爷封建统治的诗文更是得到人民的喜爱。贺希格巴图的诗文反映了人民的愿望，渐渐地被人们所喜爱，他也由此成为乌审才俊。

贺希格巴图的情诗表达了大胆的、直露的、火辣辣的情感以及对爱情忠贞坚守的信念，更为情感被长久封锢的青年男女所喜爱。

贺希格巴图在《双马并驰》中这样吟咏道：

喜交游求情爱乃人人之天性，

不反目不背叛乃坚贞的禀性，

性温和心纯正乃极好的禀性，

弄虚假生变故乃最坏的禀性。

好喜乐爱欢娱乃人人之天性，

毕终生情不移乃信义的禀性，

谨言行重情义乃恩爱的禀性，

这厢挑那厢搅乃奸诈的禀性。

　　贺希格巴图的出众才华得到人们的赏识。巴拉珠尔公爷外出时总爱带着他，让他开阔眼界。有一年正月，贺希格巴图随巴拉珠尔公爷去参加旗里的"开印"大会。其间，他写出《高高的蓝天》这首著名的诗篇，并吟咏给与他一起来开会的马弁随从们。他们都是喜爱他诗歌的年轻人。贺希格巴图在吟诵这首诗时，就像有一对热恋的青年男女在倾心交谈，那从心底涌出的爱流滋润着人们的心田。青年们为这首爱情诗折服，禁不住拍手称绝。开会的王公、仕官们很快知道贺希格巴图写了一首好的抒情诗，立即让他们的文书笔手抄写一份带回细细品味。于是，《高高的蓝天》不胫而走，成为一首名篇。

　　诗人好像站在高高的毛乌素沙漠上，吟咏着自己的爱情：

泛着青色雾霭的是远方的景象，

渴念的人呀总也离不开我的心房。

你的模样宛若一幅美妙的图画，

我的这颗心啊就像一束飘浮的幽光。

如愿相爱的我那心上的人啊，
你与百花丛中的莲花没有两样。
我忍受不了这肝肠寸断的思念，
只有幽会的一刹那才能免除惆怅。

这大胆的表露，在被封建枷锁束缚着的乌审大地上，就像一声声春雷震荡，在人们的心中搅起了波澜。

诗歌改变了贺希格巴图的命运。

在他壮年的时候，由于才华出众，他被选到当时任伊克昭盟盟长的准格尔王爷的府中当了一名仕官，并跟着王爷出入北京达18次之多。其间，他亲眼目睹封建王公的腐朽没落和清政府的昏聩无能以及西方列强的横行霸道，使得他对封建制度充满仇恨。他创作了诗歌《引狼入室的李鸿章》，痛斥满清王朝的腐败无能。他在诗中这样斥骂：

引狼入室的李鸿章，
与左道旁门结成行邦。
本质上是个卖国求荣的小丑，
干着建立洋堂等卑劣勾当。

而对席尼喇嘛领导的"独贵龙"运动，他大声叫好，激情澎湃地歌咏道：

好啊，大家生死相依！

好啊，声誉远近传递！

好啊，没有凶残暴戾！

好啊，家乡父老乐业安居！

好啊，独贵龙的盟兄盟弟！

好啊，我们慈爱的长辈！

好啊，我们的海誓山盟！

好啊，佛爷和信仰的荫庇！

他不惧风险，与席尼喇嘛交往，支持"独贵龙"运动的政治主张。"独贵龙"运动被镇压下去后，因他与席尼喇嘛的友情和对"独贵龙"运动的支持而被削职。从此，贺希格巴图在家乡的草滩上牧马、行医，过着自食其力的生活。不管生活多么困苦，他从没有放弃过手中的笔。他对当时的黑暗社会表现出强烈的憎恨，写出了《罪恶的时代》这样犀利如刀的名篇。

咳，我能有什么法子呢？

现在是：

看见了自己的影子都要害怕的时代，

看见了自己的尾巴都要受惊的时代，

聪敏和智慧无用的时代，

怀疑和猜忌泛滥的时代，

狂暴的事件易发的时代，

美酒和肥肉万能的时代……

智慧的贺希格巴图老人啊！世事洞明的贺希格巴图老人啊！100多年后，你读他的诗歌，仍不得不佩服他的睿智、深刻。

贺希格巴图一生著述颇丰，现存的诗歌有100多首，还有大量的翻译作品、幼儿启蒙作品。诗人现在已经成了乌审人民的骄傲。他的家乡矗立着他的汉白玉雕像，供后人瞻仰。每当我与朋友们路过他的身边时，我都要告诉他们：这是我们伟大的诗人。

毛乌素沙漠出诗人，和贺希格巴图同时代的诗人就有一大批，像准台吉达木林、嘎日玛、桑杰道尔吉、刮风乌尼尔、洪晋博日、大嘴诺日布等文人雅士，都有名篇佳作留世。他们或与贺希格巴图应答唱和，或与贺希格巴图结怨攻讦。在是是非非、恩恩怨怨中，他们的诗情与才华得到彰显。而且，他们创作的诗歌影响了牧民的生活，甚至搅起了风云。解读乌审旗这段诗歌史，你会感到这奇特的诗歌现象已经成为19世纪毛乌素沙漠上一道独特的文化风景线。

用诗歌直抒胸臆，表达看法，是以贺希格巴图为代表的乌审诗人创造的一种诗风，现在已经演变成为乌审旗牧民的一种文化传统。草原的牧人家中婚丧嫁娶，都会有牧人献上诗歌，表达自己的喜怒哀乐。诗兴颇浓的乌审旗蒙古族牧人常常以诗会友，召开牧人诗歌朗诵会。

在乌审旗大地上行走，你常会见到这样的情景：在一个月圆之夜，牧户的草地前停满汽车、摩托车，院内诗情迸发的牧人们正在大声朗读自己新创作的诗篇……

乌审大地流淌着绵延不断的文脉，迸发着火山般的诗情。

在建设"绿色乌审"的活动中，乌审旗委、旗政府十分重视自己的诗歌、歌舞等文化遗产，根据乌审旗牧人擅歌舞、喜诗文的特性，在草原上建立了许多"文化'独贵龙'"户，用于传承乌审旗独特的诗文遗风。现在座座毡包已经成为乌审草原上的文化明珠。这些独具特色的文化户吸引着国内外大批大批的游客、访客，向世界传播着魅力四射的蒙古族草原文化。

凡是进过这些"文化'独贵龙'"户的人都会由衷地得出这样一个结论：毛乌素沙漠上有文化。

2011年春天，正是草色微现的时节，我来到乌审旗乌兰陶勒盖镇采访。镇上的王书记、肖镇长陪我到了一户草原上的牧人家。这家的主人叫阿拉腾毕力格。他是个腼腆的青年人，30岁出头的样子。我们到他家的时候，他正在外面办事，是临时赶回来接待我们的。他家的院内竖立着苏力德，小院子收拾得十分干净。主房是一排大平房，室内现代化生活用品一应俱全。院内还有几座蒙古包，是供人们旅游餐饮用的。

肖镇长说："入了夏，这地方红火得收揽不住，每座蒙古包里都是满满的人，唱歌的，跳舞的，纵情地在草原上撒着欢。好地方啊！"

毕力格言语不多，只是默默地看着我们。我打量着他，觉得他是一个十分普通的草原小伙子。他告诉我，原先这里是一片大明沙，后来承包治理荒漠，用了几年时间就把这片明沙治住了。栽下的苗木都成活了，四周全绿了，好看了。后来办起"文化'独贵龙'"，每逢周末，镇上、旗里的人都来红火，有时得提前预订。

我问："收入还可以吗？"

毕力格说："钱是挣了点，可我还是想发展文化。"

王书记对我说："毕力格搞的这个'文化"独贵龙"'十分高雅，有些特点。咱们进包里参观参观。"

毕力格领我们走进一座蒙古包。我惊奇地发现这是一个家庭图书馆，一排排书架上整齐地摆放着各类书籍，大约有几千册。我问王书记："这是不是农村、牧区的文化书屋？"王书记说："农牧区的文化书屋建在村、嘎查一级行政村。这个图书馆是毕力格这后生个人筹办的，连设备带图书得用几万块哩。"

我更是吃惊，甚至有些不理解地看着毕力格。

毕力格告诉我，这些书都是他购买的，平时供牧人们来借阅学习。有时也在图书室里召开诗歌朗诵会。旗里爱写诗的牧人常来这里，以诗会友，陶冶情操。

我注意到蒙古包内悬挂着十几幅精美的彩色人物画像。毕力格告诉我，这些画像全是当代蒙古族最优秀的诗人和作家。从这些画像中我认出了我的许多蒙古族作家、诗人朋友，有阿云嘎、阿尔泰、特官布扎布等人，还有一些我不熟识的作家、诗人。但我看得出，他们都是牧人毕力格的偶像。

众多"文曲星"齐聚这座蒙古包，使得包内熠熠生辉，透着文气灵光。

毕力格说，他们现在正在筹办"绿色乌审"摄影展，参展作品都是镇上牧民拍摄的。王书记说，镇里的牧民文学创作积极性很高，经常办诗会。我说："我曾参观过旗里的文化活动中心，看到过旗里的文学艺术成就展。乌审旗涌现过许多作家、诗人，他们的作品还获过'骏马奖'，这是当代中国少数民族文学创作的最高奖项。"

肖镇长惊喜地说："咱旗里还有这人才？看来萨冈彻辰、贺希格巴图开创的乌审旗文学事业后继有人哩！"

当我们要离开这个"文化'独贵龙'"户时，毕力格托着一条蓝色的哈达走过来，哈达上放着一本书。他说这是草原上的一位牧民的作品，然后庄重地送给我。我在鄂尔多斯工作40多年，还是头一次见到用哈达托着书赠人。我将书和哈达捧在手里，极目远眺，草原辽阔，天空高远。在这里我体会到了人与自然的贴近，感到了草原大漠对文学艺术的滋养。

在这个普通的"文化'独贵龙'"人家，我感受到了牧人对艺术的向往，对文学的虔诚。这种对文学艺术的尊重让我的眼睛湿润了，甚至可以说使我在精神层面上得到一次升华。我甚至出现幻觉，好像贺希格巴图飘然在我眼前晃过，诗人那睿智的眼风、高傲的八字胡、隽永的诗句一下子向我涌了过来……

我坐在车上，默默地望着空旷的草原，好长时间没有说一句话。

我想起2010年夏天在无定河北岸采风时，结识了一位叫任俊祥的农民女诗人，是陪我采风的乌审旗文联副主席冯海燕介绍给我的。冯海燕告诉我，她与任俊祥认识时，还在河南乡的一所学校当教师。那时，任俊祥常来学校找她，两人谈论文学，谈论诗歌。她们都喜欢泰戈尔、舒婷。

两个女人为诗歌疯魔，乡里的人把这两个女人当成怪物。

冯海燕说："真的，那时人们看我俩的眼光都不一样。我还好过一些，我是公家人，任俊祥的麻烦就多了。在世人的眼里，她一个农民，一个为人妻的女人，凭甚写诗？凭甚谈论泰戈尔？那时，任俊祥压力太大了。她爱写诗，为此她的丈夫还打过她。她说，打不死就写诗！"

我说："我很想见见这位打不死的女诗人。"

冯海燕立即打电话联系任俊祥，约定了见面地点。当我们的车到达时，一个男人骑着摩托车，后面坐着一个瘦高的年轻女人，已经在等着我们了。那女人冲冯海燕招招手，我们的车跟着他们的摩托车走，在村里的乡间土路上七扭八拐，终于来到了任俊祥的家。我原以为坐在摩托车后的女人是任俊祥的女儿，没想到是她本人，而骑摩托车载她的正是她的丈夫老马。

我讲了自己的误会，大家哈哈大笑。

任俊祥告诉我，她的儿子在内蒙古农业大学读书。

我问："儿子支持你写诗吗？"

任俊祥说："一开始儿子不太理解，现在挺支持我的。"

冯海燕说："妈妈是诗人，儿子脸上也挺荣光的。"

我坐在沙发上，一面喝茶，一面打量着这间普通的农居。面前的茶几上堆着一些杂志。里屋是书房，挺素净，还放着一台电脑。任俊祥对冯海燕说："你说肖老师要来我家看看，我赶紧从网上看了他的资料。过去只听说市里有这么个作家，我还真没有读过他的作品。"

我笑了，这是个实诚人。一个沉缅于泰戈尔诗情中的女人，你还指望她读别的什么作品呢！记得20世纪90年代中期，我去过泰戈尔的家乡。先不说泰翁在加尔各答的旧居，就是他的庄园，开汽车也得走两个多小时，其家庙更像一个寺院。泰翁的庄园现在还办着一个泰戈尔国际艺术学院，来自世界各地的学生们在这里就读。上课时，师生们就围坐在高高的菩提树下的绿草坪上，那本身就是一种行为艺术。泰戈尔的好多诗歌就是在这绿草如茵、菩提树散布的庄园上写出来的。我当时感慨过，住在筒子楼内早上为解决内急排队的中国作家，是萌发不了泰翁那种对土地的深情和敬畏的。

泰翁的崇拜者任俊祥告诉我，她家四代人都住在河南乡。过去这里沙丘多，灰沙梁也高，这些年都改造成了良田。现在这里是无定河商品粮基地，田间生产都是机械化作业。她平时在家里喂喂猪、做做家务，有空时读读书、写写诗。她从来没有出过远门，2003年才去过一趟乌审旗府，这是她这辈子去过的最远最大的地方。

她说她喜欢的诗人是舒婷和泰戈尔。她非常诗意地说："我是大地的孩子，只要一走在田地上，就会心里发酥，眼睛发痒。人在土地上索取得太多了。"

我想，这个女人对土地有感觉，具备诗人的潜质。

她说，她上完初中就因家穷不念书了。她十六七岁时就开始写诗，写了

20多年了，总觉得和人家比不行。

我问："和谁比？和泰戈尔、舒婷比？"

任俊祥说："那倒也不是，实际上我看书很少，读诗就读过他们俩的。我就是感觉想象的东西和笔下的东西是两回事。我让诗闹得神情恍惚，虽然没有碰到过煮饺子下锅山药蛋的事，但也差不多，丢三落四的。后来，新华社来了个记者，他看了我写的诗，挺感兴趣的，带走一些，说是要给专家们看、给出版社看……这些年来我为了写诗，真是把家扔下了……"

她说着轻轻叹了一口气。我感到这声轻叹挺悠长，挺有故事。我能感受到一个农家女写诗的艰辛。在90年代，我曾接触过一个生活在毛乌素沙漠里的爱写小说的青年人，动辄就写长篇。为了创作，把好好的政法工作辞掉，硬要去看大门，只是为了求得夜间创作的安静。他的家人认为他疯了，把他写好的长篇转给我看，让我给他狠狠泼冷水，让他死了这条心，做一个正常人。我婉拒了他们的要求，这个恶人我还真当不了。扼杀一个人的文学梦，是件非常残忍的事情。

我完全能够想象得出任俊祥在创作时遇到的艰难，一个是自身的，一个是外部的。如若没有对诗歌的执着，对文学的坚守，一般人是走不下来的。我对任俊祥这个瘦弱的农家女人充满了敬意。

按照当地蒙古族待人的习惯，老马在茶托上放了三盅酒，冲我递了过来。我一盅盅接过，饮尽。老马高兴地笑了。这是个壮壮实实的憨厚汉子。我担心，这样的男人发起威来，任俊祥这个瘦弱的女人怎能承受得了！

我问老马："你还打老婆吗？"

老马尴尬地说："哪能呢！过去我就是着急。你下地回来，灶是凉的，锅是冷的，鸡没喂，猪叫唤，她还在烂纸上写画。诗是庄户女人写的？我急了，就给了她一巴掌，现在就成罪过了！市里来人问，旗里来人问。实际上那时我打她，她痛我更痛！"

我们都笑了。

老马说："后来内蒙来人看她写的诗，让人家专家一说，不得了了，还要给出书。天爷，这无定河两岸，从古至今，有几人出过书？书还真出来了，旗里还给开会，还给奖励，一本书闹了好几万，这可比喂猪喂鸡收入大。人还出了名，当了村里的妇女主任和旗里的妇联代表。我对她说，你好好写，咋写都行！"

人们又是大笑。

任俊祥也托了三盅酒递给我，我又喝干了。

老马说："自己的女人当了诗人，我脸上也挺有光。可她出书后，光对着书桌发愣，诗写得越来越少了。"

我说："这挺正常的。有感觉就写，没有感觉就不写。千万不要硬写，硬写出来的东西没有灵性。"

临走，任俊祥送了我一本书，是她的诗集《珍藏》。

我对她说："我期待见到你的下一本诗集。"

任俊祥点了点头。

我翻阅着她的诗集，有这样一段小诗吸引了我。我似乎能感觉到是任俊祥站在毛乌素沙漠上咏唱：

我爱这土地

一个全新的日子里

在一片慈祥的阳光下

我含着泪

把大地搂在怀里

尽情地亲个够

……

我说

我爱这土地

我宁愿去死

让我的骨肉化作

数亿计人脚下的土地

生命原本产生于土地

叶落归根是回报土地对它的养育之恩

我深深地爱着这土地

……

　　在乌审大地上，像任俊祥这样的文学坚守者很多。我在旗里的文化活动中心看到了一群蓬勃成长的80后诗人群体。这些二十几岁的年轻人，大都是牧人的后代，大都在上高中、大学时出版了自己的诗集，现在已经成为乌审旗和鄂尔多斯诗歌创作的中坚力量。他们苦苦传承着先人留下来的文脉，努力创作，笔耕不辍，成为毛乌素沙漠新一代的歌吟者。正是有了这一代代的诗人，才使毛乌素沙漠灵动无比，才使毛乌素沙漠五彩斑斓。

　　我在采访中知道，在"以人为本，建设绿色乌审"的发展思路中，提高"绿色乌审"建设中的文化含量，一直是乌审旗各级党政的重头戏。他们依托历史文化、民族文化、宗教文化、生态文化四个层面，实施思想道德铸魂、人文遗产保护、文化精粹抢救、文学艺术创新、文化产业发展五大工程。在"绿色乌审"建设中打造出"中国苏力德文化之乡"、"中国蒙古

族敖包文化之乡"、"中国鄂尔多斯歌舞文化之乡"、"中国马头琴文化之都"四大品牌。

在乌审旗，国家级的重点文物保护单位有两个，一是"河套人"遗址，一是"独贵龙"活动旧址。此外还有自治区级7个，市级9个。一个旗拥有这么多的文物保护单位，在旗县中是不多见的。为了提高这些文物遗址的文化含量，发挥重点文物的抓手作用，旗政府舍得下本钱。对于投资文化建设，他们从不含糊。

几年来，旗政府先后投资30多亿，建设了文化艺术中心、"独贵龙"文化广场、萨拉乌苏体育公园、体育中心、人工湖、苏力德碑等公益性文化设施。在农村牧区建成达到市一级站水平的文化站6个，嘎查文化室64个，苏木镇文博馆7处。旗乌兰牧骑先后代表国家赴意大利、瑞士、日本等国家演出，并在波黑塞族共和国杜卡特国际民间艺术节上荣获评委会最高荣誉奖和最佳表演奖。一大批民间表演团体脱颖而出，在乌审旗的旅游经济中发挥着生力军的作用。农牧民依靠本身的歌舞、诗歌文化优势，创造着经济价值。

"绿色乌审"中的文化建设，搞得生机勃勃，有声有色。

有一次，我跟旗长牧人谈到乌审旗开展的打造"中国马头琴之都"时，牧人感慨地说："别的不说，光马头琴我就向下面送了6000把。为搞马头琴文化建设，力度不能说不大。"

的确，乌审旗的马头琴文化建设搞得既群众化又专业化。在乌审旗的苏木、镇都有自己的业余表演团体，参加表演的大都是镇、苏木干部及企业职工。我在乌兰陶勒盖镇就看见他们聘来的音乐教师教机关干部演奏马头琴。马头琴可谓全旗干部职工人手一把。他们成立并注册了中国马头琴学会乌审旗分会；建立了9个马头琴文化协会；组建了62支马头琴"文化'独贵龙'"，拥有成员1500多人；登记马头琴文化户3000多户；在学校系统建立了12个马头琴音乐兴趣小组，成员就有2100多人。另外，旗里还建立了马头琴音乐厅、马头琴博物馆和马头琴文化广场，并特聘马头琴大师齐·宝力高担任乌审旗"中国马头琴文化之都"的形象代言人。

2011年夏天，我在刚落成不久的旗文化中心参观马头琴博物馆，看到年代各异、形形色色的马头琴，深感蒙古族马头琴文化的博大精深。在马头琴演奏厅内，我亲眼见到马头琴艺术团气势磅礴的排练演出，其规模阵势、演奏水平让人不敢相信这是一个旗级的业余艺术团。在乌审草原上，在牧人的家中，你时常可以听到马头琴声，或激昂如排山倒海，或舒缓如小桥流水。琴声记载着蒙古民族的千年记忆，或铁马冰河，或一咏三叹，让人浮想联翩，感慨万千……

一把普通的马头琴，在聪明智慧的乌审旗人手中，升华成一个民族的大品牌、大文化。

第四章

草原上最诱人的花香，是那5月开放的玫瑰

一、周恩来说：她宝日勒岱就是国民党，也要让她出席党的九大

在宝日勒岱的记忆中，她是1957年走进绿化毛乌素沙漠的壮丽事业中来的。那年，毛主席发出"绿化祖国"的号召。很快，这个伟大号召传进毛乌素沙漠。18岁的宝日勒岱听完区领导包荣书记的传达后，心中不禁荡起层层涟漪。当时，宝日勒岱是乌审召苏木乌兰图娅牧业初级合作社的副社长、共青团支部书记。

那天，年轻的宝日勒岱激动得睡不着觉，她觉得家乡乌审召的大沙漠太需要绿化了。家乡的沙漠大得没法说，沙梁多得数不清。她听召里的喇嘛们说，毛乌素沙漠有几千里几万里呢！宝日勒岱没出过远门，不知道几千里几万里有多远。她从小在乌兰图娅草滩上放羊，只知道身边的大沙梁数也数不清，好像没有边际。她和邻居的家总是搬来搬去的。房建起没多久，黑山羊就跳到了沙柳搭的"崩崩房"房顶上，她就知道沙子压过来了，又该搬家了。家迁来移去，结果是沙漠越来越大，乌兰图娅草地越来越小。

宝日勒岱知道，远处的沙漠里长着沙蒿、沙柳，那是人们用来烧饭熬茶和在冬天烧火取暖用的。宝日勒岱想，要是把远处的沙柳、沙蒿移到家门前的沙漠上，不就把沙漠固定住了？沙子不动了，草地和家不也就保住了？毛主席提出"绿化祖国"的号召真好！毛主席咋知道乌兰图娅草地上沙梁梁的事情？

想到这，宝日勒岱翻身下炕，几乎是冲出了屋，翻身跃马去找表姐。这天，晨光微露，满天星斗，清冽的晨风吹拂着她的满头乌发。骑马疾奔的宝日勒岱胸中就像揣着一团火。表姐见她大清早就跑来，吃了一惊，不知道出了什么事情……

当太阳升起时，宝日勒岱和表姐每人背着一大捆沙蒿出现在高高的沙梁上。这是宝日勒岱第一次在沙漠上涂抹绿色。她永远记得那片沙蒿、那块沙梁。她们将一株株沙蒿从远处移来，栽好，最后累得坐在了沙梁上。宝日勒岱望着远处绿茵茵的乌兰图娅草滩，遍地的牛羊，想象着即将被绿化的沙漠，禁不住唱起了歌。宝日勒岱是个爱唱歌的姑娘，她的歌声像百灵鸟一样动听。宝日勒岱美妙的歌声吸引来在草滩上放牧的共青团员和社里的青年男女……

当太阳落山时，高高的沙梁上已经有了星星点点的绿色。暮色中闪动着宝日勒岱和青年社员们忙碌的身影。那天夜很深了，毛乌素沙漠上还不时传来宝日勒岱和共青团员们的歌声。这夜晚、这歌声永远留在宝日勒岱的记忆中。

几天以后，宝日勒岱发现他们辛苦栽种的沙蒿被黄风刮下了沙梁，成了蜷缩成一团的干柴火，散落在沙梁脚下。

有位大嫂一边收拢着干柴火，一面对宝日勒岱说："去我家歇歇吧，嫂子给你熬壶好奶茶。宝日勒岱呀，别再领着后生女子们白下工夫了！召上的喇嘛们说了，草木不是人栽种的，是海青鸟从远处衔来的，得落在好地方才能生根发芽。"

那位大嫂走了，宝日勒岱还在对着黄黄的沙梁发呆。大嫂的话反倒给了她一些启示，她想，沙蒿栽在沙梁顶上活不了，要是栽在背阴的沙梁脚下呢？沙梁脚下有水，还能躲过太阳晒，沙蒿不就活了？

宝日勒岱冲着高高的沙梁说："我给你套上脚绊子，让你再乱跑！"

宝日勒岱笑了。在她的眼中，毛乌素沙漠就像是一个不服管束的小马驹或者是一个爱捣蛋的顽童，她要精心为它装扮。

在宝日勒岱和社员们的精心管护下，他们眼前的沙漠穿上生着根的绿靴子，披上厚厚的绿袍子，渐渐地跑不动了。整整10年，宝日勒岱带领着她的社员们，发扬愚公移山的精神，辛辛苦苦地整治着眼前的无边无际的大沙漠。在宝日勒岱的这个英雄群体里，有位被誉为"钢老汉"的巴拉珠尔，这位年过六旬的老人始终像青年人一样工作在治理沙漠、建设草原的第一线。人们劝他说该享清福了，巴拉珠尔幽默地说："鸡叫了，还能睡多长呢？人老了，还能活多久呢？"像他这样一直坚持治理沙漠的老人还有朗腾、保尔、特木热，他们被称为乌审召的"老愚公"。

当时队里还有不少年轻的"少愚公"。团支书朱拉吉热嘎拉瞅见天忽然变成铅灰色，还镶着白边，知道这是下冰雹的前兆。为了保护队里的庄稼，他拢柴点火，想让升腾的热气冲散冰雹，结果被拳头大的冰雹砸伤。生产队会计登曾奋不顾身地冲进洪流救助队里的牲畜。共青团员玉喜头天跳井救落水的孩子，第二天又跳井救山羊。女社员阿拉坦奥古斯为了救活队上的羊羔，用自己家的面熬成糊糊，嘴对嘴地将瘦弱的18只春羔全部救活。"女愚公"斯琴格日勒是革命烈士的女儿，她带着组里的7名社员，一边放牧一边栽沙柳，发誓"一定要让这里的明沙穿上绿马褂"……

在乌审召的治沙队伍中，还有一批"小愚公"，他们戴着红领巾，扛着小红旗，在沙漠上种草植树。他们是桑洁扎木苏、吉热嘎拉巴图、淖尔吉德布、小莲花等。

宝日勒岱清楚地记得，当年就是这群男女老少"愚公"，在治理沙漠时，大规模地围封草场，建设一块块"草库伦"，在茫茫草滩铲除醉马草。

为了买树苗，他们跑到陕北榆林，拉着骆驼驮上树苗，来回翻越几百公里明沙，受的那份苦就没法提了。在十几年里，乌审召人在宝日勒岱的带领下，在沙漠中栽林20多万亩，种草4万余亩，禁牧封育12万余亩，改良草场8万余亩，实现了宝日勒岱提出的"向沙漠要草、要水、要料、要树"的誓言。更为可贵的是，他们在治沙实践中，创造并总结了"乔灌草结合"、"穿靴戴帽"、"前挡后拉"、"草库伦"等科学治沙方式，在全国的沙区推广，并且引起世界防治荒漠化组织的重视。

宝日勒岱这位贫苦牧民的女儿，带给世界的不仅是治沙的愚公精神，还有行之有效的治沙方法。

乌审召人在毛乌素沙漠上创造的绿色奇迹，得到党和国家的赞誉。那时，乌审召被誉为"牧区大寨"，成为全国人民学习的榜样。为此，《人民日报》专门发表社论《发扬乌审召人民的革命精神》，要求全国人民在学大庆、学大寨、学人民解放军的同时，"要积极地学习乌审召人民高举毛泽东思想红旗，艰苦奋斗建设草原的革命精神"。

宝日勒岱和乌审召人以及那些一心想治理沙漠，想尽快过上不让沙漠赶来赶去的安生日子的贫苦牧民们，就这样被推上那个时代的巅峰。对宝日勒岱这位普通的蒙古女人来说，这也许是她生命的不可承受之重。

这时是"山雨欲来风满楼"的1965年冬天。

转眼到了1966年6月中旬，陈毅元帅陪马里代表团来到乌审召参观。他见到毛乌素沙漠的绿色奇迹，非常兴奋，当场题诗一首：

治沙种草获胜利，

牧业农业大向前。

马里贵宾来参观，

乌审召美名天下传。

陈毅元帅的鼓励让宝日勒岱大为感动，深受鼓舞，她决心再带领乌审召人民多栽一些树，多种一些草，让沙漠尽快绿起来，好让羊儿马儿吃饱，让牧人们有个美丽而又富裕的家。

可"文化大革命"来了，很快，宝日勒岱这位光荣的全国劳动模范，这位对毛乌素沙漠的未来充满期许的普通牧民，与公社书记、主任及大小干部，还有乌审召里诵经的喇嘛、旧时的牧主、新生的"牧主"混在一起，被人们罗织了一串串稀奇古怪的罪名，被"革命"的大棒统统打翻在地。可能是宝日勒岱名气太大了，受批挨斗最多，连自己视为比生命都重要的党籍也被无情地开除了。

在那黑白颠倒的日子里，宝日勒岱唯一能做的就是放牧、植树、种草，还有在那无垠的沙漠上孤苦地悄声哼唱鄂尔多斯古歌以排遣心中的苦闷和惆怅。苦难之中，宝日勒岱想起年迈的母亲，想起她幼时依偎在母亲的怀中，经常听母亲轻轻哼唱的歌：

沙海的风水让绿洲霸占了，
绿洲的风水让绿洲中的清泉和垂柳霸占了。
森吉德玛的眼睛是清泉中最明净的地方，
森吉德玛的身材是垂柳中最婀娜的地方。

有金子多好呀，
送上金子就不走了。
没有金子的孟克巴雅尔，

泪汪汪地上路了。

有银子多好呀，

送上银子就不走了。

没有银子的孟克巴雅尔，

泪涟涟地出发了。

　　经历苦难的磨砺，心怀难言的委屈，宝日勒岱忽然理解了母亲为什么唱歌时总是泪水盈眶。妈妈的歌声真好，在女儿的心中，妈妈的歌声比世界上任何东西都宝贵。歌声萦绕在宝日勒岱的心怀，帮她驱赶着痛苦和孤独，直到有一天，一辆吉普车停在宝日勒岱正在植树的沙漠旁……

　　事情过去了43年，说起那件事，宝日勒岱还是心有余悸。

　　那天，我坐在宝日勒岱家客厅的沙发上，老人搬把椅子坐在我的对面。我注意到这套房子并不大，陈设也非常简朴。

　　宝日勒岱对我说："那时，我真不敢上车，不知道他们又要把我拉到哪里去批斗。我求他们说，就让我在这里种树吧，我就是想种树。种树有甚罪啊？"

　　我问宝日勒岱："大姐，他们当时要拉你去哪儿呢？"

　　宝日勒岱顿了一下，说："北京，参加党的九大。"

　　原来，在审议党的九大代表时，细心的周恩来总理发现"牧区大寨"乌审召的代表不是他和党中央熟悉的宝日勒岱，就询问当时内蒙古自治区的负责人。负责人说宝日勒岱是"内人党"，被革命群众揪出来了。周恩来火了，厉声地说："她宝日勒岱就是国民党，也要让她出席党的九大。"

　　周恩来解救了宝日勒岱。

宝日勒岱成为三届中央委员、两届全国人大常委。10年内，她先后担任乌审旗委书记、内蒙古自治区党委书记。现在说起他们的宝书记来，乌审召人还记得，宝日勒岱把她领到的工资全部交到乌审召牧业生产大队，而她每年还是像乌审召的普通社员一样按工分分红，这种情况整整持续了10年。后来，还是时任自治区党委第一书记的尤太忠下令宝日勒岱10天之内将家搬进呼和浩特，身挂三级行政区（公社、旗、自治区）党委书记的宝日勒岱才结束了工分制。

宝日勒岱当了10年挣工分的高官。对宝日勒岱来说，她只不过是一个不折不扣的治沙人，这个身份永远不会改变。多年来，不管宝日勒岱"官身"如何变化，但始终改变不了她治理荒漠的热情。她在阿拉善盟工作时，亲自攀登荒无人烟的巴丹吉林沙山，深入了解巴丹吉林沙漠腹地的牧人的生活情况。有人说，她是第一位翻进巴丹吉林大沙漠腹地的高级干部。

宝日勒岱说："我就是和沙漠打交道的命。"

我想毛乌素沙漠上的大树会清楚地记得宝日勒岱这位爱唱歌的年轻姑娘是如何慢慢变成一位古稀老人的。是毛乌素沙漠的雨雪风霜，销蚀了宝日勒岱的青春韶华，淬炼了老人苍松一样挺劲的风骨。宝日勒岱老了，而倾注她一生心血的乌审召沙漠却越来越年轻了。

宝日勒岱从领导岗位上退下来后，一直在内蒙古自治区沙草产业协会做专门研究，她从一个更高的、更专业的层面关注着毛乌素沙漠的治理。

我总觉得，宝日勒岱是人类的骄傲，是推进世界荒漠化治理的骄傲。但在采写宝日勒岱时，有一个绕不过去的门槛，那就是"文化大革命"中的"牧区大寨"——乌审召。

本来是宝日勒岱们为了改变生存的艰难而对毛乌素沙漠进行的自然治理，却被那个畸形岁月赋予了太多的不该让草原牧民承受的东西。我想起一位俄罗斯作家说过的话，鹰有时比鸡飞得低，但鸡永远也飞不了鹰那样高。在我的心中，宝日勒岱永远是盘旋、飞翔在毛乌素沙漠上空的一只苍鹰，让我辈仰止。

回顾毛乌素沙漠的治理，无可置疑，是半个世纪前宝日勒岱和乌审召人民揭开了毛乌素沙漠治理的序幕，并为我们留下宝贵的经验。但如何继承这份弥足珍贵的文化遗产，发扬乌审召人治理沙漠的伟大精神，是我在写作这部报告文学时苦苦思索的一个重要问题。

一天，我接到郝诚之大兄的一个电话，他说他正在编写《内蒙古沙漠志》，想在志书中收录我的几篇文章。诚之大兄长于研究沙漠治理，倾心于内蒙古沙草业的发展，现在担任着内蒙古自治区沙草协会的副会长。我说我正在写关于毛乌素沙漠治理的报告文学，正有问题想向他专程登门请教。他欣然应允。

我很快赶到呼市，与诚之大兄就沙漠治理的话题畅谈了一个下午。临走，他送我一篇他撰写的《对我国治沙典型"牧区大寨"——乌审召经验的再认识》。他谈的内容也是我不断思索的。论文分两个部分，一是乌审召经验的历史点评，二是乌审召经验的现代意义。第一部分又分为三小部分，第一小部分是：发现规律、总结规律，坚持"乔灌草结合，灌草为主"的绿化治沙模式；第二小部分是：有效治理，有效利用，坚持"治理沙漠与建设草原结合"的双效用沙模式；第三小部分是：以绿为荣，以人为本，坚持"以工哺牧，富民强镇"的科学管沙模式。在三小部分中，他把进入新时期以来，特别是"十五"期间的乌审召产业治沙、建设乌审召工业园区的工业治沙进程和毛乌素沙漠翻天覆地的变化纳入到对乌审召"牧区大寨"历史经验的点评中去，给我以启迪。

我觉得宝日勒岱和乌审召的"牧区大寨"是农业治沙思维模式的典范。

它经历了极度的辉煌，但到20世纪晚期已经走到尽头。它是那个特定历史阶段的产物。有资料显示，在20世纪80年代初，乌审旗11 645平方公里范围内，各类风蚀、沙化土地已占总面积的94.8%，强度沙化面积比例高达40%。大面积的草场、农田被流沙无情地吞噬，村庄、房屋被掩埋，道路和电力、通讯线路时常受阻中断。事实证明，仅靠"乔灌草结合"和"草库伦"建设是不能彻底改造毛乌素沙漠的，传统的生产方式和生活方式不得到根本转变，滥垦乱牧的现象就会依旧存在，并形成恶性循环，沙漠就不会退去。

乌审旗长期处在"整体恶化，局部好转，治理速度赶不上恶化速度"这样一种状态中，进入新世纪后全旗境内的生态情况才有了整体恢复。乌审旗境内的毛乌素沙漠发生的巨变，正是由于进入新时期以来人们的思维发生了根本变化，我将这种变化称之为工业化思维。而工业化的治沙思维催生了工业化的治沙模式。现在，乌审旗的治沙模式是以工业化治沙模式为主导的。

我们梳理、总结乌审旗的治沙模式，大概有这样9种：

一是"家庭牧场"模式。这种模式曾经是乌审旗生态建设最基本的模式。20世纪80年代以后，实现以户为经营单位，以"围、封、建、升"为主要手段，根据不同的土地类型、立地条件，实施不同的措施。"围"是将房前屋后流动性大的沙丘网围起来，采取"前挡后拉"、"穿靴带帽"、"锁边蚕食"、逐步推进的人工治理方法，加快治理速度；"封"是将面积大、有天然落种更新条件的沙丘封闭起来，促其自然繁殖，并辅之以人工措施恢复植被；"建"是流沙基本得到控制后，根据立地条件，发展小片用材林、经济林，并打井，配套建设粮料基地；"升"就是及时充实建设内容，发展多种经营，促其向"家庭小经济区"过渡。

二是"划区轮牧"模式。这种模式是以户为单位，依据草场不同的土地类型进行划区围封，流动、半流动沙地围封禁牧，恢复植被；丘间滩地和下湿草场分块围封，轮封轮牧。目前，全旗98%的草场实现了网围化，牧区100%实行4~6月禁牧舍饲，其余时间轮牧。

三是"封沙育林育草"模式。这种模式是对面积较大且集中连片的荒沙、荒地围封禁牧，将自然复壮与人工改良相结合，实现对邻近流动、半流动沙地的治理。

四是"小流域治理"模式。这种模式是对境内水土流失严重的小流域采取统一规划、统一建设、承包到户、分户受益的方式，建设水土保持林带，涵养水源，保持营养，发展多种经营，治理与致富相结合，改善生态环境，增加农牧民收入。

五是"飞播造林"模式。这种模式是充分利用乌审旗境内地下水位较高、水分条件较好的有利条件，将人工难以治理的远沙、大沙全面封闭，利用飞机造林种草，雨季促苗，封育保苗，增加绿色。

六是"生态移民"模式。这种模式是将生态环境极度恶化、基本失去生存条件的地区的住户整体转移到城镇从事非农产业。退出区全面封闭，采取人工措施与飞播措施相结合的方式进行治理。

七是"造林大户"模式。这种模式以个别造林大户（面积在5000亩以上）为主，辅之以成片承包治理或者联户连片承包治理。经林业部门验收合格，一次性给予以奖代投1~5万元。目前，乌审旗已培育3000亩以上治沙造林大户240多户，累计完成治理荒沙、荒地60多万亩。

八是"农业综合开发草原建设"模式。这种模式是乌审旗20世纪90年代实施国家农业综合开发草原建设项目以后总结出来的。以大面积人工种草和天然草场改良为主，辅以必要的饲草料基地开发，配套建设，配置棚圈、青储窖、粉碎机等基础设施及设备，推广"现代化高效益家庭牧场"模式，实现生态建设与牧民增收的双赢。

九是"龙头企业治理"模式。这种模式是进入"十五"以来，随着工业经济的快速发展而出现的一种新型生态建设模式，主要以工业项目生态子项目为主，以发展林沙产业和建设、保护企业所在地生态为主，工业和生态环境、林沙产业共同发展，谋取经济效益、生态效益和社会效益的三效统一，将旗委、旗政府提出的"以1%的工业用地，换取99%的生态效益"这样一条全新的治沙思路变为现实。

在这9种模式中，前4种基本沿袭乌审召的治沙模式，还留有当年"牧区大寨"的印记；而后5种除"飞播治沙"之外，基本是新时期以来乌审旗人民在实施"以人为本，建设绿色乌审"的伟大实践中，不断创造、完善和丰富的新的治沙模式。特别是"龙头企业治理"模式，完全是乌审旗在"十五"期间的独创，是乌审旗以工业化、城镇化促生态恢复的成功实践。这个实践闪耀着科学发展的璀璨光芒。

谈到这种模式，宝日勒岱动情地对我说："福气！乌审召人的福气！"

蒙古人说的"福气"蕴含的内容很多。

二、殷玉珍：宁肯治沙累死，也不能让沙欺负死

殷玉珍是陕西省靖边县人。

1985年，19岁的殷玉珍嫁到乌审旗河南乡尔林川村。殷玉珍的娘家靖边县与乌审旗交界，坐落于毛乌素沙漠的南缘。她见过沙漠，可没见过尔林川

那样大的沙漠，而她的新家井背塘更是尔林川大沙漠中的大沙漠。这里没有路，没有电，抬头是沙，低头也是沙。她都忘了自己是咋走进井背塘当新娘子的。

殷玉珍看着贴着红喜字的婚房，傻眼了，那是一间挖在沙坡上的土窖子，两个人站在地上还有些转不开。这间狭窄、潮湿、半地下的土窝窝，以后就是自己的家了。想到这里，她的泪水流了下来。

新婚之夜，风刮得非常邪乎。沙子被风卷起拍扑着窗棂门框，就像有无数的老鼠爪子一个劲地在门窗上抓挠，吓得她将头蒙在被子里。好不容易熬到了天明，她却发现门被沙子堵住了，挖了半天沙才爬出来。

殷玉珍望着漫天黄沙，向着南边，放声大哭。

坐在沙梁望娘家，

咋就把我往这里嫁。

抛一把黄沙抹一把泪，

咋就叫我活受这个罪。

那凄苦的信天游歌声在她的耳边盘绕，望着黄澄澄的天地荒漠，殷玉珍哭叫道："娘啊，闺女这辈子落在灰沙窝里了！"

殷玉珍想离开井背塘，到外面闯世界。她垂着泪低头在前面走，她的丈夫跟在后面哭，再后面是眼巴巴瞅着的公公婆婆。家里的那条小狗追了上来，围着她哼唧着咬裤脚。最后，她还是心软了，停下脚步，夫妻俩抱头大哭。哭够了，说声"回哇"，她又回到那间土窖子里。家里还有两只羊，但加起来才7条腿，因为其中一只断了后腿。这就是她家的全部财产。

殷玉珍咬牙在井背塘过了下来，由妙龄少女变成白万祥的婆姨。陕北婆姨不怕吃苦，种地做饭，忙里忙外，都是一把好手。她是个要强的女人，家再穷，也要把小土屋收拾得干干净净。她没事时常望着门前的黄沙想，人得泼出来活，哪儿的黄土不埋人呢？可她又不甘心让这欺负人的沙子一寸一寸地吞没自己。不搏一搏就这样听天由命，她还真是不甘心。以后的日子还长，她要为自己的未来着想，为这个家着想。可在沙巴拉地里耕种，就是瞎受苦，一年下来收得比籽种多一点，就算是碰上好年景。地用不着整天种，她的主要任务就是铲沙子，因为几天不铲，她的家就得被风积沙埋住。

殷玉珍很迷惘，她不知该如何面对这摆脱不掉的沙漠。

婚后的第二年春天，她冒着风沙去井边打水，猛然有了一个发现：井边有一株小杨树泛了绿，在黄风中摇动着嫩叶。这让她惊喜至极。这棵小树是咋来的呢？莫非是老天可怜我，让鸟儿衔来了种子？忽然，一个念头电光石火般地闪现在她的脑海里：一棵树能活，就说明这沙窝窝里能植树。有了树就能挡住沙，挡住沙就能保住家、田地。

我们为什么不种树呢？她思来想去，下定决心要在这穷沙窝窝里植树。丈夫白万祥有些犹豫，他想就算是在这大沙窝窝能种活树，甚时才有收益呢？种树能当饭吃吗？她说："沙漠里能吃的东西多着哩，沙棉蓬、沙芥菜、沙米，甚不能吃？我就是天天吃野菜，也要把树植下去！"白万祥感动地说："你一个女人能吃这样的苦，我有甚苦不能吃呢！咱吃野菜就吃野菜了，这辈子我就跟着你在这沙窝子里植树了！"实际上，沙漠里的野菜并不好吃，尤其是沙芥菜，现在成为餐桌上的减肥美食，可当时殷玉珍们下咽时却是苦不堪言。这沙芥菜有助消化的功能，咋吃肚子里也是空荡荡的。当地有句老话："家有千粮万石，不吃沙芥拌饭。"家中有粮的人都惧怕沙芥菜的消化功能，何况是肚中无粮的殷玉珍和白万祥呢？

殷玉珍要在沙漠里种树，公公婆婆觉得这女娃话说得有些大。他们在井背塘活了大半辈子，方圆十里能找见苗树不？这沙窝窝里要是能种活树，除非你有本事把这大沙漠移走。

"女子啊，"婆婆对殷玉珍说，"咱心强命不强。谁让咱家老先人走西口瞎了眼窝，跌在这么个沙窝子里。别说女人种树，这百十里能找见个种树的爷们不？咱还是像老先人那样，守着这沙窝窝里扒拉出来的几亩沙巴拉地，踏踏实实过庄户人的日子吧！"

殷玉珍对婆婆说："我不想种地过日子？可这沙子欺负得你种不成地。治不住沙子，咱甚也干不成！我算是看开了，不种树过不成日子！娘，咱得为晚辈子孙考虑！我是泼出来了，我宁愿种树累死，也不能让沙子欺负死！"

听殷玉珍这样说，婆婆只得由着她了，说："咳，你这女子犟巴着哩！甚死呀活呀，你才多大？娘是老了。娘要做得动，也和你一块种树！"

殷玉珍笑了，说："娘，咱扑下身子干，咱干它十年二十年，我就不信井背塘不变个模样！"

殷玉珍在井背塘待久了，知道这沙漠里有水，沙巴拉地里多会儿都是湿乎乎的，用手刨开沙子也是湿的。有时在地里干活渴得不行，挖两锹沙子就渗出清凌凌的水来，捧着喝一口还甜甜的。她想，不在这含水的沙地里植树，不是可惜了井背塘的好材地？

殷玉珍有了方向，沙巴拉地也就不那样狰狞了。

春上是植树的日子，殷玉珍却发愁没有树苗子。她只得用家里那只3条腿的羊羔子换回几百棵树苗，栽种在房子周围，每天像侍候宝贝一样精心地照料着，担水浇树，总让树坑内湿乎乎的。可风太大了，天太旱了，树苗子总是被狂风吹得摇晃着，树根子不好往下扎。就是这样，到了第二年春上，还是有100多棵小树返青鼓芽了。她看着，眼睛湿润了。她跟丈夫白万祥说："老汉，咱这一年的苦没有白吃，你看见了吗？能活一百棵就能活一千棵、一万棵，这是咱们的希望！"

"老汉"白万祥那时是个20岁出头的小伙子，憨憨地不说话，就是挑水浇树，连口气都不歇喘。听妻子这样说，他只是笑。他清楚这些成活的小树预示着他们生活的希望。那天，殷玉珍也笑得特别甜，她知道，从此，他们在茫茫的毛乌素沙漠里开始了有希望的生活。

没有钱买树苗，殷玉珍就跑回娘家借了300块钱。她先买了几头猪仔，再用猪仔倒换成树苗，这样比直接拿钱买树苗能多一些。白万祥也跑到外面，用身上的气力和干活的手艺挣树苗子。人们有些奇怪，这后生帮人揽工盖房子、掏粪、做零活从不要现钱，就是要树苗子，他到底咋了？有树的人家就由着他剪树枝子。他剪好树枝子就背着往家赶，往往要走十几里的沙地、翻无数道梁才能回到井背塘。回到家里，他便和殷玉珍将树枝子修剪成树栽子，然后泡进水里。泡了几天，觉得行了，就用长长的钢钎子往沙漠里插眼，然后将泡透的树栽子插进去。这种植树方法，当地人称做"栽树栽子"。沙漠虽松软，但钢钎子捅得多了，好男儿干一天也是臂膀酸痛酸痛的，第二天握住钢钎子根本用不上力。殷玉珍握钢钎子的手臂由酸变痛变肿，最后变麻木了。日复一日，年复一年，她自己也搞不清在沙漠里插了多少眼了。

"功夫不负有心人"，当又一个春天来临的时候，殷玉珍的家园已经有上万株幼树在春风中发芽抽枝。这漫漫黄沙中的点点绿色，预示着毛乌素的复苏，召唤着未来的幸福生活。那个春天，她身上好像有用不完的劲儿。全家人齐上阵，整整干了3个多月，栽下5000多棵柳树。但她没想到，一场昏天黑地的沙尘暴忽然袭来，似乎把天地都搅翻了个儿。她牵挂着刚栽下的柳树苗子，风力稍减，便冒着风沙赶到栽树的地方，只见费了一冬天劲儿挖好的水渠只剩下了一条"壕印印"，而渠两旁的柳树苗子早就被风连根拔起，不见了踪影。更让殷玉珍撕心裂肺的是，她由于劳累过度，流产了。这个坚强女人的第一个孩子就这样夭折在风沙狂卷的春天里。

那个春天，殷玉珍全家陷入了极度的悲痛之中。

殷玉珍的婆婆流着泪问："风沙作害人咋就那么厉害呢？"

殷玉珍更是欲哭无泪。她提着锹出了门。婆婆着急地说："你不要命了？"

殷玉珍又上来了犟巴劲儿，发着誓说："我就是舍上命，也要把这沙老虎治住！不给子孙后代留下一片阴凉地，我就枉活一回人！"

殷玉珍在实践中摸索出不让大风把树苗拔掉的办法，就是先把周围的沙子固定住，然后再开始种树。她用干沙蒿、干沙柳枝子扎网格，再在网格里种上沙柳、沙蒿、羊柴等耐旱植物，然后才植树。这样，草有了，树也有了。若干年后，有专家告诉她，她这是在走一条科学治沙的道路。她笑了："咱哪懂科学，就是绞尽脑汁用尽气力治沙子。我就不信人治不住沙！"

1989年初春，白万祥在尔林川打工的时候，偶尔听说村里有旗林业局下拨的树苗子，村里的领导正愁着发不出去哩。当时旗林业局支持大家植树，给尔林川村拨了5万株树苗。可人们对在沙漠里植树没有把握，怕白受苦，领导咋动员也没人愿意从苗圃领回这树苗子。白万祥找领导一说，领导说："行，你可得往活里种，千万别当柴火烧了。林业局的人明年春上还要来检查哩！"

殷玉珍听丈夫一说，高兴地对白万祥说："我这憨老汉管大用哩！给你记上一大功！"他俩分了工，殷玉珍借牲口驮树苗子，白万祥在家挖树坑、洇树坑，保证树苗一到就栽上，提高成活率。她知道，要是林业局给的树苗子种好了，栽活了，公家以后还会大力支持她在沙窝子里植树。势单力薄的她太渴望政府的支持了。

她激动地对白万祥说："老汉，咱家要打翻身仗哩！"

殷玉珍向乡亲们借了3头牛，赶往苗圃驮树苗子。她三更起身翻沙漠，到了苗圃天刚泛青光。她把树苗子捆成垛，往牛背上一驮，连口水都顾不上喝就急着往回赶。到了家，她卸下树苗子就和丈夫赶紧栽种，唯恐误了时机影响成活率。半个多月的时间，她都是赶牛驮着树苗垛子奔波在大沙漠里。春天风大，风沙抽得她脸都裂开了口子，渗着血丝。连苗圃的工人都感动了，说："白万祥这小婆姨可累伤了。"

一天，途中黄风大作，殷玉珍被风顶得实在走不动了，就抓着牛尾巴爬沙梁。沙梁有几十米高，她咬着牙一步步往上挪动着。好不容易上了梁，上面的风更硬，一下子就把树苗垛子掀翻，滚到了坡底。她只得驱牛溜下坡底，把树苗垛子重新抬上牛背，继续往上爬。又到了梁顶，树苗垛子再次被狂风掀回了坡底……

这次殷玉珍嚎啕大哭了："娘啊，闺女让沙子欺负得活不下去了！"

活不下去也得活，殷玉珍连泪都不擦，又返回坡底。这次牛快爬上梁顶时，她一下子蹿了起来，双手紧紧拉住了牛背上的树苗垛子……

太阳偏西时，她看见丈夫从一座沙梁上跑下来接她。她再也撑不住了，一下子瘫在丈夫的怀里。丈夫心疼得掉泪了。白万祥一面卸着树苗垛子，一面说："你回去歇着哇。"

殷玉珍说："这树苗子不栽进沙里，我咋歇得下！等啥时井背塘的沙漠绿了，我再歇。"

这天，当他们栽完树苗时，已经是后半夜了。

第二天天不亮时，殷玉珍又吆喝上牛悄悄上路了。沙海很静，东方天际已透鱼肚白，天上那颗启明星亮亮地闪着眼睛……

　　殷玉珍已经记不清有多少这样的凌晨和夜晚，她都是一个人劳作在茫茫的毛乌素沙漠里，打网格，栽树种草，给嗷嗷待哺的苗木浇水。而她呢，渴了喝口沙漠中的泉水，饿了啃点从家里带来的干馍，累了就躺在沙里歇一会儿。她嫌回家浪费时间，索性搭个窝棚住在沙漠里。夜间一个人睡在大沙漠里很害怕，她就白天拼命干活，往死里累自己，直到累得像散了架子一样瘫在地上，这才爬回窝棚里，一觉睡到天大亮。

　　殷玉珍苦不怕，累不怕，就是受不了一个人待在静悄悄的沙漠里的孤独。她清楚地记得，有天下午，她在植树时远远看见沙梁上有个人在走动。她亮开嗓子招呼人家，那人好像没有听见，直直地走了过去。她这才记起已经有两年多的时间没有见过生人了。后来，她专门去看那陌生人留下来的脚印，还用塑料布将脚印蒙上……

　　后来，殷玉珍有了孩子。在怀孕的时候，她也一天没有耽搁种树，儿子就是她在种树时早产生下的。这个早产的孩子像稚嫩的树苗一样，在大漠中顽强地大声啼哭。殷玉珍给他取名叫国林，意思是孩子是国家的树苗。国林刚刚满月，她又走向沙漠。孩子满炕爬了，她就拿布带子拴住他的腰，另一头系在炕上的木桩子上，任他爬来爬去。她还得到沙漠里植树种草。那些日子她的耳朵里总是觉得有孩子的哭声。她常从十几里外栽树的地方往家中跑，把哭闹的孩子抱一抱、喂一喂，狠下心来又回到沙漠中去。有时看到孩子趴在炕上睡着了，她就默默地流泪。她在心中对儿子说："不是娘狠心，娘是泼出命来，也要为你们刨闹块阴凉地啊！"

　　当国林长到14岁时，殷玉珍已经给他刨闹下一块好大的阴凉地。他们家的房前屋后已经有了一片片浓郁的树林，这里已经成为国林领着弟弟、妹妹嬉戏玩耍的乐园。当年栽下的树栽子渐渐长成林，一片片的绿色在殷玉珍插树栽子钢钎的寸寸挪动下，向无垠的沙漠蔓延。

10余年下来，殷玉珍发现插树栽子的钢钎被沙漠生生磨短了一尺多。我们已经无法计算出这根钢钎经过多少次的摩擦，这个磨蚀过程记录着她怎样的艰辛付出啊！

直到2000年，井背塘仍是无路无电，外面的人很少走进他们的世外桃源。这么多年来，村委会、乡政府和林业部门的人只是断断续续地听说"白家的小媳妇真把树栽活了"，"井背塘那个陕北婆姨树种得连成片了"。人成气，能办事，政府就支持树苗子。每年春秋植树的时候，她总会赶着牲口来苗圃拉树苗子。除此之外，她没有向政府提出过任何资金帮助。她觉得，有了树，有了草，有了良田，人和牧畜就都有了吃的。他们生活需要的一切，这个绿色家园都能为他们提供。这种自给自足的田园生活，正是她苦苦追求的。

殷玉珍的事情引起了一个人的注意，他就是时任河南乡党委书记的曹文清。他是个酷爱文学的年轻人，敏感而又好奇。殷玉珍在井背塘植树种草的事情不时传进他的耳朵里，他决定亲自去井背塘看一看。当他带人翻越一座座沙梁走近井背塘时，一下子就被扑面而来的苍莽绿色惊呆了，好像走进了一个美丽的童话世界。人们粗粗算了一下，殷玉珍种的树草面积足有4万多亩。曹文清不禁称奇，在这兔子不拉屎的大沙漠里，这个女人咋把这些树草种活的？4万余亩的数目把殷玉珍也吓了一跳，10余年光景下来，她也没想到在大沙漠里种了这么多的树和草。

曹文清见乡上出了个这么能干的治沙女人，十分高兴，索性动员她："我看你就把井背塘余下的这几万亩荒沙也全承包了吧！国家有政策，谁种谁有。乡上和林业局给你提供树苗子、优质草种。我们也向上级争取，给你这里通路、上电、打井。"

殷玉珍高兴地说："行，我听领导的话，泼出去了，再把钢钎子磨短一尺，把井背塘的荒沙全绿化了。"

殷玉珍说到做到，不到5年的时间，她又绿化了2万余亩。有关部门在此期间给井背塘修了路，通了电，打了井，这下子使他们的治沙速度突飞猛进。20多年来，他们总共在茫茫的毛乌素沙漠播绿6万多亩，把荒沙茫茫的井背塘建设成了一个绿树婆娑、草语花香的绿色王国。而殷玉珍和他的丈夫付出的是整个青春年华，用殷玉珍的话来说，"我俩落了一身零碎病"。

在曹文清的关心和运作下，媒体来了，领导、专家来了。媒体一下子把殷玉珍推向了全市、全区、全国，而且声名远播国外。许多外国人也不远万里来到毛乌素沙漠腹地的井背塘，他们许多人只是为了亲自看一眼这个绿色传奇，看一眼这个传说中的东方女人。

这天，宝日勒岱来到了井背塘。20世纪70年代中期她曾主政乌审旗。对"下乡书记"宝日勒岱来说，昔日无定河两岸的毛乌素沙漠她是了如指掌的。她望着绿浪起伏的井背塘，不禁思绪翻滚，热泪盈眶。她搂着殷玉珍瘦弱的肩头，动情地说："孩子，在这大沙窝子里种下这么大一片林子，你得吃多少苦啊！"

女人与女人相通，英雄与英雄相惜。那天，宝日勒岱紧紧拥着殷玉珍，殷玉珍就像依偎在妈妈的怀中，激动得泣不成声。

很快，这个东方女人的绿色传奇，感动了中国，感动了世界。现在的井背塘已经成为中国绿色字典的组成部分，成为被世界防治荒漠化组织和各类绿色组织关注的地方。殷玉珍也先后获得了"全国劳动模范"、"全国三八红旗手"、"中国十大杰出女性"的称号，还有一些她听也没听说过的世界组织授予她的荣誉称号。她多次走出国门，在一些国际讲坛上介绍自己的绿化治沙事迹，让世界上更多的人知道绿色的毛乌素、绿色的井背塘。

2006年，殷玉珍和世界许多政要、各类风云人物一起获得诺贝尔和平奖的提名。在这群风头出尽的人中，唯有她是植树治沙的，一个土生土长在中国毛乌素沙漠里的普通女人。

2008年夏天，我采访了殷玉珍。那时她刚当完奥运会火炬手，圆圆的脸上漾溢着难以掩饰的幸福和骄傲。那天，我们交谈的话题是井背塘的未来发展。殷玉珍告诉我，这些年政府和社会组织对她的支持太大了，但她知道靠社会支持并不是长远的事情。"现在井背塘的环境好了，畜牧业和种植业都能发展了，咱得学会自己挣钱。过去治沙都是自己贴钱干，这辈子一点一点挣的钱都贴到沙漠里去了。人家都说我们这些植树劳模光挣到绿了，没挣上钱。"

她说着无奈地笑了。

她告诉我，她现在就是想致富，苦了这么多年，也该自己致富了。她说她现在已经办了一个公司，注册了井背塘的绿色产品。她还想办个生态旅游公司，让人们到井背塘来休闲、度假、观光。

她说："你不知道，井背塘现在太美了，绿油油的喜人着哩。"

我说："毛乌素沙漠的大环境变了，单一的绿色已经不能称其为特色。"

殷玉珍也说："可不是！咱这乌审旗现在走到哪儿都是绿油油的。要说前些年我那挺出超的，现在看来真都差不多。昨天，我还跟旗委、旗政府的领导说，在'绿色乌审'战略中，我们这些劳模们咋发展，得让领导指条路子。"

她一时显得有些迷茫。

的确，毛乌素沙漠绿了，那些最早开放的报春花被淹没在铺天盖地的苍苍绿色中。在绿草蓝天中，我们已经很难分出哪块草更绿，哪片天更蓝。

殷玉珍又说："我那里有城里人见不到的很多稀罕物儿哩，狐狸、野兔、刺猬、獾、山鸡、百灵，还有叫不上来名的鸟多着哩，光树上草里的虫虫牛牛，都让城里的娃娃们看不够哩。你去去就知道了，好多外国人都喜欢得不行哩！"

我对她说："我一定要到井背塘去看看。"

2010年夏天，我从嘎鲁图镇出发，沿着一条新开辟出来的公路，一路南行，朝着井背塘驰去。我知道这条新建的一级道路是鄂尔多斯东方路桥集团投资建设的，直通巴图湾水库和萨拉乌苏旅游开发区，是乌审旗建设"文化旅游长廊"的重要通道。过去曾有条旧路。现在这里已经全部绿化，起伏的沙漠上覆盖着密匝匝的绿草，从汽车上望去，绿海苍苍直逼白云蓝天。我听着音乐，欣赏着路两边的草原风光，心中非常惬意。

车子飞快地行驶着。我忽然发现道路南面覆盖着绿色的沙漠被推土机推开，大片大片的黄沙露出，显得非常刺眼。我的好心情一下子被破坏了。再仔细看，至少还有几十台推土机在隆隆作业，黄尘已经在天上飘浮。我急忙让司机停车，想了解一下这里是什么工地。这时，与我同行的邵飞舟告诉我，这里是苏力德苗木培育基地，是旗里规划的50万亩苗木基地的一部分，由一个企业投资修建。一期工程大约就要投入几个亿，明年就要投入生产。他们现在是在平整土地。我说："把这些草场推了挺可惜的。"邵飞舟说："提高乌审旗毛乌素沙漠的林分质量，必须依靠企业的力量，企业将成为治沙的主体。靠一家一户的单打独斗，是无法实现质的变化的。我搞了几十年林业，体会太深。明年你再路过这里，肯定是另一番气象。"

车过巴图湾，沿着无定河南岸的一条沙漠公路一直向西行。邵飞舟告诉我，殷玉珍的家已经不远了。公路两侧林草葱茏，土地平整，几台"威猛特"喷灌机正在转着圈子喷水，而田间根本看不到人在忙碌。邵飞舟说：

"这喷灌机省水省电，节约劳力。剩余劳动力都转移到城镇了。过去这里的农民就在沙丘间种些沙巴拉地，种了几年，沙巴拉地不是起沙丘了，就是让沙漠吞噬了。这一带就是尔林川村，殷玉珍就是这个村的，不过她家靠近无定河南岸的大沙漠。"

我朝北看了看，果然苍苍茫茫的。

邵飞舟说："殷玉珍治住了沙，很有号召力。周围的群众都学她的样子，积极承包荒沙地植树造林。这个世纪初，无定河两岸森林覆盖率还不足30%，现在已经提高到70%，10年翻了一番还多。植被覆盖率也由45%提高到85%，翻了快一番。现在沙是治住了，主要是解决林分草分的问题。林分草分问题解决了，经济效益就彰显出来了。"

我笑着说："你这个旗绿化委主任当得不错。"

他纠正道："是旗绿化委办公室主任。"

我听后哈哈大笑。

车走进了一条向北的岔道，仍是一条笔直的柏油路。邵飞舟告诉我："这条路直通井背塘，也可以说是专为殷玉珍修的。"走着走着，看见路中央树着一个彩坊，上面写着"玉珍沙漠生态园欢迎你"。我想，殷玉珍的生态园真是办起来了。不时有汽车与我们迎面错过，看来，到这里参观的人还真不少。

汽车行驶在起伏绵延的穿沙公路上。公路两侧有些人正在种植行道树。放眼四周，到处是绿色。不久，一座蓝顶白墙的小楼出现在眼前，我想这一定是殷玉珍的新居，果然见到殷玉珍在楼前笑眯眯地等着我们。

一下车，殷玉珍就把我们往楼里让，一个劲儿催我们吃块西瓜消消暑。

她说："今年夏天太热了。刚才我在沙里转，看见那些可怜的苗子树根还湿湿的，头梢梢却烧焦了。太阳真毒啊！我是看见你们的车才赶回来的。"

邵飞舟打趣说："殷劳模小洋楼都住上了，还往沙里跑啊？"

殷玉珍笑着说："领导们要是不嫌热，咱现在就去沙里转。我正不放心春天新栽的树苗苗，怕它们熬不过这个毒夏天哩！"

殷玉珍领我们进了沙漠，见到的全是树林和花草。她告诉我们，她现在最大的感受是春天刮大风时，沙子再也起不来了，狂风在林子间乱窜，呜呜地干着急。600多亩水浇地、果园、樟子松基地不用担心被沙压了。畜牧业也搞起来了，现在养了40多头牛、200多只羊，光农畜产品收入每年最少20万。农副产品都注册了自己的商标，就叫漠海牌。殷玉珍解释说："我的意思是沙漠的宝藏就像大海一样丰富。"

我们都说好。

殷玉珍说："我的这些农副产品早就让人家订下了，连乌审旗都出不了。现在收割种养基本实现了机械化。但能不能扩大生产规模，还是要咨询专家和领导。"

邵飞舟说："不错，别看这地方绿油油的，生态实际上很脆弱，千万不能搞规模开发。"

殷玉珍说："我也担心。过去没多少草树时，下湿地总是水汪汪的。现在呢，抓把土都是干巴巴的，还得经常补水。你们说，这是咋了？"

她说着，弯腰抓起一把沙子给我们看，果然干干的呈碎末状。

就这个问题，我曾咨询过乌审旗林业局的林业专家。他们普遍认为，在乌审旗这样一个干旱地区，水的蒸发量数倍高于降水量，应逐渐从粗放型的绿化治沙，转到经济型的管沙、用沙上来，以利于地下水的保护。应该有序地淘汰固沙用的先锋树种，用针叶林渐渐代替阔叶林，以减少对地下水的抽取使用，提高沙漠的涵养水源作用。

记得2010年夏天我采访旗林业局高级工程师马工时，这位七旬开外的林业专家对我说过这样一句话："任何林木都有吸水和涵水的作用，关键是保持一种平衡，得让林木的根部表面土壤保持一种自然的润湿状态。"

殷玉珍也在考虑这个问题，乌审旗的"掌门人"同样也在考虑这个问题。去年春天，他就曾对我说过："在建设'绿色乌审'的过程中，应充分考虑沙漠对林木的承载量，逐渐培育和引进一些适合在毛乌素沙漠生长的优质树种、草种，淘汰一些掠夺性强的先锋树草，逐步提高沙漠的利用价值和经济价值，加大'绿色乌审'建设中的科学含量。这也是我们在全旗范围内大力发展现代化的苗木基地的动力所在。"

有些专家对我说，最好是能够打造自己的小气候。有了丰茂的林木，不光能够蓄水，而且能够引水，让蒸发走的水汽再降回来，不断补充地下水。林木多的地方，温度相对低，易产生冷空气，与热空气对流产生降水。有的专家研究了近些年鄂尔多斯和乌审旗的气象情况，认为鄂尔多斯和乌审旗的小气候正在形成。

我个人感觉鄂尔多斯的降水比以往多一些，尤其是乌审旗，在2011年内蒙古西部异常干旱的情况下，仍是降雨不断。夏天，我在毛乌素沙漠里采访，过个把星期准能遇到一次痛快的降雨。和当地的农民交谈时，人们也是喜滋滋的。有位农民对我说："这是咋了？阳婆婆晒几天，准补点雨。庄稼一需要水，雨水就来了。今年抽水的电钱是省下了，可我家的屋顶子漏了……"

天降甘露是最好不过的，在毛乌素沙漠生存的万物都能享受水的恩泽。

我正思索着，殷玉珍带我们爬上了一座高沙梁，站在上面一看，井背塘的全貌尽收眼底。我知道，那望不尽的绿色全是眼前这个女人和他的丈夫拿着钢钎子捅沙漠栽出来的。想象她在这苍茫大沙漠里劳作，那样子就像一个做弯曲运动的不知停顿的小逗号。25年了，多少个狂风呼啸的白天，多少个星斗满天的夜晚，她就是这样孤单单地在大沙漠上播种着生命的绿色。究竟是什么在支撑着这个不知疲倦的女人？这是什么样的血肉之躯啊！难道她是钢打铁铸的？就是钢铁铸成的钎子，也生生被她磨掉了一尺多。想到这里，我不由得感慨万千，眼前的绿色刹那间有些雾水蒙蒙，我知道，我的眼睛湿了。

殷玉珍告诉我们，她要在这里建一个瞭望台，监测火情。咋敢想来了，尔林川也闹开防火了？殷玉珍兴致勃勃地告诉我，建瞭望台，除了防火，还可以观景。要让城里来的人，还有外国人，能够清清楚楚地看见她的井背塘。她说："站在高处一看，好爽快，觉得活得有价值！人得爱天爱地爱家！"

我肃然起敬，觉得心灵再一次受到震撼。

夏天沙漠中的太阳太毒辣，殷玉珍催我们去她家休息。

我们回到那栋漂亮的二层小楼。殷玉珍告诉我们，这幢小楼是她家的第四代住房。那间小土窨子她还保留着，她说，得让后辈子孙们知道他们的老先人当年是咋生活的。这片好天地，可不是天上掉下来的！我说这小楼挺漂亮的，她告诉我，这幢楼是旗政府援建的，旗里的领导干部都集了资。眼前这条小柏油路，也是市里出资修的。那天通车时，鄂尔多斯市委领导出席剪彩仪式，还说："劳模不能总受苦，劳模要有新生活。"

殷玉珍激动地说："我一个乡下女人，能得到政府这样的帮助，想都没想过。我只有多种些树，把附近的大荒沙全种上树，报答政府。"

她指着附近一个大餐厅说："这是我筹资修建的。过去志愿者、参观者来时，总愁吃喝没地方。现在条件好了，我这儿能同时接纳几百人吃喝。这些年，每年都要接待几千名来这儿种树的志愿者。你们来时，刚送走一批日本人。10号要来一些韩国的学生娃。我20号要去蒙古国。下个月还要去韩国，参加防治荒漠化国际会议，去领一个奖……"

后来，我才知道她去韩国领取的是国际水环境"盖娅"奖。

殷玉珍就是这样从井背塘走向世界的。越来越多的国际化活动，越来越复杂的公司企业化管理，让她感到学习的重要。她想静下心来去读读大学，可惜总是挤不出时间。接待国内外的媒体，接待海内外的志愿者，还要管理公司，让她感到分身乏术。

殷玉珍说："这些跑到井背塘来植树的志愿者有的还是上高中上大学的年轻孩子，他们哪能吃得了这些苦！"我说："当年你向沙漠宣战时，不也是十八九岁？"殷玉珍说："我那是让沙子欺负得活不出去了。"我说："现在的孩子们要是没有防治荒漠化的意识，早晚也得像你当年一样，让沙漠欺负得活不下去。"殷玉珍说："好多开会的专家都这么说。"我说："这就是井背塘带给世界的意义。"

说起国内外的众多志愿者，来自德国的托马斯和法国的弗洛伦斯给殷玉珍的印象特别深刻。

"他们用水特别节约，用洗完脸的水来洗脚，洗完脚后再拿去浇树。他们知道水是沙漠里最珍贵的东西。"

最让殷玉珍难以忘怀的是几年前美国自由民基金会的赛考斯基先生来她的林地上种树并资助5000美元的事情。报道这件事情的记者写道：这位美国人拉着殷玉珍的手，流着泪说："您是我见到的最了不起的中国农民。"

殷玉珍说："人家美国人来井背塘种树，还给我捐款，我该表示点什么呢？我给他绣了两双鞋垫，是我千针万线缝成的，送给他和他的妻子。赛考斯基说，他回到美国后，要用镜框把它装起来，挂在墙上。"

我还从报纸上得知，这位自由民美国人还留给殷玉珍这样一段话："你和你的丈夫是中华民族的骄傲！你们是真正的英雄，是所有热爱大自然、热爱自己国家的人的楷模。我永远忘不了你们。"

殷玉珍邀我们到餐厅用餐。这个餐厅面积很大，就像一个大礼堂，窗明几净，敞亮，通风，进去之后感到自然通透。一面墙壁上挂着她获得的各种奖状和照片。

殷玉珍的孩子们端上玉米、毛豆、水果和南瓜等菜肴，她说："都是自家地里产的，绝对的绿色食品。"

我结识了殷玉珍的儿子、女儿，还有她儿子的女朋友，一位来自南方城市、有着南国女儿婉柔的姑娘。我问她喜欢井背塘吗？她点了点头。

临走时，我送给殷玉珍一本书，那是我出版不久的《人间神话——鄂尔多斯》。我说："这上面记载了咱们上次在乌审旗时的谈话。"

"真的？"她高兴地接过去，又说，"以后来哇。咱这儿的食品都是绿色的，起风也没沙子了。"

我点点头说："我一定会来的。"

2011年夏天，我陪内蒙古自治区文联主席巴特尔和文化部中国世界文化促进会的马小枚会长去萨拉乌苏"河套人"遗址参观，在无定河的南岸，又一路领略了殷玉珍和乌审儿女创造的绿色风采。汽车如在绿色长廊中穿行，两侧不是平展展的农田就是无边的林木。若不是绿色的沙漠顶端上偶露金黄色的沙子，真的不敢相信我们是穿行在毛乌素沙漠中。

这次我们是从上游进入萨拉乌苏河谷的。

萨拉乌苏村的党支部书记老王带我们进入河谷参观，他给参观的人当导游。这条河谷出土过许多古生物化石和新旧石器时代的文化遗物。老王说："咱'河套人'可真会选地方，这河谷太美了，人们都舍不得离开。"

老王先领我们沿石梯下去。走到半坡上，还领我们参观了发现"王氏水牛"的地方。

那是一片塌陷的土坡。老王告诉我们，将近100年前，比利时神父德日进在这里发现了一个水牛化石。当时住在这河谷里的蒙古人王楚克一家对其帮助很大。为开挖这块化石，王楚克的女婿被塌陷的沙土掩埋而身亡。为纪念王楚克一家人对这次考古的贡献，国际考古学界把在萨拉乌苏发现的水牛命名为"王氏水牛"。

老王说："这是迄今为止发现的最早的水牛化石。咱这沟里尽是宝贝。现在这里是国家的重点文物保护单位，随便动一块土都不行。"

我们沿着河谷前进。萨拉乌苏河在这条沟里就是一条浅浅的小溪。河两边是沙子，湿乎乎的。老王告诉我们，萨拉乌苏河的主要补水就是河边的沙漠渗出的水。无定河两岸的毛乌素沙漠就是一座大水窖。我们果然看到河边的沙子里有泉水细细地往外渗透。

我问老王："前几日，听说这条沟里有眼'喊泉'，人一呼唤，那泉眼就往外涌水，真的假的？"

老王笑道："这不就是'喊泉'。"

他用手指了指我们面前那细细渗水的一片沙子。我说："真的？"接着便大喊一声，果然，那水沙立即翻开泥泡，水流眼见着增多了。大家都称奇。巴特尔、马小枚一见这情景，马上和我扯开嗓子大声喊叫开。随着这声声叫喊，那片水沙泥泡越翻越大，周边的水沙也鼓开泡泡，泉水汩汩地涌出来。大自然真是神奇，这是何等的奇异造化！

我对巴特尔说："鄂尔多斯沙漠里有这么多自然奇观，北有响沙，南有'喊泉'。"

巴特尔说："这个'喊泉'应宣传出去。"

我说："这里真是个休闲的好去处，就凭刚才喊这两嗓子，就能去掉胸中的不少浊气。"

我说着又声嘶力竭地喊起来。他俩也喊开了。我喊完后顿感神清气爽，不由得哈哈大笑。

我们继续在山沟里穿行，发现河谷上有几排窑洞，但已破旧得让人没法看清年代。我们问老王这是干什么用的。老王说："这里原是个盐夫歇脚的客栈，五六十年前就荒了。开这客栈的是个山西人，姓王。这人孤身一人，我小时还见过他，50多年前的事情了。听老辈子人说，这河谷是条盐道，陕北八路军运盐，都从这条道上走。"

马小枚说："我小时候就听父亲说，他组织过三边军民往延安运盐，为此还受到过毛主席的表彰呢！"

我说："你父亲也许还住过这窑洞呢！那时就这一条盐道通陕北，没准是你父亲带人开辟出来的哩！"

马小枚听说，忙掏出照相机对准这旧窑洞一气猛照。马小枚的父亲马文瑞是老一辈革命家，是陕北根据地和陕北红军的创始人之一。

在返回巴图湾萨拉乌苏宾馆的路上，我们又穿行在草木茂盛的沙漠之中。路上我跟巴特尔讲，殷玉珍就住在附近。他问殷玉珍现在怎么样，并说这么多年来一直都没机会去看看她。

我说，据我掌握的情况，殷玉珍现在已经实现由防沙治沙到沙里淘金的华丽转身，开始进行公司化运作和经营，主要生产、经营有机食品。她的品牌农副牧业产品因为纯天然、无污染，非常迎合现代人追求绿色有机食品的需求，销路非常好。听说她公司的品牌小米已经卖到了30元钱1斤，还是供不应求。去年，殷玉珍公司的销售额已经达到100余万元。

巴特尔说大家应该去殷玉珍那儿看一看。马小枚也赞同巴特尔的意见。可我担心殷玉珍社会事务太多，人不在井背塘。巴特尔有些遗憾地说，就是看看她治理的沙漠也好。

这时，为我们开车的司机说："我们刚才就路过了井背塘，咱们见到的林子大都是殷玉珍家的。"

我们恍然大悟，不禁大笑起来。

三、给沙漠点颜色看的女人们

2004年春节期间，殷玉珍接待了一对蒙古族夫妇，男的叫乌拉，女的叫乌云斯庆。

殷玉珍看着乌云斯庆，问："你就是河对岸的乌云斯庆？领着一群蒙古族姐妹开进乌兰温都尔大沙漠治沙的乌云斯庆？"

乌云斯庆点了点头。

殷玉珍一把抱住她说："我的好妹子，你咋敢哩？咱是女人，姐要不是差点让沙漠欺负死，我才不……"

乌云斯庆说："就是你说的这句话，才把我们姐妹鼓热的哩！人家河南面的殷玉珍能降住沙，咱为什么不能！我们在河对岸就能看见你这里的绿，敬佩死你了！你看你这儿多好，我们乌兰温都尔大沙漠多会儿能像你这样呢？"

殷玉珍道："你们人多力量大，还愁建不成我这样子？也就是三五年的事儿，干起来，快着哩！咱以后隔着河拉话，我唱信天游，你唱蒙古歌，咱们比着干。"

乌云斯庆点了点头。她这一生最佩服的女人就是宝日勒岱、殷玉珍。

2008年夏天，我采访过乌云斯庆。那时她已经荣获"全国三八红旗手"、"全国十大绿化女状元"等荣誉称号和"福特汽车国际环境保护奖"。乌云斯庆是典型的乌审旗牧区蒙古族女人，圆脸庞，高颧骨，脸颊上透着高原红。乌云斯庆见我听不懂蒙古话，只得用生硬的汉语同我交流。我想听乌云斯庆讲她的治沙故事，她却给我讲社会各界给她的鼓励和帮助，我只得提醒她。她断断续续地讲着她的治沙，讲着讲着又讲起了鄂尔多斯市一位温州籍女企业家对她和12位治沙姐妹的帮助。"她从东胜专门来给我们送了衣服，几十套衣服，一次。"

这是乌兰温都尔的治沙姐妹们所接受的社会上最大的一笔援助。蒙古女人知道感恩，乌云斯庆在同我交谈的短短的两个小时中，至少有3次谈起这件事情。

我知道乌云斯庆的家在乌审旗苏力德苏木昌煌嘎查，那里有一片高高的大沙漠，蒙古人称之为"乌兰温都尔"，翻译成汉语就是红色的大沙梁。颜色发红的大沙漠，比起白沙漠、黄沙漠来更会让人感到旱地生烟。夏天，人要靠近它，就好像来到了唐僧西天取经路过的火焰山。有位沙漠通曾经告诉我，沙分三种：白沙、黄沙、红沙。人们可以根据沙漠的颜色，了解治理沙漠的难度。乌兰温都尔可谓沙漠中的极品。

乌兰温都尔红沙梁在昌煌嘎查的西南部，紧靠无定河。方圆10余公里内，红色的沙丘起伏，寸草不生，鸟兽绝迹。多少年来，这片红沙梁就像红色的怪兽吞噬着绿色的牧场，驱赶着当地的牧民。前后多少次绿化造林运动都未能触及它，因为自然条件太恶劣，治理的难度太大，无人敢动它。它已经成为昌煌嘎查牧民的一大害。

1999年，刚刚从嘎查村委会主任位置退下的共产党员巴音耐木扣主动请缨，承包了这片面积为4.8万亩的荒沙。他对儿子乌拉和儿媳乌云斯庆说："我退休不当主任了，正好拿出全部时间治治这匹红野马。"

乌拉和乌云斯庆都支持老父亲这一举动，说："咱家齐上阵，一定要染绿乌兰温都尔。"

老人高兴地笑了。

然而，乌兰温都尔大沙漠犹如一匹不可驯服的烈马，时时奋蹄扬鬃，搅得天昏地暗，让巴音耐木扣老人和家人吃尽了苦头：刚刚栽下的树苗被连根拔走，辛苦种下的草和灌木被彻底掩埋，大家付出的所有心血、资金全部化为乌有。仅仅一个春秋的较量，巴音耐木扣老人就花光了家里所有的积蓄，甚至把变卖牲畜的钱也换成苗木投了进去。

然而，这一切都被乌兰温都尔吞噬了。

面对如此状况，巴音耐木扣老人并没有泄气。他当过32年村干部，善于总结每次失败的原因，不断提出新的治理乌兰温都尔的方案，并尝试联户入股治沙，以便聚积更多的力量和资金。当时联合国正好有一个环境治理的扶贫贷款项目（SPPA）在这里做宣传，巴音耐木扣老人希望家里人联合嘎查的牧户申请这个项目，共同治理乌兰温都尔。

老人说："乌兰温都尔不治早晚是个害，留下它祸害子孙哩！"

乌云斯庆当即表态："阿爸，我们支持你！我和你一起去动员牧户入股，共同治理乌兰温都尔！"

谁也没想到，正当巴音耐木扣老人想率领人们再次治理乌兰温都尔的时候，病魔却忽然向他袭来。2000年12月15日，积劳成疾的老人带着对绿色事业的无限眷恋离开了人间。

老父亲的突然辞世，对乌拉和乌云斯庆打击很大。

乌云斯庆对乌拉说："阿爸的遗志我们要继承，咱得把治理乌兰温都尔的事情继续做下去。"

乌拉支持妻子。

乌云斯庆联系了嘎查12名妇女，成立了乌兰温都尔项目组，自己担任组长。她们取得了"SPPA小额信贷项目"的3万元贷款。为了治沙，每个姐妹还出资4000元钱，交给乌云斯庆，算是入股。有些男人想不通，这红沙梁是女人能进去的？还植树种草？甭是做美梦吧？有的还说，女人们"草场外边没有名声，灰堆外面没有脚印"，还能成甚事！等把4000块钱扔进红沙梁里，就哭着鼻子回来了！

乌云斯庆她们说："等天热了你们来红沙梁里看！"

她们给自己起了个名字，叫做乌兰温都尔联合治沙站。这是一种以经济形式为纽带的股份制治沙组织。真要干起来了，又有姐妹起了疑心："咱们女人真行吗？"

乌云斯庆对姐妹们说："咱女人在乌审旗的大沙漠里治沙出了大成就，像宝日勒岱大姐，那是全中国的英雄！人家殷玉珍就在咱们的河对面，一个人治了几万亩沙子。现在咱们这边还是'火焰山'，人家已经成了'花果山'。同是女人，我们为什么做不到？"

那年乌云斯庆刚刚30岁。

女人们的热情像火一样被点燃，吆喝着要向乌兰温都尔开拔。乌云斯庆让大家准备准备，开春就进入沙漠，上了冻才能回家。也就是说，这些女人们每年要在乌兰温都尔的大沙漠里待上大半年的时间。

乌云斯庆带着12位姐妹走进乌兰温都尔沙漠，那是新世纪开始的那年春天。狂风卷着硬沙粒劈头盖脸地抽打着她们。姐妹们顶着风沙筑网格沙障，在网格内栽种沙柳、沙蒿、杨树苗。姐妹们饿了吞口炒米，渴了喝口凉水。晚上，姐妹们就挤在一顶破帐篷内休息，大家用身体相互取暖。沙漠的夜晚非常冷，常常把她们冻醒。

有时遇到下雨天，姐妹们更惨了，那顶旧帐篷挡不住大点的雨，她们个个浑身湿淋淋的，磕打着牙齿瑟瑟发抖。没几天就有病的，甚至有想打退堂鼓的。乌云斯庆鼓励姐妹们说："人家河对面的殷玉珍咋扛过来的？人家不是女人？咱们现在不苦熬苦受治住沙子，子孙后代们怕是连个放羊的地方都没有了。姐妹们，咱就当为后代儿孙受苦了！"

为了乌兰温都尔的未来，为了孩子，她们什么样的苦都能吃，什么样的罪都能受。乌云斯庆和12个姐妹昂首挺立在乌兰温都尔的风雨之中，她们还轻轻哼起歌，歌声越来越大，穿过乌兰温都尔沙漠，飘荡在无定河的上空：

> 十五的月亮呀，
> 是天空的灯笼呀。
> 十五岁的蔚琳花呀，
> 是四邻的灯笼呀。

> 金色的太阳呀，
> 是天空的灯笼呀。
> 十八岁的蔚琳花呀，
> 是众人的灯笼呀。

这是鄂尔多斯蒙古女人爱唱的一首古歌《蔚琳花》。这首歌让她们想起光芒四射的少女时光，身上就会激荡起青春活力。在那个风雨交加的夜晚，乌云斯庆一面唱一面想：河对面的玉珍姐姐，听到我这个蒙古妹妹的歌声了吗？

乌云斯庆是个细心的女人，为了照顾姐妹们的生活，她还在乌兰温都尔沙漠里建了一所大工棚，名为治沙指挥中心，实为治沙姐妹们栖身的地方，每年4月到10月大家都在这里居住。当时在乌兰温都尔红沙漠里盖这么个工房十分不容易。为了省钱，乌云斯庆只请了一位木匠，剩下的活儿全是姐妹们自己动手干。红沙漠里没有路，没有水，建房物料只能从十几公里以外的家里一点一点背过来，就连生活用水、建筑用水也全是赶着毛驴车艰难地一车一车拉进来的。工棚就这样建起来了。从此，在大沙漠栽了一天树、草的女人们，总算有了一个躲避风雨的地方。

休息好了，姐妹们植树种草的干劲更足了，治理红沙梁的决心更大了。一道道沙障树起来，一棵棵小苗泛出绿意。头一个春季，乌云斯庆和姐妹们完成人工林近5000亩，还在所有造林地块设置了沙障。到了夏天，新栽的羊柴、花棒、杨树苗长得郁郁葱葱，乌兰温都尔沙漠第一次有了绿色。原来持有女人们在沙子里胡闹些日子就哭鼻子回来的想法的男人们，看到了这样的情景，也感动了，钦佩了，说："明年春天，我们也来跟着你们植树种草。"姐妹们那个笑啊。她们终于看到了劳动果实，收获了尊严。

她们在乌兰温都尔种活树草的事情很快在乌审大地传开了。她们受到政府及林业等部门的奖励和技术、资金的扶持。一位副旗长看了她们在红沙梁种植的草木后，当场批拨1万元给予支持。"SPPA小额信贷项目"还把乌云斯庆列为第四项目组的大组长，每年给予3万元的项目贷款，支持她们造林治沙。乌云斯庆还被旗林业局确定为5000亩以上的造林大户，给予政策、资金和苗木、籽种的帮助。

这给了乌云斯庆和她的12个姐妹极大的鼓励。

为了提高治理乌兰温都尔沙漠的速度和质量，她常常不厌其烦地向林业科技人员和有经验的造林大户取经，运用到自己的造林实践中。她们根据乌兰温都尔沙漠的特性，采取由近及远、先易后难的方法渐进推开。她们选择适宜在红沙梁生长的乔灌木，在平地硬梁种柠条、紫穗槐，在沙梁上种羊柴、花棒，在巴拉地种植杨树、柳树，并及时设置沙障，防止流沙移动。她们还采用了拌泥栽植、袋装栽培、地膜覆盖等节能保墒技术，大大提高了造林成活率。10年过去了，她们承包的红沙梁4万余亩荒沙已全部披上绿装，当年满目荒凉的"火焰山"上，树木繁茂，绿草翻浪，飞鸟鸣啭，野兔出没。红沙梁已经成为毛乌素沙漠上的一道风景，迎来无数的参观者。大家都被乌云斯庆和她的姐妹们创造的治沙奇迹所折服。

植树种草治沙是一项投入大的项目。像许多造林大户一样，乌云斯庆也承担着资金紧缺的压力。红沙梁吞进了她们所有的资金。乌云斯庆为了治沙已经是负债累累。她像许多治沙大户一样，虽拥有万亩绿色，却始终是囊中羞涩，日子总是过得紧巴巴的。为了不中断治沙，乌云斯庆四处奔波，争取上级和社会支持。她们获得了日元贷款项目的支持。其间，内蒙古银行也投资16万元，为她们解决了围栏、苗木、平整土地的资金缺口，这无异于雪中送炭，激发了她们更大的治沙造林的热情。

苦干了10年，怎么样才能治沙又致富呢？乌云斯庆和姐妹们绞尽脑汁规划着这块红沙梁的明天。她们必须向荒沙要收入，要效益，走以林养林、建设养畜之路。希望就在这片沙漠上。她们对乌兰温都尔做了详细规划，要开发水浇地1000亩；新建育肥棚舍1万平方米，年育肥出售牛羊1000头只；要在最短的时间内使每个家庭在沙漠中获取纯收入1万元以上。

2010年春天，她们平整好300多亩土地，就等着打井上电，播种春天。这天，乌云斯庆正在为打井、上电的事情忙碌、操心，忽然感到头痛欲裂，一下子病倒了。经医院检查，乌云斯庆不幸患上了胶质瘤。巨额的医疗费用，让多年将大量资金投入治沙造林而生活拮据的乌云斯庆一家不堪重负。

得知乌云斯庆的困境后，乌审旗团委、妇联等部门立即联系社会各界和企业，为乌云斯庆做了爱心捐助，募集资金近14万元，使她及时做了手术。

乌云斯庆患病的消息，我是在2011年春天才从报纸上看到的。当时我正在毛乌素沙漠采访，得知她病了，便急切地向同行的旗委办公室副主任折海军了解情况。他告诉我，乌云斯庆的手术非常成功，术后恢复得也很好，旗里的领导和社会各界也非常关心乌云斯庆的病情。我问乌云斯庆在乌审旗吗？现在能接受我的采访吗？折海军马上打电话联系了一通，他告诉我，乌云斯庆正在家里，现在身体恢复得不错。

我马上驱车去苏力德苏木昌煌嘎查乌云斯庆的家。

初春的苏力德草原，远远望去，已经能看见草尖上飘浮着忽隐忽现的淡淡的绿色了。只待一场春雨，草原便是绿意盎然、万紫千红。在4月的春风中，公路两侧的油松挺拔苍翠，砍头柳的枝条透着嫩绿。不时有野兔在路边的草丛里跳跃，还有美丽的野鸡出没于草滩中间。还能看到植树种草的人们在沙漠上忙碌着，浇水车在沙梁上汩汩地洒着水，许多女人扛着树苗子在车旁走来走去。

折海军告诉我，冻土刚消，人们就忙活上了。现在林木产业已经成为农牧民的重要收入，人们植树的积极性高。企业的介入是最主要的，绿化一实行公司化运作，经济杠杆就起作用。绿化造林一进入市场领域，过去碰到的许多疑难问题就迎刃而解。

车窗外，草原开阔，直通遥遥的蓝色天边。

乌云斯庆的家就坐落在一片开阔的草地上，显得十分清静。车开到她家的门前，我一眼就看见乌云斯庆和她的丈夫乌拉站在门前等待着我们。乌云斯庆的状态比我想象的要好得多，精神头挺好，比上次见显得更干练了。

我们用蒙古族的礼节相互问好，乌云斯庆和乌拉高兴地把我们迎进了屋。

我问乌云斯庆："你还记得我吗？"

她说："知道。"我们都笑了。

乌云斯庆说她病后，社会上好多好心人都发善心帮助她。治这个病得花大钱，一下子用去了几十万，是好心人、善心人帮助她渡过了难关。乌云斯庆非常感动地说："苏木的领导、旗里的领导好着哩，他们都拿出自己的工资帮助我。"

乌云斯庆把坐在屋里的几个青年人介绍给我们，原来他们都是镇上的干部和嘎查里的大学生村官。他们告诉我，苏木的领导很关心乌云斯庆的病情，并组织机关干部捐款帮乌云斯庆治病。让她安心养病，可她总是惦记着乌兰温都尔的治沙，她的心还在那片红沙梁上。

我们都劝乌云斯庆一定要好好休息，等身体彻底恢复了，再和姐妹们一块治沙。

乌云斯庆说："我心是这么想的，可腿不是这么想的。咳，现在正是植树种草的好季节，要不是他拦着，我早上了乌兰温都尔。"

她指了指乌拉。

乌拉憨憨地笑了笑说："医生说，你就是累着了，得安心静养。"

乌拉告诉我们："现在乌兰温都尔80%的沙漠全绿化了，剩下的一些远沙也被控制住了。红沙梁上一长起树，就显得不高了。你看今年春上这么大风，也不见一点沙子。这地方和10年前大不一样，好住了，等夏天这滩上草长起来，才好看哩。"

我问收入怎么样，乌拉说："现在造林治沙还赔钱，贷款还没还上哩。尤其是她这一病，收入还是受了影响，去年每人平均才1万多元钱的收入。林子里杨树有点多，经济效益不明显。"

乌拉淡淡地说着，乌云斯庆静静地听着，都显得非常平静。

镇上的干部告诉我："苏木正在根据旗里的要求，在这里搞林权改革，乌兰温都尔已经确定了2万亩公益林。每亩按照20元的补偿标准，每年有多少收入？还有草场补贴……旗里的政策是不能让造林大户、治沙大户吃亏。"

乌拉说："政策是好政策，我们就等着赶紧还贷款哩。跟着我们的造林户们就等着兑现钱哩。"

乌云斯庆说："你急甚？有政策哩！"

乌拉说："没钱的掌柜不好当哩！"

我们笑了起来。

结束了对乌兰温都尔的采访，乌云斯庆和乌拉拉着我照了一张相。乌云斯庆说她有一个相夹，留着她和社会上的领导、专家老师们的照片，她没事时就翻出来看一看。乌云斯庆是个心细的女人。

临走时，我叮嘱她好好养病，她听着，"好、好"地点着头。我们的车走出老远，她还站在草原上向我们招手。远处的乌兰温都尔好似一条浅浅的起伏的云带，而草原上的乌云斯庆在我的眼前越来越像一座高耸的山。我衷心地祝福她的绿色梦想……

在毛乌素沙漠里，还流传着一个"疯女"治沙的故事。

2003年，浪腾花和她的丈夫都在政府部门有一份稳定的工作。那时她已经40岁出头了，可这个40岁出头的女人却拉着自己的丈夫一同辞掉公职，一头扎进沙漠里。有人说她疯，有人说她傻，她说："我不在乎别人怎样看我，我知道自己在做什么。"

浪腾花是让她的家乡悲惨景象刺激疼了，才做出这惊人举动的。浪腾花的家乡在乌审旗嘎鲁图镇和乌兰陶勒盖镇交界的地方，叫布日叶庆。这里沙丘连绵起伏，方圆10余公里鸟兽绝迹，是一块出了名的沙漠。布日叶庆沙漠滚动着，疯狂地吞噬着周围有限的农田、牧场和农牧民的家园，成为毛乌素沙漠中的疯沙、恶沙，人们望而却步，四周一片荒芜。

在布日叶庆沙漠中艰难挣扎的农牧民们，有的抛弃田地、牧场到别处谋生；有的艰难地种着小片荒，放着几只羊；许多青年人跑到城市打工，家中的老人孤苦地守着那几间破土房。人们无心生产，因为咋干也填不满疯狂的布日叶庆沙漠的肚子。村子里醉汉到处晃，闲汉东阳坡晒到西阳坡，随着太阳打转转。这满目的荒凉，让浪腾花看得心酸、心疼。有的亲戚羡慕地对浪腾花说："你算混成个人样样，总算离开了这兔子不拉屎的穷地方。"

可在浪腾花的记忆里，自己的家乡是个好地方、美地方。浪腾花就是在这里度过了自己的童年、少年。那时，布日叶庆多美啊，长着好高的草，开着美丽的花，野兔、狐狸等在沙柳丛中窜来窜去，成群的黄羊出没于草丛之中……觅食的牛马羊群不时惊起野鸡，引得马儿嘶叫，羊羔撒欢。绿缎子般的海子在阳光下闪着粼粼波光，那么多的水鸟游来游去，鱼儿不时跃出水面……

想到这里，浪腾花的眼睛湿润了。

许多人在总结乌审旗的生态历程时，总爱引用这样一句话："50年代风吹草低见牛羊，60年代滥垦乱牧闹开荒，70年代沙逼人退无处藏……"

可现在进入新世纪了，布日叶庆咋还是70年代的老样子。那时，全旗上上下下正在酝酿打造"绿色乌审"，浪腾花不愿意见到自己的家乡成为死角，成为被现代绿色文明遗弃的地方。一刹那，浪腾花胸中汹涌的对家乡、对草原的爱再也压抑不住了，她毅然决然地和丈夫辞去让人羡慕的工作，回到自己的家乡承包荒沙，开始治理布日叶庆沙漠。

浪腾花找嘎查领导说明要承包那片划分草场时谁也不要的5000亩荒沙

时，嘎查领导简直有点不敢相信，以为她在开玩笑："你放着机关的工作不干，非要治理沙漠？真的疯了？"

浪腾花说："我是看见自己的家乡成了这个样子，心里难过。自己的家乡自己不治理，我们还是热爱自己家乡的蒙古人吗？"

嘎查领导们被感动了，非常庄重地和浪腾花签订了承包合同。

浪腾花和丈夫从此走进了布日叶庆大沙漠，开始了与沙漠为伍的日子。那明晃晃的大沙丘一座接着一座，树苗子全靠人背上去，那份艰难，那份孤单，都是常人难以忍受的。植树时节又是大风常起的日子，浪腾花背着树苗子翻沙梁，常被大风连人带树苗子掀到沙丘底下，只能喘口气接着再往上爬。浪腾花流过眼泪，但每次擦干眼泪又继续背着树苗子翻沙梁，一点一点地使绿色延伸。浪腾花在机关当过干部，接受过许多新事物，她知道一家一户地单打独斗改变不了毛乌素沙漠的面貌，便想成立一个治沙公司，组织更多的人加入到治理沙漠的事业中来。丈夫笑道："你又有疯想法了！治沙光投入没产出，没啥效益，谁愿意跟咱受这份苦呢？"

实际上，他知道妻子的想法是对的。浪腾花说："我才不怕人们说我是个疯婆子哩！咱这是给后辈子孙造福！我们这辈子受点穷、吃点苦算啥？谁说生态不是效益？我看是最大的经济效益！我就不信咱把布日叶庆沙漠绿化了，不会产生经济效益！"

浪腾花是认准了就决不回头的人，她把家中的20余万元积蓄全用于治沙。苍天不负有心人，第二年春天，他们承包的沙丘树苗成活率非常高。在新春中绽放的嫩叶，就像草原上的报春花，向人们宣告布日叶庆沙漠又有了绿色的春天。

看到浪腾花在布日叶庆沙漠收获了绿色，周边的牧户们也产生了治沙的萌动。浪腾花主动与他们商议，与额尔德尼巴图和宝聪等十几家牧户共同成立了治沙公司。浪腾花说："利用公司的力量治理沙漠，恢复生态，会给我们的家乡带来富裕和吉祥。"

2004年秋天，由浪腾花出任董事长的乌审旗青浪生态开发有限责任公司正式成立。浪腾花在公司成立后首先做的事便是带人对布日叶庆荒漠进行了规划，把重点放在基础设施建设上。他们当年就在布日叶庆沙漠里修了8公里路，打了5眼水井。有路有水，就如虎添翼。成立公司的第二年，他们就新开辟了100亩育苗基地，造林近万亩。2006年，他们又造林1万余亩，并且对公司所控制的10万余亩荒漠进行了围封种草。

到目前，鄂尔多斯市乌审旗青浪生态开发有限责任公司已发展成为集生态治理和开发、生态科学技术研究及服务、农副产品购销、养殖业和旅游业为一体的专业生态开发公司。由于他们的模范作用，带动了周边地区沙漠的开发和利用。十几户牧民联营的青浪公司被自治区定为防沙治沙管沙用沙和沙产业、草产业试验示范基地。浪腾花也得到自治区各级政府的表彰和奖励，并被中国沙草业协会评为"2008年度中国先进沙产业个人"。

"疯女"治沙获得了成功，并且开辟了一条在毛乌素沙漠规模化、企业化治沙的新路子，这就是被治沙专家和各级领导所肯定的"沙漠增绿、资源增值、农牧民增收、企业增效"的可持续发展的路子。

我是2011年夏天走进布日叶庆沙漠的。几万亩葱绿的树木，宛如一条条绿色的腰带，将一个个沙丘紧紧缠绕。看着这片望不尽的绿色，真的好像走到了浪腾花的童年时光。绿色的草原又回到了布日叶庆，而浪腾花为这绿色的恢复付出了整整8年时光。可惜的是，这天浪腾花不在布日叶庆。工作人员告诉我，浪腾花在乌审旗的家中。我决定去她家中采访她。我想见识和深入了解一下这个不断在毛乌素沙漠摸索、创新的"疯女"。

浪腾花在家中接待了我。这个传说中的"疯女"已经成为一位慈祥的祖母。她乐呵呵地对我说："这些日子我在家里哄孙子，公司的事情老汉在料理着。"

我问浪腾花为什么在治沙中要实行公司化运作。她告诉我，人要跟上时代发展。治沙光靠传统模式是不行的，得引进新机制。说起办公司的好处，浪腾花喜笑颜开，她说："组建公司以后，治沙造林的面积由我一家的5000余亩扩大到联户的10万亩，可以使用大型机械设备，提高了劳动生产效率，降低了治沙成本。在采购苗条、网围栏时也能享受批发价，这样可以节省不少开支。形成规模以后可得到国家和旗里的资金投入和技术帮助。由于有技术支撑，林草的成活率也比以前高。"

我对她说："看到有媒体报道，说你绿了沙漠，穷了自己。"

浪腾花说："穷富要看怎么看，那几万亩林地不是财富？生态价值就不用说了，关键是这块地方还有精神财富，那可是无法计算的。多少人到了布日叶庆，被点燃起斗沙的激情；多少单打独斗的单干户组织成治沙联户，像我们一样实行企业化运作和经营。这不是我的财富？我是在沙漠中投入了一生的积蓄，现在还没有得到回报，但我相信布日叶庆的经济价值迟早会彰显出来的，'十年树木'，这不是才过去8年……"

浪腾花自信地笑了起来。

说起当年辞去公职的选择，她说："咳，我算甚公职，我当时在镇计生办是做合同制工作，老汉倒是在编的干部。要说起当年的辞职治沙，我们的选择一点没错，因为我们做了一件有意义的事情。想想8年前布日叶庆的样子，看看今天布日叶庆的样子，我还有甚不知足的？想想那树、那草、那花，多美啊！值了！"

她用一句"值了"结束了我的采访。我感到这一句话意味绵长，好生咀嚼，越发感到浪腾花这位"疯女"可敬。

193

在毛乌素沙漠还流传着一位"痴女"治沙的故事。这位"痴女"叫徐秀芳。说起徐秀芳来，张玉廷给我这样介绍道："这人干练，办事利索，还能歌善舞，是全旗出了名的文艺积极分子。"可就是这个活泼的女人，30余年来只痴心办了一件事，那就是造林治沙。毛乌素沙漠的造林治沙户们没有不认识徐秀芳的。提起徐秀芳治沙的痴劲儿来，没有不佩服的。

"徐工是跟沙漠较上劲了。"听说我要采写治沙的事情，一位治沙造林大户对我这样说，"凭她那股钻劲儿，真治出了成果。人家懂技术，治沙是行家。别看人家是个女流，可讲得在理、在行。这几十年，我算是摸准了，徐工咋说，你就咋办，准没错！瞧我这沙漠绿得多喜人，首先该给徐工记一功。一个女人家钻在沙漠里30多年，不容易！"

他说的徐工就是徐秀芳。徐秀芳现在是乌审旗治沙站的站长，林业高级工程师。

32年前，徐秀芳从伊克昭盟农牧学校毕业。风华正茂的她面临着多样的人生选择。那时，中专毕业生在伊克昭盟少得可怜。据当时全国优秀园丁梁伯琦先生的调查，盟府东胜市竟然没有一个大学本科生。盟府尚且如此，偏远牧区的专业技术人员更是凤毛麟角。那时，徐秀芳完全可以留在盟府所在地东胜工作，也可到条件相对较好的旗县工作。组织上征求她的意见时，她说："我是学林业治沙的，当然要到沙漠最多的地方去。"她还说："从今以后，我要做毛乌素沙漠里的一株树，一棵草。"

那时，她的脑子里充满了诗意的浪漫和丰富的想象，当然，她也做好了吃苦受累的准备，可她没有想到要吃那么多的苦，受那么多的累。

徐秀芳选择了全盟沙子最多最大的乌审旗，那是她的家乡。她知道可爱的家乡已经被毛乌素沙漠糟蹋得不成样子了。从20世纪60年代起，乌审旗土地沙化逐年加剧，造成大面积草场、农田被流沙吞噬，许多村庄、房屋被掩埋。据资料显示，当时全旗总面积11 645平方公里，各类风蚀沙化土地已经达到了94.8％。可以说乌审旗全境已经是一片荒漠。就连当时的旗政府所在地嘎鲁图镇区域内都有沙丘滚动。起一夜大风，被沙子封住门是常有的事情。

有老乡见徐秀芳毕业后分到了治沙站工作，大为吃惊地说："你咋干上了这讨吃营生？你没听人说过，'远看要饭的，近看治沙站的'？你个姑娘家连身好看的衣服都穿不出去，看你以后咋办？"

治沙站的工作是艰苦的，工作的性质和特点决定徐秀芳绝大多数时间要在沙漠里摸爬滚打。这对刚出校门、充满热情的徐秀芳来说是个不小的考验。她清楚地记得自己刚到治沙站工作没几天，领导就让她到乌审召沙漠里的一户农家去指导治沙工作。那地方离自己住的地方有20多里地。有个老乡好心借了她一辆自行车，她推着就上路了。那时她还不会骑自行车，觉得正好边走边学，反正以后下乡用得着。徐秀芳胆子大，见沙路上没人就骑上了车，一阵歪歪扭扭地乱蹬，并吆喝着"闪开、闪开"。这一路，她可吃了苦头，沙地路软，不好把握平衡，不时歪倒在路上，膝盖都磕碰青了。最可恼的是忽然冒出来的沙丘，她得扛着自行车翻过去。她一个单薄的女孩儿扛着自行车翻沙，累得汗水都把衣衫浸湿了。这20多里路，她走了七八个小时，还未见到那户人家。天黑了下来，漆黑如墨，她在沙漠上迷了路，又急又怕，哭了。她说，她这一生也没流过那么多的泪。她在暗夜中摸索着，直到夜里11点多，才看到一束昏昏的灯光……

夜里躺在老乡家的炕上，徐秀芳腰腿疼得连身都翻不了。她也在问自己，为什么放着城市的体面工作不干，非要跑到这沙窝子里受罪？可第二天一大早，她还是跑到老乡的沙漠上观察植被生长情况，帮助老乡出主意，探讨如何更好地治理沙漠。

还有一次，她徒步去乌兰陶勒盖苏木下乡，路过一片柳林时，忽然跑出一条狗，追着她又叫又咬，吓得她摔倒在地上。幸亏手中提拎的一包用来充饥的糕点摔了出去，狗闻见香味，才顾不上追她。

徐秀芳撒腿一气跑了好远好远，"头发夯得就像一个疯婆子"，徐秀芳回忆起30年前这件事情，仍是记忆犹新，"我当时一口气至少跑出3里地，才敢回过头来看一眼。我从小怕狗，可牧区农家养狗的又多，有时离老远就得扯着嗓子喊：'快把你家的狗拴住。'后来跟老乡家熟悉了，狗也不咬不叫了，我和它们也成了熟人。"

不久，旗里搞林业普查，徐秀芳整整在沙漠里待了两个多月。那时吃住都在老乡的家里，每天在沙漠中奔忙。人们担心她受不了这个苦，可她坚持下来了，而且出色地完成了林业普查任务。乡亲们是眼看着徐秀芳这个洋学生变成个"土人人"。老乡们都说："秀芳这女娃比社员们还吃得好苦！"

听到乡亲们的夸奖，徐秀芳心中比吃了蜜还甜。

20世纪80年代后期，徐秀芳接受了上级布置的飞播治沙勘查任务。他们每天早晨不等太阳升起就得进入沙漠，一直到夕阳下山才能返回住地。大沙漠里烈日暴晒，地面温度高达40多度，好像要把人身上的所有水分都蒸干。就是这样，她每天也要在赤日炎炎的沙漠里奔波20多里路，搜集各类土壤样本，为飞播治沙提供技术支撑。一个多月下来，脚上起的水泡被磨成了老茧，胳膊上的皮晒暴了一层又一层。脸啊，脖子啊，胳膊啊，凡露在外面的皮肤都被晒得黑黑的，就像个非洲姑娘。

有一天，徐秀芳身体有些不舒服，仍坚持进入大沙漠作业。太阳一晒，她的脑瓜子里就开始一蹦一跳地疼痛，好像时刻要炸裂开来。她实在坚持不住了，只得爬到大沙丘上昏昏沉沉地躺了一会儿。沙漠里很静，偌大的天地就她一个人静静地躺着。她在蒙眬中嗅到了一阵阵幽香，睁眼打量，原来自己躺着的沙丘上生长着一片绿生生的沙地柏。她激灵了一下，立即翻身坐了起来，将这块地方标在作业板上。她知道不久的将来这里的沙地柏将连成片，覆盖整个大沙漠。她打量着沙地柏，暗想，自己应当像沙地柏那样，在沙漠里顽强生根，用自己的青春和汗水换来沙漠的绿色……

她站了起来，命令自己：徐秀芳呀，你要坚强！坚持下去就是胜利！就像这沙地柏，永远在沙漠里绽放绿色！

她在大沙漠里坚强地走了下去，一走就是30年。她是绿的使者，她走过的地方留下了一片片翠绿。30年来，乌审旗的每一片沙地几乎都留下了徐秀芳的足迹。她说，她到过全旗80%的农牧民家中。

1996年，根据治沙户遇到的经济困难，徐秀芳提出应该在毛乌素沙漠里混合种植生态林和经济林，不仅要治理沙漠，还要让农牧民增收。她深入农牧户家中，指导农牧民栽种经济林，帮助农牧民们领会治好沙、管好沙、用好沙的道理，引导农民们向大沙漠要经济效益。进入新世纪之后，许多听了徐秀芳建议的农牧户，都尝到了沙子里种出的"甜头"。

"这全靠徐工！"现在提起这事，他们还不忘感激徐秀芳。

作为专业的治沙工作者，徐秀芳认为，不断引领先进的治沙技术和治沙理念尤为重要。从接触飞播技术以来，她就不断地总结飞播造林治沙经验技术，不辞辛苦地在飞播区考察植树效果，并先后引进了GPS定位导航技术和种子包衣技术，增加了飞播作业的准确性，降低了飞播成本，提高了飞播成效。目前，乌审旗已有飞播造林保存面积139.8万亩。飞播造林技术的运用，为染绿毛乌素沙漠起到了举足轻重的作用。

2000年，国家搞退耕还林项目入户调查，徐秀芳在河南乡一待就是200多天。她跑遍了无定河两岸的毛乌素沙漠，将每一家农牧户林地情况摸清。20多年来承担大量家务活的丈夫终于发了脾气："是不是林业局就你一个人呀？"

这是徐秀芳结婚20多年来，在公安局工作的丈夫第一次冲她发脾气。当时，徐秀芳虽有满腹的委屈，可她知道她欠这个家太多了，对不起丈夫和儿子。她想自己退休之后，好好照顾这个家，照顾好丈夫和儿子。

徐秀芳几乎是将她生命的全部贡献给了毛乌素沙漠。

我是怀着一颗崇敬的心采写徐秀芳的。在治沙站办公室，徐秀芳滔滔不绝地给我讲着她的治沙经。她个子不高，快言快语，一看就是个激情饱满、活力四射的人。我估算她的年纪应该有50岁出头了，可没想到她仍是那样激情澎湃。

谈起林木来，徐秀芳如数家珍。她告诉我，现在全旗已经累计完成人工造林160万亩，封山（沙）育林44.1万亩，森林资源总面积达到了600余万亩。

她告诉我，"十一五"期间，乌审旗的森林面积每年以40万亩的速度增加。其中沙柳、杨柴、柠条等有较高经济价值的乡土灌木树种唱了主角，高达80%。截至2010年8月，全旗600万亩森林资源中，灌木林近500余万亩，比例高达80%以上，居鄂尔多斯市之首。森林覆盖率和植被覆盖度分别达到了35%和79%，分别比2000年间提高了13%和30%。

我感慨地说："10年发展，乌审旗的植树固沙真是硕果累累啊！"

徐秀芳说成绩虽然大，但也有个潜在的危险：乌审旗的森林和植被覆盖率早已经达标了，而且是超标了。现在应该有意地保留一些沙地，好让沙漠能够自由地呼吸。

我记得去年旗委领导也跟我谈到过这个问题，那是我第一次知道治沙、固沙、植树造林还有这样的忧虑和担心。原来，我以为树草越多越好，植树种草只是个粗活苦活儿，没想到这里还有这么多的学问。第一个提出这个问题的人是不是徐秀芳，我就不知道了。乌审旗林业局副局长、林业高级工程师贺喜才也向我表达过类似的观点。

徐秀芳告诉我，林分改造、草分改造都已经是迫在眉睫的事情，不要等到出了问题再抓，那损失就大了。她还告诉我，甘肃省某个沙区现在已经出现了林木大面积死亡的情况。

我有些吃惊地问："为什么？"

徐秀芳说："杨树种多了。杨树这样的阔叶林木，蒸腾作用强，对地下水的需求非常多，水补不上就会枯萎死亡。我们过去光是强调固沙，因此种植了很多固沙能力强的杨树。现在看来，杨树并不适合降水量少的毛乌素沙漠。"

我说："现在乌审旗不是已经开始大量种植油松、樟子松这样的针叶林木了吗？"

徐秀芳说："这我当然清楚，旗里规划了50万亩樟子松育苗基地，在嘎鲁图东北环城的地方就安排了10万亩。两年以后，我们的苗木足够乌审旗的林分改造的。我是说林分、草分不抓紧改造，同样也会出现生态灾难——地下水下降，树草停止生长，甚至会大面积死亡。我不是危言耸听，我是为这件事情着急，见谁给谁说！"

没树她着急，有树也着急，徐秀芳看来就是为乌审旗毛乌素沙漠操心的命。

正是半个世纪以来，乌审大地上出现了宝日勒岱、殷玉珍、乌云斯庆、浪腾花、徐秀芳这样的治沙女英雄，毛乌素沙漠才停止了疯狂的移动，开始为人民造福。这些伟大的女性，用自己的生命、汗水和泪水滋润了毛乌素沙漠，才使今天的毛乌素沙漠这般妖媚，这般苍翠，这般春光无限。

第五章

骏马似箭掠过草浪，高亢的嘶鸣留在路上

一、我哪儿也不去，朝岱就是我的北京

说这话的人叫巴图那顺，是个魁梧的蒙古汉子。他肩膀宽宽的，胸膛挺厚实，稍带点自来卷的短短的寸头，脸膛黑红，眼睛不大但挺有神，往人跟前一站，就像立着半截塔。他说他已年届六旬。我不信，觉得他最少虚高了10岁。我说你不要跟我套近乎，咋着你也没有我大。他要掏身份证给我看，我说我不看，我看你的身份证干什么呢？

那天我们都多喝了点酒，都带点醉意。

我称他老巴，接触多了就成为朋友。老巴是乌审旗苏力德苏木朝岱嘎查（村）的党支部书记，还是朝岱牧业联合体的总经理。朝岱嘎查位于无定河北岸，方圆将近210平方公里，是个典型的荒漠化牧区。户籍人口不足千人，每平方公里不到5个人。这里30年代就是革命老区，高岗等人就曾在这里组织过革命活动。

说起他的家乡朝岱，老巴乐得细眼睛眯成一条缝，动情地说：“我家祖祖辈辈在朝岱啊！我从小就在这片草滩滩上放马、放牛、放羊，累了就在草地上躺一躺。那时天真蓝啊！老天爷给咱蒙古人一块好地方啊！沙漠一开始好像在天边，遥远得很哩！可后来不知咋的，今天这起了一小片沙，明天那堆起个沙梁梁……慢慢地就连成了片。我是眼看着沙子长大的，可我也说不清这里甚时候变成了沙漠。”

我说：“肯定是开荒种地种的。蒙古人也种地？”

"咋不种？"老巴说，"上辈子就种了。种地利大啊，人吃的有了，牲畜吃的精饲料也有了。那时怕牲口糟蹋，还圈起'草库伦'种地。一开始是雇陕西人过河来种，好收成啊！后来老先人们也跟着学种地。地会种了，可越来越没有地可种了。地里起沙子了，甚也长不成了……朝岱留不住人了。年轻人走了，撂下地、撂下牲口就走了，就剩下我们这样的人收揽这烂摊子。"

老巴叹了口气，接着说："人们这是咋了？为甚非要离开家呢？朝岱有点沙子就把你吓跑了？也有人对我说，老巴呀，别守着这沙窝子放牛了，还是在城里买套房子养老吧！我说，我哪儿也不去，朝岱就是我的北京！"

我被这个蒙古汉子的话震惊了。

老巴问："咋？老汉我说得没错吧？"

"我看你就像头壮公牛，还老汉呢！来，为你的北京，咱们干一杯！"

我们又碰了一杯酒，老巴嘿嘿地笑开了。

"牛好啊！"老巴说，"养牛救活了咱朝岱，引来个'大力神'，盘活了一村人。我和大家都围着牛转，什么都是围着它转，为它种地，为它割草，为它开会，为它喝酒……"

老巴说的"大力神"是鄂尔多斯一个以肉牛养殖及良种繁育为主营项目的现代化养殖企业。2006年，旗委、旗政府在规划无定河农牧业产业格局时，提出打造无定河流域肉牛养殖基地的现代牧业布局规划。

精明的老巴抓住这个机会，在2007年把"大力神"公司引进朝岱。老巴指着一块偌大的沙梁对"大力神"的老总说："我可给你选下了块好地方，就是这块沙梁地，你看多开阔。只要把沙推平了，想建甚建甚。这地多好，沙子底下就是水源，水质比城里卖的矿泉水还好。"

我对老巴说："你也学会忽悠了，让人家建厂，顺便把沙也给你治了。"

老巴说："治沙也得因地制宜呀。总像过去那样哪行？你说厂房不建在大沙漠上，还能建在我的草场和巴拉地上呀？人家企业资金足，推平这么几百亩沙漠，能用多大劲呢？顺带着就办了。既建了厂，又治了沙，这是两好搁一好哩！就这样还有人说我把朝岱的好草场卖给'大力神'哩！"

老巴说起来也有委屈。

老巴带我去看"大力神"建在朝岱嘎查的肉牛繁殖中心和良种培育基地。基地的负责人是位戴着眼镜的青年人，一副文质彬彬的样子。他非常高兴地陪着我们参观。

这个基地建设得非常现代化，全部是清一色的美式塑钢板房建筑。我问他："这个基地占地多大？"

青年人说："240亩。"

老巴说："过去这块沙梁梁也长着点草，30亩地都养不住1只羊。240亩才够养七八只羊。现在养着多少牛？光优质基础母牛就有600多头，还有胚胎移植肉牛50多头。我说得对不？"

见老巴这样问他，负责人笑着点了点头："我们在这个项目上已经投资2670万元，完成了良种肉牛养殖基地、良种繁育中心和标准化的肉牛养殖小区，还有一个太阳能烘干饲草项目，此外，完成了水、电、暖、道路及办公区的配套设施。"

他指着眼前蓝顶白墙的板房对我们说："这就是我们的标准化肉牛养殖小区。"

他带我们来到肉牛养殖小区的大板房内。穿上白大褂，我们才走进肉牛养殖区。这些肉牛的头都很大，身架子也大。老巴告诉我这是架子牛，送到这里育肥的。牛们低头吃着草料，长舌头一伸一探的，看都不看我们一眼。

我看了一阵，也看不出一点名堂。我忽然想起了一件事情，问老巴：

"你刚才说胚胎移殖肉牛，什么是胚胎肉牛？"

老巴拍拍眼前的一头牛的大脑袋，说："你问它去！"

他狡黠地笑了。凡是接触过老巴的人都说："这可是个精巴人。"

老巴与"大力神"公司共同创造了"公司+专业合作社+牧户"这样一种生产经营模式。运作一年多来，已经实现了企业获利、农牧民增收的目标。老巴说公司没有进来之前，朝岱嘎查人的年平均收入在七八千元，现在已经达到人均1.5万元以上。现在这个基地年育肥出栏优质肉牛1000头。

那个青年人向我介绍说："现在我们公司正在与朝岱的牧业合作社合作，引导入社的农牧户集中打造标准化、规模化、产业化、现代化的良种肉牛养殖与繁育基地。争取在'十二五'期间，把基地建设成为自治区西部最大的集育肥牛出栏、种牛生产、胚胎移植、冷配改良、科技培训为一体的现代化优质肉牛繁育基地，每年生产优质种牛300头以上，育肥出栏肉牛达到1万头以上。"

老巴对我悄悄地说："你听听，就这个肉牛基地，到'十二五'末，出栏要增长10倍。我们的牧户能增加多少收入？也是10倍？"

我说："人家企业的投入不收回来？企业不计算自己的利润？"

老巴说："就是都给他刨出去，我的牧户得增长三两倍吧！"

我说："你这个精老巴呀！"

老巴在实施"公司+合作社+牧户"的运作方式时，跟牧民们费了不少口舌。老巴说："这年头做甚样的好事情，你都得做工作。这就是领导们常强调的要把好事办好。沙漠、草场可以荒着，但真要是请来什么人开发，牧人们就警惕起来了。我就得一户一户地磨嘴皮子做思想动员工作。"

因为联户开发必须遵循依法、自愿、有偿的原则。

老巴对牧户们说："财神爷我是给你们请来了，咱们要是不敬着呢，吃亏的不是人家。别说乌审旗，就是咱苏木地方也多的是哩！"

牧户们问："那他们为什么不去别的嘎查开发呀？"

老巴说："咱朝岱嘎查有我老巴呀！我可是在这地方活了快一轮了！我甚人性你们也知道，你们这次要是撕了我的皮脸，我就……"

牧户们说："好了，巴书记，你的皮脸就是朝岱的皮脸！"

老巴终于说通了12户牧民，租赁了当地12户农牧户的土地和草牧场，共有土地5400亩，草牧场5万亩，并建成移民小区1处。根据自愿的原则，牧户们有转移到城镇从事其他行业的，也有整体搬迁至朝岱嘎查移民小区的。

我问老巴："工作就这样好做？"

老巴说他有位老同学，家早搬到市府住去了，留下的草场就一直摆着荒，这次也在老巴的示范基地范围内。老同学一开始不愿意联合。老巴给老同学说了示范基地的用途和前景，老同学还是不明白："你租那么多地干甚呀？少我这几千亩沙巴拉地你就养不成牛了？"

老巴解释说："缺你这地连不成片呀！得上机械化呀！"

老同学说："养牛用甚机械化？"

老巴一时也说不清养牛到底咋机械化。他就是说明白了，老同学也未必听得明白。老巴只得说："说透彻了吧，这就是我老巴要给嘎查办的一件事情。你放心，租赁费不会少了你的一分钱。"

这样好说歹说，才算做通了老同学的工作。

我问："你那老同学的租赁金按时给人家付了吗？"

老巴说："10万元钱，一分不少给他。农牧民哪户也没有少。乡亲们给我皮脸，我还能让乡亲们吃亏？"

2008年，老巴他们整合了5万亩土地，新打19眼机电井，利用原有机电井6眼，延伸高压输电线路2公里，铺设地缆线15公里多，建成机耕干路近

10公里，修建防护林180亩。在示范基地内配置圆形喷灌机9台套，卷盘式喷灌机3台套，全部实现了机械化作业。2009年，示范基地完成种植面积5400亩，其中紫花苜蓿、沙打旺优质牧草3000亩，青贮玉米1000亩，浚单20号优质高产玉米600亩，糜子800亩。当年优质肉牛累计存栏达到1400头。老巴他们在改造后的沙漠上获得了巨大收益。

老巴也注意朝岱地区的原生态保护，防止过度开发。这里已被自治区有关部门命名为"鄂尔多斯原生态文化朝岱保护区"。苏力德苏木的党委书记布特格乐其告诉我，朝岱示范区是他们精心打造的文化示范区和保护区。这个苏木是乌审旗唯一保留的苏木建制。其他的苏木都改成镇和工业园区了。虽然苏力德草原地底下藏有煤、天然气、石油，还有陶土等，但旗里决定，还是要在这里保留一个"三乡"文化的传承地，因为这里的蒙古族传统文化最为集中，最为典范。

旗农业局局长王永清告诉我，旗委、旗政府高度重视这个示范基地的建设，这两年，光各项国家政策性的补贴就投入4000多万元。朝岱嘎查现代化的牧场建设和移民区建设，现被旗里称为"朝岱模式"，要有计划地向全旗农村牧区推广。

老巴对我说："要想发展，要想富裕，不引进企业不行。我算看清楚了，传统的农牧业生产方式既治不了沙，更致不了富。"

2011年春天，老巴又遇到了一个绝好的发展机遇——鄂尔多斯东方控股集团开始与朝岱嘎查实施项目合作。我曾多次和东方控股的董事长丁新民来朝岱嘎查进行考察，在这过程中结识了老巴，并渐渐稔知起来。东方控股集团是一个资产上百亿的大型股份制企业，其业务涉及公路建设、公路经营、房地产开发、文化旅游、铁路建设、煤炭生产等领域。董事长丁新民曾经率领数万民工脱贫致富，他与农民工兄弟的故事让无数人感动。

现在丁新民决定开发朝岱嘎查的10万亩荒漠，在这里建设现代化的牧场、农场、林场、渔场、葡萄酒庄以及现代化的朝岱牧民生态小区。丁新民曾对我说："挣那么多钱干什么？我就是要干一些自己想干的、有意义的事情。'工业反哺农业'对我来说不光是一句话，是要拿出真金白银来投入的。既然我们决定做朝岱这个项目，就一定要在'十二五'期间，把朝岱嘎查真正建设成为一个社会主义新牧区。"

丁新民是全国诚实守信道德模范，是一个有着大情怀的人。

丁新民对老巴说："咱们都是蒙古人，我给你撂个实话，我不是来你这沙窝子里淘金来了，而是想联合你做成一件事情。你有土地，我有资金，我们共同把朝岱建设好。到时，让这里的牧民说，这俩蒙古人还办了件事情！"

老巴嘿嘿地笑了起来。

老巴对丁新民说："丁总，开发区里有几户牧民还没搬出来，因为政府答应的拆迁经费现在还没有到位。我老巴光靠这张脸面和一张嘴，怕是做不动工作了。"

丁新民说："我先给你付100万，只有人迁出去了，才能摆划得开。我知道你在资金上遇到了一些困难……"

老巴听完丁新民的话，半天没说话。我注意到他的眼睛有些红。

丁新民对老巴说："你们赶紧把朝岱新村的规划做出来。有了规划我们就可以开展前期工作了。"

老巴说："朝岱新村的规划图，苏木领导已经请北京的一家设计院在搞。"

朝岱新村的规划图设计出来后，牧人旗长主持召开朝岱新村的规划论证会，丁新民、老巴、王局长、布书记以及东方控股集团朝岱项目的负责人一同参加。那天，我也参加了会议。听完设计人员的讲述，便开始观看新村规划图。规划中的朝岱新村功能齐全，已经是一个非常现代化的社区。在新村规划中，牧民新村的幢幢小别墅错落有致，几个标志性的建筑还有比较浓郁的蒙古元素。大家看得还比较满意。

只有老巴没有说话。

丁新民说："这是给你盖新房哩，你咋不说话？"

老巴低声说："咋看都好。"

人们笑了起来。

丁新民说："我提点建议，我觉得给牧民设计的院子太小了，才1亩大小的院子。我看要在3到5亩之间才算合适，要给牧民留出发展的空间。这里以后应该是旗里萨拉乌苏文化长廊的一个重要节点，咱不说它的历史风情，就是朝岱新村也会成为一个生态旅游观光景点。到时牧民可搞文化户，可搞餐饮，也可发展庭院经济。"

老巴默默地看着丁新民，好久没有说一句话。

丁新民说："今天各级领导都在场，我想说这么个意思，我们集团上朝岱项目就是要建造一个社会主义新型牧区，就像我们要把企业打造成社会主义新型企业一样。对这个项目，我们三五年内是不考虑挣钱的。我们每年都要朝这个项目投资3到5个亿，就是用来治荒漠，打基础，搞基本建设，三五年以后再谈回报。我们要想想当年在沙漠上植树的人，他们的回报期是多长？我们也要在建设'绿色乌审'中建设一个'绿色东方'！"

牧人高兴地说："丁总才是大气魄，大手笔！我们就是要引进这样负责任的大企业进入到我们的生态领域，政企结合，建设'绿色乌审'！"他又指示布书记和王局长："你们要抓紧项目落实，赶紧把规划报上来。"

那天吃饭时，老巴喝了几杯酒，又对我说："我哪儿也不去。我就是要把朝岱建设好。朝岱就是我的北京！肖老师，明年你再来，看看咱朝岱会变成甚样。"

我告别了老巴，驱车去苏力德苏木采访。途中，看到路边不远的草地上有一幢房子。我对司机说："咱们去那幢房子里看一看。"司机将车慢慢停在了院前。院前还停着一辆皮卡车，车厢上竖着一个圆架子，圆架子上缠绕着粗粗的电缆。有个壮汉不知在车上忙活着什么。

门半开着，我推门进到了屋子内，看到有几个打工模样的人正在吃饭。见我们进来，有人盛了一大碗饭便走了出去。

女主人热情地请我们坐下。

我问女主人："他们都是给你家打工的？"

女主人说："我哪雇得起？他们都是给项目区打工的。我这里离作业区近一些，老巴让我给他们做饭。我现在也是给老巴打工的。"

正说着，在外面车上忙活的壮汉走了进来，问我们有什么事。女主人说："这是我家老汉，有甚你们问他吧。"

男主人说："问甚？"

我递给他一支烟，并帮他点着，说："就是随便聊聊，看看你们过的光景。兄弟贵姓？"

男主人吸了一口烟说："有甚看的？还不就是这样。"

他告诉我，他姓郝，叫郝根生。老家是陕西韩城的，上两辈子来到了朝岱。他从小就住在这，从来没有离开过。我问他有多少亩草场？郝根生说："我家不多，有600多亩，还有几十亩水浇地。过去放了30多只羊，还有几头牛。光景就这样。"

我问他："那时收入怎么样？"

郝根生说："一年就三四万吧，糊弄个吃喝没有问题。地包开后，多年就这么个水平，上下差不到哪儿去。"

我又问："你入项目区了吧？"

郝根生说："2008年和老巴先签了10年合同，现在生活来源主要靠出租土地的收益。我现在是给项目区照看喷管，春秋两季在项目区种树，平时浇浇树，再做个零活甚的。现在庄户地里都机械化了，活轻了，自由多了。"

我问："现在收入怎么样？"

郝根生说："去年10万多点，今年闹好能上十二三万吧。家就我们老两口，够花够用了。孩子们单过了。二小子在旗里跑车，是食品车，收入也行。"

我问女主人："你给老巴打工，发工资及时不及时？"

女主人笑着说："这人从不欠账。在朝岱能闹这么大个摊场的也就是老巴了。"

临走，郝根生对我说："我跟你打听件事情，听说东方路桥要开发朝岱了。前几日高级小车来了十几辆，围着朝岱看来看去，听说是要给我们盖新村了？"

我说："是这样的。"

郝根生面带喜悦地说："老巴又给咱朝岱找对人了。东方路桥的丁总，那可是个成大事的人！"

二、治沙大户们的华丽转身

我告别了郝根生一家，看着在眼前掠过的朝岱的草原、沙丘，想象着未来这些土地的样子。随着一个个社会主义新牧区落地，乌审大地会变成什么样子？在寻访毛乌素的日子里，我在绿色的乌审大地行走，与形形色色的人们谈论着这个问题，搜寻着各式各样的答案。首先我想到了沙漠的主人们，尤其是那些种植、养殖大户，他们拥有着大量的土地，他们对未来的规划和设想是什么样子的呢？

2011年春天，我到全国绿化模范盛万忠家采访。他家也在河南乡尔林川村，与殷玉珍同村。无定河南岸的毛乌素沙漠里，一溜排开3个响当当的全国绿化劳动模范：陕北的牛玉琴，乌审旗的殷玉珍和盛万忠。这里面就他一个爷们。

盛万忠在20世纪80年代还是个给生产队赶马车的汉子。当时的尔林川是"沙子摊平房，毛驴上了房"，被淹没在滚滚黄沙中。村长号召大家治理沙地，"谁治理，这沙漠就给谁"。可就是这样吼喊，也没有人敢承包荒沙。赶马车的盛万忠多少有些胆识，在众人的不理解和家人的反对中承包了荒沙滩。这一干就是20多年，他把一辈子的心血和积蓄都抛洒在茫茫沙漠里，终于换来了满眼绿色。现在，盛万忠承包的2万余亩荒沙地生长着50多万株杨树和数也数不清的沙柳、杨柴、花棒、柠条等灌木。他利用这些树枝树叶饲养着200多只羊、10多头牛，外加四五口猪，还种着20多亩水地，已经成为全国闻名的绿色人物。我看过一个资料，说盛万忠的林地除了生态效益外，还可使被保护的农田每年每亩增产粮食75~100千克。

说起盛万忠，当地的老百姓都说："这人豁出了自己一辈子的心血，行了大好事、善事！"

4月的农村正忙着春耕。我到他家的时候，他不在家，家中也没有人，我们只得在院里等他。镇上的干部给他打电话，把他从地头召回来。镇人大主席老郝指着平展展的农田对我说："过去，这里全是大沙梁，现在都成良田了，想种甚都行，育樟子松苗的，种玉米的，种紫花苜蓿的……"

正说着，一位黑瘦的老人远远地走了过来，他就是盛万忠。我握着他那青筋暴露满是硬茧的大手，望着他那苍苍鹤发和一脸褶皱，难掩心中的感动："老盛，你辛苦了。"

盛万忠微笑着说："上午就接到郝主席的电话，等不住你们，先去地头里看看。"

他把我们让进家。这是一个非常老旧、朴素，有些简陋的农家，发黄的墙上挂着许多奖状，展示着盛万忠获得的荣誉。

我讲了自己的来意，盛万忠考虑了一下说："现在的日子还过得去，地里每年都能收入四五万元钱。大儿子还在种着庄户地，二儿子、三儿子都在城里打工。年轻人不爱种地了，受不了种地的苦。"

盛万忠抱怨现在的年轻人都跑了出去，村里50多岁的都算壮劳力了，家家户户都差不多。用不了两年，这地都得撂了荒。这样小家小户地种地，种不好地，也致不了富。

我问："你看该怎么办呢？"

盛万忠说："得换脑筋，变机制，认真应对这个现实。"

他告诉我，他这样的治沙大户都在想这个问题：为什么我们能治沙却致不了富？最近上级给他们搭线，让他们村子与华普公司联营，实行公司化运作，现在已经谈妥10万亩土地的承包经营，要大力发展现代农业。现在已经上了大型喷灌机。这东西先进，转着圈喷水，不留一点死角，还省电、省水、省劳力，可比家家户户上电打井实惠。

我问华普公司是干什么的，盛万忠说专搞脱毒马铃薯栽种。老郝说："听说是专供麦当劳、肯德基的。"

盛万忠说："我们现在是定单生产，全部是公司包销。"

不一会，盛万忠接了个电话，好像田里有什么事情，需要他过去处理，我便与他告辞。出了门，我发现道路的对面正在盖一幢漂亮的房子。老郝告诉我，这是盛万忠的新家，今年秋天就能搬进去了。我向盛万忠表示了祝贺。

盛万忠感激地说："谢谢，谢谢！这房子是镇上和旗里给我盖的。看到这房子，我都不知咋感谢上级了。"

老郝说："领导说了，不能光让劳模受苦，党委和政府得关心劳模，改善他们的生活和工作条件。"

在建设"绿色乌审"的实践中，旗委和旗政府注意鼓励和支持治沙大户良性发展，对成就突出的治沙大户给予项目倾斜和资金援助。

现在全旗承包5000亩以上的治沙造林大户就有240多户，承担着造林固沙150万亩的任务。为了保证造林大户的良性发展，乌审旗政府规定，凡承包5000亩以上荒沙地者，政府在围封设施、苗条、籽种等方面给予适当补助。3年内完成治理任务并经有关部门验收合格，政府一次性以奖代投1~5万元。我在采访中发现一些造林大户已经根据市场需求和发展需要转为公司化模式，搞起种、养、加结合的一条龙经营。"为养而种，为售而养"的产业化、市场化理念开始深入人心。

说起朝岱的老巴来，苏力德苏木沙利嘎查的党支部书记额尔德尼对我说："他说我这些年净带'儿子'了。他现在带了多少'儿子'？"

我听得出，这是他们嘎查长之间的玩笑话。他们说的"儿子"是指嘎查内经营不善和日子过得不行的农牧民，得由他们这些嘎查的领导帮助和扶持。他和老巴都当了20余年的嘎查长和支书，从某种意义上来说，他们是嘎查农牧民的主心骨和"大家长"。

今年45岁的额尔德尼被当地牧民誉为"额吉达尔古"，意即母亲般的领导。本来额尔德尼一家承包着2100亩草场和260亩水浇地，还有紫花苜蓿70

亩。紫花苜蓿是优质牧草，按旗农牧业局局长王永清的话说，它比玉米的营养价值还高，经济价值也大，是他10多年来在全旗范围内着力推广的优秀草种。有了草场、水地、牛羊、紫花苜蓿，额尔德尼一家的日子过得非常滋润。2007年，他家的人均收入已经达到7.5万元，全家的收入在30万元以上。后来又听从农科院专家的建议，搞了一些经济林。

在额尔德尼的家里，你能感受到他生活的富裕。光他家的大客厅就有110余平方米。客厅内有一铺铺着地毯的大炕，好长，被人戏称为"亚洲第一炕"。节日和农闲的时候，乡亲们就会来到他的家里聚会，坐在炕头上吹拉弹唱，喝酒畅谈，还在炕前的大客厅里办舞会，载歌载舞，热闹个通宵达旦。

谈到他进行的公司化经营，额尔德尼说："人家老巴是主动出击，和企业联营，走现代农牧业路子，而我是被动联营的。原先常帮扶一些日子过得不行的户子，可他们由于多种原因实在经营不了自己的草场，我只得把他们的生活管起来。我就想了一个长远的办法，把他们的草场租赁下来，这一下子租赁了6户的1.1万多亩草场。每亩按10元付租赁费，每年这一块就得付出10余万元。这样，我就不得不搞规模经营，搞现代化的牧业生产了。"

嘎查长助理、大学生村官德格荣为我介绍了额尔德尼的经营情况。这位内蒙古师范大学日语专业毕业的青年学子已经在陶利嘎查工作近两年了。我从他那儿了解到，为了走上规模养殖的路子，额尔德尼先后建起了标准化棚圈100平方米、饲草料贮室和加工房300平方米、青贮窖400立方米，配套了农机及饲草料加工机具。他还开展了以水为中心，以饲料地、人工种草基础设施为重点的基础设施建设，安装了30千伏变压器2台，架设低压线路2000米，建造各类大棚近600平方米，购进喷灌节水设备240米，还建了120平方米的风干肉房。光基础设施这一块，他就投入了300多万元。额尔德尼还走出国门，到欧洲一些国家考察现代牧业，开阔了眼界。他回来后成立了自己的公司，并注册了"文公希礼"肉类品牌。现在"文公希礼"肉类品牌以其独有的绿色影响力，在乌审旗和周边地区销路甚好。

额尔德尼讲："我就是要让人们吃上毛乌素沙漠的放心食品。我听专家讲，沙漠是世界上最干净的东西！"

额尔德尼还给我讲了一个故事。2010年，苏木领导给他介绍了一个自己开着汽车在西北大地推广红提种植的科技人员，这人姓张，额尔德尼称他为张工。张工是新疆农科院的，在吐鲁番种了一辈子葡萄。这次是推广红提种植。他说他走了那么多地方，只有苏力德苏木的沙地最适宜种红提。额尔德尼和张工就这样认识了。两人一见面，谈了个把小时就把事情定下来了：先试种1000亩，实行股份制经营，张工出技术、出苗条、包销路，额尔德尼出水电配套的土地、出人力，然后利润共享，风险共担。这事2010年秋天谈妥的，2011年春上张工就带着苗子过来了，现在正在地里带着人栽种红提苗子。

额尔德尼说："听说这红提是美国红提和新疆葡萄嫁接的，是张工的专利。市场前景非常看好，1亩产值就能上2万，刨去各类成本，每亩还能赚1万元。这个项目前景非常可观。"

像额尔德尼这样的养殖大户都在"绿色乌审"建设中规划着自己美好的未来。他们热爱这块土地，对这块魅力四射的土地倾注了无限热情。他们在乌审旗快速的现代化、城市化的进程中，也在重新对自己进行定位。

巴音温都尔有个人叫牧人，是个精明能干的牧民。他原是嘎鲁图镇巴音温都尔嘎查的嘎查长，多年来一直忙碌着嘎查的治沙事情，根本照顾不了家。他的妻子实在忍受不了，丢下了他和女儿，远走他乡另寻幸福了。这也怨不得这个女人，牧人家的负担确实很重，一般的女人根本承担不起。原来，牧人家的炕头上坐卧着上三辈需要照顾的老人，最老的年已九旬，小的也是60岁出头了。生人猛一进到牧人家，还以为是来到了敬老院。女人走了，家里乱了套，不懂事的女儿要照顾，5位老人更要照顾，这可愁煞了不谙家务的牧人。牧人无奈，只得辞了嘎查长。牧民们都很惋惜。后来牧人爱上了酒，整天泡在酒坛子里，成了一个醒后痛苦的酒鬼。牧民更惋惜他了。后来家破败了，牧人每天摇晃在沙漠上。牧人们痛惜地说："这个家算塌了！"

后来乌兰其其格来到牧人的面前。她是一个温柔贤慧的好姑娘。她钦羡牧人的聪明能干，也心疼那5个加起来已经400岁的老人，更爱怜牧人不懂事的小女儿。她对牧人说："你只要把酒戒掉，我就嫁给你！"

牧人知道乌兰其其格是个好姑娘，心头一热，点了点头。

乌兰其其格说："以后家里交给我，外面交给你。"

牧人又点了点头。

乌兰其其格不顾家人和亲友的反对，走进牧人的家里，开始照顾这5位与她没有任何血缘关系的老人。那是一个感天动地的故事。17年后，乌兰其其格成了全国的道德模范。

而牧人成了根子扎在牧区，眼睛盯着城市发展的一位新牧民。

2011年春天，我来到牧人的家里。镇上的领导告诉他，我是来采访植树固沙的，想了解一下他家近几年的植树固沙情况。

牧人第一句话便把我说呆住了："现在哪儿还找得出栽林子的空地。"

镇上的领导也说："现在找栽树林子的空地是有些难。你给肖老师说说过去的情况也行。"

牧人说："过去这里全是明沙梁，风沙抽打得人出不了门。后来在沙梁梁上栽上了树，种上了草。有了树有了草，我就养起了架子羊，然后放进棚里喂栈羊。栈羊喂肥了，我就往城里卖。赚了钱我就办了个水泥预制件厂，给城里工地供预制件，水泥线杆子也铸过。这样挣钱比育栈羊来得快。一晃就这么小20年过去了。生态好了，也挣上钱了，就想往城里发展。可咱是牧民，是蒙古人，家里有草场，还得喂牛羊。我现在是养畜大户。我又办了个'文化"独贵龙"'户，其其格也办了个'科技户'，牧民们来这儿学文化、学科技。生态嘛，就是春上出门脸上不让沙粒子抽打了。"

他说着笑开了，还问我："这样说行不？对，我还办了个'牧家乐'，让城里人来我这儿度周末。夏天来我这儿旅游的人多了去了。夏天的巴音温都尔草原又美又凉爽，我见好些城里人趴在草地上打滚。"

我又向其其格询问家里的情况。这么半天，她一直在默默地听着我们谈话。

乌兰其其格说："给老人们送了终，孩子们也长大了。大女儿现在内蒙古农业大学读书，儿子上了高中。"

牧人说："我儿子还是马头琴手，拉得一手好琴。"

牧人脸上洋溢出自豪："我现在是城里、家里两头跑。"

我问："你自己开车？"

牧人说："我自己有辆丰田塞尔维，来回挺方便的。"

我问："你在城里办什么业务？"

牧人说："给'牧家乐'进些东西，顺便看几间门脸房，要在城里投点资。"

我问："你在城里买商品房了吗？"

牧人说："给孩子们买了。现在的年轻人得在城市发展。担心他们往后在城里挣钱不容易，我就给他们多买了几套。以后他们把房子租出去，也是收入。"

我问："几套？"

牧人说："7套。还有1套别墅，以后我和其其格进城也有个宽敞的地方住。"

我问其其格："你想进城里住别墅吗？"

其其格说："等有了孙子、外孙，我得替孩子们带呀。城里住的地方大一些，小娃娃们也有个跑动的地方。单元楼里太憋窄，娃娃们跑不开。"

他们说的城里，是指乌审旗的旗府嘎鲁图镇。实际上他们就是嘎鲁图镇的居民，只是嘎鲁图镇太大了，方圆有2300多平方公里。

离开了牧人和乌云其其格一家，我在想，这里还有什么城乡差别？你还能分清他们到底是城里人还是农村人吗？

在毛乌素沙漠里，我还结识了一个80后小伙子，他叫王鹏，现在是一家野生动物中心的总经理。他告诉我，他的家在乌兰陶勒盖镇的呼吉尔特村。他的野生动物中心就办在他的家里。他家有土地3000多亩，就是过去承包的荒漠。

王鹏开着他的黑色奥迪在前面引路，我们的车跟在后面，一路上几乎是在树林里穿行。一棵棵挺拔的白杨树从我的眼前晃过，一株株柳树婀娜多姿，绿色的枝条婆娑，让人产生幻觉，就像眼前有无数少女在蹁跹起舞，让人如痴如醉。起伏绵延的沙丘上全铺着绿油油的牧草，绚丽多彩的野花闪隐在草丛里，让人赏心悦目，不胜感慨。偶有黄沙跳跃在厚厚的绿色之中，让人眼前一亮。

我们的车停在一个浓荫遮蔽的大院落门前。王鹏对我讲："这就是我的野生动物中心办公的地方。"

我夸奖他说："你这后生搞了个世外桃源，挺有眼光的。"

王鹏说："瞎摸索吧。办公室里面挺热的，咱们就在树阴底下边说边吃点西瓜吧。"

早有工作人员在树阴下摆好了小桌椅。西瓜入口甘冽滋润。王鹏告诉我，这是自家种的，绝对的有机产品。王鹏还让我知道了有机产品认证要高于绿色产品，是无公害食品中最接近天然的一种产品。我说我听旗里的领导讲过，乌审旗的产品已经得到了国家农业部的认证，全部定为有机产品。

我问王鹏："你是学农牧的吧？"

王鹏摇头说："我是学电子计算机的，是陕西师范大学数学系毕业的。刚毕业那两年，在大城市里打工，后来回到了家乡。家乡现在变得这么好，发展空间非常大。"

我开玩笑说："你该研究哥德巴赫猜想，咋搞开了野生动物？"

王鹏说："我就是看上了人们追求的健康食品这个市场。"

原来他这个野生动物中心就是繁育野生动物，为市场提供健康食品的。

王鹏看出了我的隐忧，他说："我这个中心是经过自治区林业野生动物管理部门认证的，养殖、销售都是国家许可的，否则岂不是非法经营？"

我笑笑说："我知道。"

他带我参观他的鹿场。鹿场很大，有百十只梅花鹿在里面嬉戏。看见我们过来，鹿都机警地竖起耳朵。王鹏对我说："鹿身上都是宝，市场需求量非常大，我这里是供不应求，产品都能销到山东、河南去。去年光这一块就挣了40多万。"

我问："建这个中心投了多少钱？"

他说："我投得不多，总共投了500多万。我这地是自家的，租赁场地这块就省了不少钱。现在这3000多亩地被划成了退耕还林区，还能得到国家补贴。过去这地方太穷了，全是荒沙子大沙梁，家门被沙子封住是常有的事情。一到春上，那沙刮得昏天黑地，大白天屋里都得点灯。我家老辈人是从陕西神木'走西口'过来的，到现在100多年了。祖祖辈辈都是农民，到我们这一辈上才改变了。我还有一个弟弟、一个妹妹，妹妹在河北秦皇岛读大学，弟弟大学毕业后考到了旗公安局。"

王鹏感慨地说："现在多好！小时候，我们兄妹念书时真穷啊，我爸妈围着村子跑了一圈，连5块钱都借不到……我母亲围着灶台抹泪，我父亲圪蹴在门槛外……"

王鹏不说了。

我上去轻轻拍了拍他的肩膀，他笑了笑。

王鹏说："这个中心还搞了一些种植业。现在沙柳条外卖给生物质热电厂是210元钱一吨。每年这里出柳条要在千吨左右。还种了70亩紫花苜蓿和一些自用的农副产品。这里基本上保持了原生态，这样对我的野生动物繁育也有益处。搞起了这个中心，也带动了附近农民的就业，我用的工人就是附近的乡亲。农忙时，我得亲自上手开农牧业机械。我这儿汽车、拖拉机、平茬机、粉碎机什么都有。搞野生动物养殖繁育，畜种最重要。"

我跟王鹏进了他的养猪场。临进之前，换上了刚消过毒的白大褂。猪舍很大，一个槅子连着一个槅子，槅子内跑着细长的身上带着棕色条纹的小野猪。这些家伙活泼好动，不停地吱哇乱叫。在顶端一间栏舍内圈着一只野公猪。这家伙个头足有大半个人高，身上的毛粗粗的，根根可数，脑袋长得狰狞，尖尖的长嘴里翻着两颗大獠牙。一条粗粗的铁链子锁着这个家伙。它那红红的小眼睛瞪着我们，好像闪着两束愤怒的小火苗子，让人望而却步。

王鹏说："这东西野性太大，刚来时咬伤过一个工人，只得给它上了硬王法。一开始还不服管束，咯嘣嘣地咬铁链子。"

我问："野猪肉销路好吗？"

王鹏说："我这栏里现在就剩种猪和仔猪了，其余的都出栏了。这是个特殊的尖端市场，从我这儿出栏的成品猪，毛重都得80元钱一斤。"

　　王鹏说的这个"尖端市场"应该是有高消费能力的人群。乌审旗的养殖市场主要还是为百姓大众提供健康的有机食品。经过多年的培育，乌审旗已经打造出了皇香牌猪肉，光乌兰陶勒盖一个镇就有数十家"皇香猪"养殖大户，存栏在40万头左右。这里已经成为国家重要的生猪基地。无数农牧民通过养殖"皇香猪"走上了致富道路。这个变化主要是从实行禁牧政策以后，镇党委和镇政府引导农牧民走产业化养猪的道路开始的。这样，农牧民致富了，生态也恢复了，实现了生态效益和经济效益的双赢。

　　我总觉得禁牧、轮牧和休牧政策的实施打破了农牧民单一的、传统的牧业生产方式，逼迫着农牧民不断开拓更广阔的发展空间。禁牧以后，乌兰陶勒盖牧民毕力格尝试着经营过许多产业，但最有成效的还是养殖"皇香猪"。他现在已经是拥有上万头猪的养猪大户。他的养殖场办公区内有接待客人的客厅。客厅内招待客人的方式完全是草原上牧民的待客方式。我走进他的客厅时，奶食品和手扒肉已经摆了一桌，还有一壶冒着热气的茶。

　　到了牧民家里，你用不着客气，该吃就吃，该喝就喝。我在鄂尔多斯生活了几十年，已经适应了草原上的生活方式。

　　毕力格说："领导哎，我这是咋了，放了一辈子羊的人，咋变成养猪的了？"

　　我问："养猪怎么了？"

　　他说："草原是放羊的地方，你是蒙古人，却养猪，让人家听了有些怪怪的。"

　　我说："我在毛乌素沙漠上还见过蒙古族的养鸡大户哩！"

　　他听后笑了起来。

　　肉吃到香处，茶喝到酣处，我和毕力格的交谈也融洽了许多。

　　他告诉我："我养的猪已经销到了鄂尔多斯市以外的地区，像包头、乌海的超市里都有我的'皇香猪'肉。我养的猪，肉吃起来口感好，就像人们常说的有肉味，是地道的农家猪肉的味道。"

我说："说说你的利润，我爱听这个。"

毕力格笑着说："利润还行，比我搞餐饮业时好一些。"

我问："好多少？"

毕力格说："我卖一口猪，纯利润在500元。你算算能挣多少钱？"

我说："我哪能算得出来？还是你说，你说的肯定比我算的准。"

毕力格说："去年我挣了150万。"

我说："看看，我一辈子也不见得能挣到150万。"

毕力格说："我是养猪的啊！"

毕力格好像还有些委屈。

就我接触过的毛乌素沙漠的蒙古族牧羊人来说，骨子里有着那么一种说不出来的贵气，那是从血液里渗透出来的。他们对羊儿的那种感情特别纯洁。正因为纯洁，越发让人感到这种情愫的高贵。蒙古人接待最尊贵的客人时要放羊背子、献"乌查"，还有专门的祝诵人。这样隆重的礼节，对羊儿的摆放也有很多的礼仪：在人们未享用美食之前，祝诵人先取羊头上的一块肉，跑到门外，扔到天上去，口中念着先人传下来的诵词。用餐前，西方人会感谢上帝；有学养的汉人则思"一粥一饭当思来之不易"，"谁知盘中餐，粒粒皆辛苦"；蒙古人则感谢羊。

让我们听听他们在献羊背子时是怎样赞颂羊儿的：

在莫尼山前，

吃河套水草，

饮黄河甘水。

少儿追不住，

老翁赶不上，

如珍似宝的白山羊！

禁牧舍饲、退耕还林、退牧还草……一系列的恢复生态措施，从根本上改变了千百年来传袭下来的耕作和畜牧方式。如果草原上人多、羊多的现象不从根本上得到改变，即使生态得到暂时恢复，也会重新遭到破坏。因为人们无法抑制对土地索取的贪欲。世界上包括毛乌素沙漠在内的人造沙漠就是传统的农牧业文明造成的。

据我所知，人类农牧业文明的发祥地，像尼罗河流域、底格拉斯河和幼发拉底河流域、印度河流域、黄河流域都是当今世界荒漠化现象最为严重的地方。

对此，乌审旗委和政府在贯彻落实"以人为本，建设绿色乌审"的发展思路中有着清醒的认识，下定决心对移民迁出区全面封禁，要形成无畜区、无人区，集中力量在禁牧区、迁出区采取"封、飞、造"立体化治理，走沙漠变沙地、沙地变绿洲的生态恢复之路。为了巩固乌审草原的生态建设成果，乌审旗委、旗政府对农牧区的未来有以下规划：

"现在乌审旗有5万农牧民，到'十二五'末，通过发展二、三产业，收缩转移，只留1万农牧民。到那时，乌审旗的农牧民每人将平均占有30亩水浇地、20亩树木和饲草地、30头牛、200只羊、22头猪。随着机械化程度、科学技术含量和人员素质的提高，乌审旗农牧民的收入将真正实现跨越式的发展。"

三、乌尼尔想吃风干肉

按照乌审旗委、旗政府的规划，乌审草原的农牧业人口将不足总人口的9％。那些已经被收缩转移至移民小区的农牧民，他们的日子过得怎么样呢？带着这个疑问，2011年春天，我又一次开始了乌审召之行。在采访的日子碰到了大沙尘天，也不知从哪儿飘来的沙子弥漫在天空。公路上的能见度很差。张志雄一面开着车，一面磨叨："这是哪来的沙尘呢？咱乌审旗的沙子起不来了呀！"

那些天，我遇到的好多人都在问同样的问题。现在乌审人已经见不得天上飘沙子了。在潜意识里，他们感到这是对他们千辛万苦建设起的"绿色乌审"的挑战。

我在巴音温都村治沙承包大户苏栓海那儿看他的植树固沙项目时，也遇到了这样的沙尘天。老苏是从20世纪70年代开始植树固沙造林的。他曾亲眼见到自己的邻居，一位70多岁的老太太，在一场沙尘暴后，家被沙子埋住了，老太太在屋子里哭喊才让他发现的。积沙把老太太家的门窗都快堵严实了，他用锹挖，用手扒，根本不顶事。狂风吹得他跟跟跄跄的。他没办法，只得跑到公社找书记报告。书记派来一台链轨推土机，才算把那位老太太救出来。

这件事刺疼了苏栓海。那时他30多岁，正是血气方刚的年纪。他下决心与沙漠搏一搏，第二天就扛着树苗子上了家门前的大沙漠，一干就是30年。

到今天，他已经植树种草固沙1万多亩，是旗里有名的造林大户。老苏拉我去看他在沙漠上种的树，60多岁的人了，腾腾地就上了高沙梁，我也吭哧吭哧地跟上去。站在高沙梁上，望着在狂风中摇动的棵棵大树，老苏问我："咋，沙子不打脸了吧？过去要活埋人哩！沙梁梁上有树有草，沙子起不来了吧？"

老苏一脸的自豪。

今天，我是专门去乌审召看那儿的生态移民的。

我对张志雄说："我可是践约去你那儿的。两年前，我就说要到你的生态移民小区看一看。"

张志雄说："我这不是专程接你来了。就是天气不对，不该有这么大的沙尘呀！"

我说："张书记，你瞎操啥心呀！这是覆盖整个中国西部的扬尘天气，从新疆、甘肃、宁夏、内蒙古西部一路飘过来的，连北京都是沙尘天气，咱乌审旗凭什么没有呢？从气象学来说，人家可是按经纬度计算的，咱这1万多平方公里就是那么一捏捏……"

张志雄笑着说："没错。"

张志雄把车拐到通往乌审召的岔路上。公路两侧起伏的沙漠上，树和草都已经发芽了，透着嫩嫩的绿。张志雄对我说："你注意到了没有，一进乌审召的地界，就只剩干风了。看眼前的路黑亮亮的。"

果然，眼前的沥青路面就像被水洗过一样黑亮。

我说："我早注意到了，你想想我是干什么的？70年代时，我在毛乌素沙漠里养过路。"

张志雄说："我从学校毕业后，先在学校教书，后在乡镇工作，光镇长、书记就干了七八年。"

我问他在学校时教什么课，他说："我教了几年高中英语。我是大学英语专业毕业的。"

我问张志雄："你现在出国用翻译吗？"

他说："太专业的不行，一般的生活用语还可以。"

我俩一路交谈着，来到乌审召镇的生态移民小区。前年我来这儿参观时，有些主体工程还没有完成，现在配套设施已经全部完成，与城市的小区没有什么区别。一个憨憨的小伙子在等着我们。他说他叫苏雅拉图，是镇政府人口转移办公室主任，主要负责社区工作。现在这个社区126户生态移民已经全部入住。

张志雄打断他说："找户人家坐着说话吧。"

苏雅拉图说："联系了几户，都在外面干活哩，就格日勒图说他老婆在家哩，他一会儿才能赶回来。"

张志雄说："老婆在家也行。找户人家就行了，肖老师也就是随便看一看。"

苏雅拉图领我们走进一幢单元楼，敲开3楼一户人家的门。一个年轻女子打开门，把我们让到沙发上，并献上奶茶。客厅内收拾得素雅干净，内置阳台上还摆放着十几盆鲜花，有红有绿，有白有粉，开得煞是好看。室内家具非常现代，摆放得整整齐齐。电视、电冰箱等家用电器也一应俱全。我一边喝着奶茶，一面打量着客厅，觉得这家女主人是非常爱美的，有生活热情。

张志雄、苏雅拉图给我讲了生态移民的情况。张志雄说生态移民的土地、草场权属不变，政府给予退牧还草补贴、退耕还林补贴，处理全部牲畜，农牧户必须全部退出来，要在这些地段建立无人区、无畜区。

他们给我算了一笔账，草场补贴每亩5元，水浇地每亩300元，大牲畜每个200元，羊每只50元。这样，转移出来的农牧户每年获得的政府政策性补贴在5万元以上。政府在移民小区免费为住户提供一套80多平方米的精装修住房，并为转移人员办理社会养老保险、医疗保险，还对转移人员进行技能培训，提供就业岗位，真正做到"移得出、稳得住、富得了"。

我问："老年人也许能住得住，青年人怕是有些问题吧？"

张志雄告诉我："实际上在草原上住的年轻人不多，大多是一些中老年人。乌审召的青年思想很开放，很多人跑在大城市办蒙餐厅，搞风情表演。蒙古人非常有音乐细胞，随便拉出一个就是歌手、乐手。年轻人很爱组织乐队，乌审召就有几个音乐组合。在深圳福田就有乌审召蒙古风情一条街。我还专门去看望过这些年轻人。留下来的年轻人就业都不成问题。"

苏雅拉图说："主要是四五十岁的这批人，工作难度要大一些。他们觉得在草原上收益也可以，怕上楼以后找不到就业岗位。"

我说："我采访过图克镇的生态移民小区，和你们遇到的情况差不多。"

女主人不时为我们倒茶。她长得白白净净的，两只眼睛很亮。苏雅拉图告诉我，她叫乌尼尔，是从查汗陶勒盖迁过来的。

我问乌尼尔："在楼上住得惯吗？"

乌尼尔说："一开始不惯，现在惯了。住了一年多，很方便。过去在家时，没路也没有电。"

我问："这里不是你的家吗？"

她腼腆地笑了。她笑起来很甜美。我夸奖她："你长得非常漂亮，非常美。"

她噢地叫了一声，笑了。我们也都笑了。

我又问："你现在用什么化妆品呢？"

乌尼尔歪着头，想着，然后说："你们自己去看！"

苏雅拉图到洗漱间看了一下，然后说："你们过来看看。"

我和张志雄走到洗漱间门口，朝里看了一眼，只见洗漱架上挤满了各式各样的化妆品瓶子，花花绿绿，琳琅满目。看得出，乌尼尔很在意自己的形象。洗漱架头顶上安着一台很大的热水器，指示灯还闪亮着。

过去，我听人们讲，草原上的牧人一生只洗3次澡：出生、结婚、死亡。这可能是夸张，但30多年前，我在毛乌素沙漠时，就7个月没有洗过一次澡。

我问乌尼尔："你回过查汗陶勒盖过去的家吗？"

她点了点头说："回过。草原上没有羊了，什么都没有了。"

张志雄说："那里是无人、无畜区，就是要封闭起来。"

我问乌尼尔："你还想回草原上放羊吗？"

乌尼尔说："想，但我的女儿要上幼儿园，要学习，这里对她来说很好，幼儿园里有很多小朋友。在家时不行，几年看不见一个人。"

在牧人的心中，草原永远是他们的家。

张志雄告诉我："社区有综合性幼儿园，还有一所小学到初中的学校，全是免费教育。还有超市、社区活动中心等配套设施。"

苏雅拉图说："乌尼尔就在社区活动中心上班。"

我问乌尼尔："和过去比，你们家的收入情况怎么样？"

乌尼尔说："过去在家时放着60多只羊、7头牛，每年收入三四万元。现在草场、水浇地补贴有5万多元。格日勒图到外面打工，年收入有4万多元。我的工作收入也有1万多元。"

我说："你是说，现在收入比过去翻了一番？"

乌尼尔说："收入高了，但花销也大了。在家时，什么都不用花钱，肉、菜、粮食都是自家的。现在吃的、喝的、用的都要花钱。"

我说:"还有化妆品。"

乌尼尔笑了。

张志雄说:"他们的水、电、暖都是政府补贴,还有12年免费教育。每年镇财政要拿出一大笔钱来补贴移民小区。"

乌尼尔说:"这里吃不上风干肉。"

我问:"超市里没有卖的吗?"

乌尼尔说:"我要吃自己晾的风干肉。"

张志雄说:"你看看,就是要你们改变自己传统的生活方式。住进单元楼了,咋晾风干肉?"

乌尼尔脸上闪过一丝迷茫。

我对张志雄说:"在社区内,能不能考虑给他们建一个晾风干肉的地方?"

张志雄说:"旗里的领导们说了,必须要改变他们传统的生产、生活方式,让他们尽快地融入到城市生活中来。"

我拍拍他的肩膀说:"不就是块风干肉嘛!走,看看你的社区活动中心去!"

社区活动中心是一幢挺漂亮的大楼,设有会议中心、图书馆、阅览室、棋牌室、党员活动中心,还有健身房。张志雄很自豪地给我一一介绍。看得出,这个英语教师出身的乌审召镇的"掌门人",是想尽快把那些在草原上生活惯了的牧人变成城里人。

但我知道,对牧人们来说,这是一个痛苦的蜕变。也许,他们还要用相当长的一段时间来品味其中的甘苦。

我在一块草原上遇到了老额。现在这块草原已经被旗、市两级规划为一块重要的水源地。为了涵养水源，保护水源，原先居住在这里的100多户牧民需要整体迁移。镇上已经为这些生态移民准备好了房子，各级干部也都在做他们迁出的工作。

老额明确表态：坚决不搬。他已经60多岁了，和老伴坚守在草原上。

现在，大学生村官塔鸽塔，一个看似很柔弱的女孩子，负责做老额一家的工作。塔鸽塔与我一同乘车。她说今天搭上顺风车了，要不就得坐拖拉机，有时还得走着去。她现在是嘎查长助理。这些迁移户都是她这个嘎查的。

塔鸽塔告诉我，已经有80%的牧户同意迁移了，剩下20多户需要做工作。老额大伯家她已经去过十几次了，给他把补贴也都说清楚了，每年有七八万呢，这可真是不少了。

"可老额大伯就是不同意，他说这不是钱不钱的事情，挺固执的。我也不着急，慢慢给他做工作呗。"这个女孩子慢悠悠地说，"比老额大伯还坚决的，我都做通了。做说服工作千万不能着急。"

我觉得塔鸽塔挺有韧性的。

我问"塔鸽塔"在蒙古语中是什么意思。她告诉我是鸽子。我说我以后就叫你鸽子吧。这个蒙古女孩子高兴地笑了。

鸽子说她上大学时是学建筑的，已经毕业快两年了。

老额和鸽子看上去非常融洽。鸽子让我们落座，勤快地给我们倒茶，就像老额的女儿一样。鸽子说："大伯常留我在家里吃饭哩！"

老额说："鸽子真是个好孩子，甚时候都不着急不着慌的。我有时跟她发脾气，她也总是笑眯眯的。你们当领导的咋给这孩子派了这么个营生？"

我说："我不是领导，就是来找你聊聊家常话。"

聊天中，老额说他有两个女儿，都出嫁了。儿子在旗里中学教书。家里就剩下他和老伴了。

"儿子肯定是不回来了，他舍不下城里。我有2000多亩草场、50亩水浇地，放着牛，放着羊，还种着地。农忙时，老两口忙不过来呢，就花钱雇人。前几年十块八块就有人抢着干，现在呢，每天出100元你还得陪上许多好话。"

鸽子笑着说："大伯，你这是前两年的价了。现在日工150元还不好雇人哩！"

老额忿忿地说："这是咋了？这沙窝窝里的人咋变得这样金贵了！"

我问："老哥，这地方过去就有这么多树木吗？"

老额说："过去这里都是沙，满地也没有一棵树。我们种树、种草、建'草库伦'、种饲料地，不就是图个人有粮，羊有料？现在树有了，草有了，饲料有了，却不让我们在这儿放羊了，要让我们放惯羊的人去住楼房！"

我问："你现在一年收入有多少？"

老额说："20多万吧。"

鸽子悄悄一笑。

老额一年有20多万的收入，着实让我吃了一惊。国家能提供他的政策性补贴才七八万元，每年差着10余万元的收入，这工作咋让鸽子给人家做呢？我都有些替她发愁了。

鸽子说："大伯，这里是市里、旗里要保护的水源地，咱嘎查的人都得上楼呢！"

老额忽然沉下脸说："我要饮羊去了。这羊能喝多少水呢？水源，水源……"

见老额气鼓鼓地，我急忙向他告辞。

鸽子送我出门时对我说："老额大伯说他20万的收入是想堵你们这些干部们的嘴。实际上哪有那么高。老人家在这里住了快70年，是舍不得离开。他说他享受不了那份不干活就拿钱的清福。老额大伯总是怕人家说他人老了，放不动牲口了……"

我问鸽子："你能做通大伯的工作吗？"

鸽子说："慢慢做呗！我把他当做自己的老人，他就是冲我发脾气，我也不能着急。"

我祝愿鸽子心想事成。

我想，正因为有无数像鸽子这样的人在默默地奉献和付出，才有了"绿色乌审"。

四、你们这是开煤矿还是建公园呢？

乌审大地以它丰富的矿藏、美丽的生态、独有的文化吸引着投资者。中石化、中石油、中煤、中国神华等央企的众多大型项目已经落户乌审旗各个工业园区。天然气、煤炭、煤化工等企业已经成为乌审旗工业生产的支柱企业。去年仅工业固定资产投资额就达137亿元。迄今为止，已经有30多家上规模的企业在乌审旗落地。这么多大企业落户在乌审旗是容易让人们头脑发热的事情。但乌审旗的决策层在加速推进乌审旗的工业化时，始终保持着清醒的头脑，始终紧绷着"生态立旗"的弦，片刻不敢放松。

用工业化引领乌审大地的生态建设，这一思路来源于乌审旗的决策层对于生态建设的独到的认识和创新的做法，那就是用"1%的工业用地换取99%的生态恢复"。他们创造了"绿色乌审"，却没有陶醉于"绿色乌审"之中。他们始终对乌审旗的生态环境有着一个清醒的认识，那就是脆弱。他们始终对隐藏在绿色之下的毛乌素沙漠心存敬畏。在生态建设面前，他们始终是如履薄冰、如临深渊，不敢有一点马虎和懈怠。他们知道，如果在脆弱的生态环境中放纵工业建设，那乌审人民千辛万苦创造的"绿色乌审"将会毁于一旦。

旗长牧人说："如果我们继续延续西方发达国家先污染后治理、先破坏后恢复的老路，那就要付出沉重的代价，甚至造成不可弥补的损失。乌审旗脆弱的生态环境决定我们必须把环境保护放在第一位，必须走新型工业化之路。"

于是，这些乌审草原的好骑手们为工业化这匹奔驰的骏马戴上了一个永远不能摆脱的笼头，那就是"99%的生态恢复"。

他们知道自己在做什么。

2011年暮春时节，我到乌审旗的黄陶勒盖煤矿采访。这是山东淄博煤业与鄂尔多斯尤士矿业公司合资建的一座国有煤矿。这座煤矿还有一个下游产业，那就是已经开工生产的年产百万吨二甲醚的煤化工企业。这就是说，这座煤矿的产品不以原煤面世，而是以煤化工产品走向市场。这座煤矿只是乌审旗循环企业中的一个。现在，人们形象地说鄂尔多斯是"产煤不见煤，产羊不见羊"。而煤化工转化是"产煤不见煤"的更高层次的转化。

黄陶勒盖煤矿的王总是位个头高大的山东人。他向我介绍说："我们在黄陶勒盖矿区规划了7个矿井，井田面积为63平方公里。现在正在打竖井。我们能看到的这个井架就是我们的主矿区。"

他说着向窗外指了指。我透过窗玻璃看到那高竖的矿井架，下面有隐隐约约的几个人影。我说："王总，你这采煤咋不见人呢？"

王总呵呵地笑了起来："我这里上的是世界上最先进的采煤机械，一个作业面最多4个工人，还是辅助工种。采煤完全依靠电脑操控。到2014年达到年产400万吨的设计要求。现在矿井、选煤场、铁路专用线都在修建之中，总投资为30多亿人民币。这里地下水非常丰富，地下3米就能见水。我们的工作始终在当地环境监测部门的监测之下，地面不见煤是最低标准。我们要按照当时进场时的承诺，完成水土保持和荒漠治理任务，为建设'绿色乌审'作贡献！我们也是乌审人嘛！"

我说："你是山东乌审人！"

"对，对！"王总更高兴了，"我们就是山东乌审人！听完刘总工的汇报，我带你们去看看我们的生态园区。"

我说："好，好。"

刘总是个瘦高的年轻人，30岁出头的样子，现在担任矿区的副总工程师。他一口纯正的京腔。我想这一定是个北京乌审人了。刘总讲着矿区的规模、现在的进度、进口的设备，还有煤矿的安全，夹杂着许多工程术语和一大堆数字。我能听懂的就是这个煤矿总蕴含量为10亿多吨，煤有8层。现在年产量为200万吨，到2014年可年产400万吨。我稍稍计算了一下，这个煤田足够黄陶勒盖煤矿开采250余年。

我对王总说："你这里可是个大富矿。"

王总连连摇着头说："按你们的话说只是一小撮撮。"

我说："是一小捏捏，不是一小撮撮。"

王总说："对，对，一小捏捏。我们这个小矿咋跟人家中煤、神华那些大央企比。"

想想这个矿，确实不大，煤炭储量还不足乌审旗探明储量的1%。

王总带我们去看他的生态园区。走了一段时间，却把我们拉到一个现代化的工厂前。早有工厂的负责人在门前等候了。王总给我介绍了这几位负责人，然后说："先参观参观这个二甲醚化工企业，这是我们煤矿的下游产品。"

这个工厂和我参观过的乌审召博源化工园区的那个二甲醚工厂差不多，也是花园中的现代化工厂，精美得无可挑剔。我想起乌审召化工园区陈主任带我参观过的人工湖，便问他们的污水是如何处理的。

王主任说："看看我们的生态园区去！"

我们驱车好久，顺着道路车爬上一座高高的沙梁，往下一看，我惊呆了，眼前竟然是一片望不尽的水面，蓝天白云倒映，满眼碧绿。微风吹皱了一湖春水，荡起碧波，轻轻亲吻着沙滩，发出哗哗的声响。天上那么多水鸟嘎哇鸣叫着，不时掠过水面，又腾空而起。面对这突然见到的景色，我陶醉了，甚至有些自责——我也算老鄂尔多斯了，竟然不知道乌审旗的毛乌素沙漠里还有这样一泓好水。

化工园区的负责人告诉我，这就是他们正在建设的生态园区。湖畔500米内都是他们正在打造的景观绿化带。这个大湖就是由化工园区污水厂处理的工业废水汇集而成的。他说："为了保证水质，经过污水厂处理好的中水先流进沙池里，由沙子进行3道过滤，然后才流进这个人工湖里。"

他带我们去参观过滤水质的沙池。

沙池里装满了碧绿的水，周边有绿绿的小草和新栽的樟子松。池边有一些人正在植树，大多是衣着鲜艳的女人。那位负责人告诉我们，这样大的沙池由高往低，一连排着3个。处理好的中水，自然流过这3个沙地，过滤后，才能汇进湖中。他告诉我，沙子有极强的净化功能。

我问他，这水面有多少亩？他笑着说："这我真说不好，因为这水面每天都在扩大。湖心岛上有个观景亭，那是最高点，站在上面可以一览全貌。"

我们沿着一条通向湖中的长廊来到湖心岛。岛上长满了绿草和树木。我们沿着一条人工阶梯向岛上攀去。那人告诉我们，这里原是一座沙山，在生态园区改造时，才把它建设成湖心岛。我们攀上湖心岛。顶上有一个凉亭，古色古香，雕梁画栋，处处显示着建设者的匠心。我眺望着，心中又是怦然一动，原来这样的大湖竟然是一连串的4个。目及之处，已是烟波浩渺，水雾蒙蒙，让人不禁啧啧直叹："真是想不到，想不到。这水面怕是有几个颐和园大吧？"

王总说了件事情。去年夏天，他陪一位内地煤矿的老总来这里参观。那老总四下看着看着，忽然瞪着大眼珠子问王总："你们这是开煤矿还是建公园呢？"

我们都忍俊不禁，哈哈大笑。

王总说："我也搞了几十年煤矿，走过全国许多地方。在这些地方，对生态指标要求最高、最苛刻的就是这'绿色乌审'。"

对此，我举双手赞成。在这里，我又一次领略了工业化治沙的威力。在"绿色乌审"的建设中，企业发挥了巨大的作用。

我发现在湖边上正在建一些四合院样的园林建筑，就问那位化工园区的负责人："那些四合院是干什么的？"

他说："那是正在建设的一所会馆，是我们尤总坚持要搞的。建好后，既是我们企业的培训中心，也可接待八方贵宾。尤总坚持要在毛乌素沙漠里打造精品。"

他告诉我们，尤总是鄂尔多斯人，与淄博矿业合资搞这个煤化工项目，就是想把家乡打扮得漂漂亮亮的，把昔日的荒漠装点成美丽的大花园。他说的尤总我没有见到，但我能感觉到这是一个对毛乌素沙漠充满热情和无限期许的人。正是无数这样的人，带领着他们的企业，在毛乌素沙漠共同谱写了一曲感天动地的绿色壮歌。

五、沙柳咋低碳了？熬茶火头子旺着哩！

说起李京陆治沙，在毛乌素沙漠也是一个传奇。本来他是一个成功的商人，在北京、呼和浩特搞房地产开发。房地产的兴隆火爆却让李京陆有些隐隐的担忧，而且，他也感到这个行业太短线，与他办企业的初衷不太合拍。李京陆是个儒商，出生在一个老革命家庭，受过良好的大学本科教育，经商前还是一个省委党校的教研室主任。他为自己身处房地产行业不能自拔而苦恼，心中总想办一个长线企业，做一件利国利民、造福社会的事情。

一天，李京陆偶然听清华大学的一位教授说："你要想长线办企业，又造福于社会，你就去沙漠里搞企业化治沙。"李京陆真的来到了沙漠，充满热情地宣称要搞企业化治沙。那时有一些骗子正在内蒙古沙漠上搞什么"万里大造林"，利用人们对绿色的美好向往和对环境的关注，上骗政府，下骗百姓，忽悠得许多人上当受骗。当地人民骂这些人为"绿色大骗子"。

李京陆来到内蒙古沙漠时，正是民怨沸腾之时，骗子们偷驴跑了，李京陆正好来拔桩。结果他遭到了沙区百姓的误解和质疑，也被人们疑为"绿色大骗子"一类的人。李京陆忍受着人们怀疑的目光，拖着一条幼时患小儿麻痹留下的残腿，在内蒙古沙漠里考察。2003年4月，李京陆决定在库布其沙漠的红泥圪台村造林，推土机、打井机呼呼啦啦上来一片，推平沙丘种杨树。他投资400多万元，一下子种了3万余株。春风掠过，小树苗长出了绿绿的嫩叶。李京陆和同事们高兴极了，以为这里会成一片林海。谁知杨树慢慢枯死了八成，原来红泥圪台土地的盐碱度高，把杨树的地下根须全烧死了。李京陆赔了400多万，在库布其沙漠结结实实跌了一大跤。

有人告诉他，沙漠里应当种沙柳。李京陆是企业家，他用企业家的眼光打量着沙漠。固沙离不开先锋树种，沙柳是固沙的首选，但沙柳的经济价值不大，除了给牲畜提供枝叶，就是烧火做饭。而且，沙柳还有3年不平茬就会死亡的自然习性，到头来千辛万苦种活的沙柳还会大面积干枯，沙漠还是沙漠。

沙柳用来造纸、做高密度板倒是还可以，而且毛乌素沙漠里也有这样的企业，但这是高耗能、高污染的行业，引进沙漠来无疑是饮鸩止渴。在李京陆的心中，他认为造纸、生产高密度板行业也是属于应该淘汰的"先锋树种"。

李京陆为沙柳苦恼时，有位英国人提醒他，可以用生物质发电。李京陆如醍醐灌顶，立即对沙柳进行试验、研究，结果让他喜出望外。每公斤沙柳的热值竟然达到4500大卡，完全达到电煤的发热需求。产生的草木灰可以做肥料，改善沙漠土壤，而且产生的洁净烟气还可以生产螺旋藻。

李京陆决定在毛乌素沙漠建设一个生物质热电厂，那时是2004年。他把厂址选在过去的"牧区大寨"乌审召。李京陆的大胆举措一下子成为鄂尔多斯热议的焦点，人们治理沙漠的思维开始发生质的改变。用工业化思维治理沙漠渐渐成了乌审旗决策层的共识。他们支持李京陆在毛乌素沙漠办电厂的大胆设想，因为这个设想符合旗委和旗政府的"绿色乌审"战略。

李京陆知道办生物质热电厂的基础是大量的沙柳资源，为不使电厂断炊就必须建造自己的沙柳基地，而打造这个基地需要对几十万亩荒漠进行整合。他必须长期租用农牧民已经承包下来的荒漠，动员农牧民建立自己的沙柳生产合作社。他告诉人们，沙柳是取之不尽、用之不竭的绿色煤炭，是国家大力支持的低碳行业，但上过"绿色大骗子"当的农牧民对他的绿色发电厂仍心存怀疑，甚至有些抵触：他租地不种沙柳咋办？种了大量沙柳卖不出去咋办？见过用煤发电的，听说过用核能发电的，可用柴火棍子发电却是从未听说、从未见过的。

"沙柳咋低碳了？"3年前，我在采访一位牧民时，说起当年李京陆要租赁他的荒漠种沙柳，办电厂，要用沙柳发电，他就嗤之以鼻，认为李京陆在胡说骗人，"熬茶火头好着哩！"

这真是难为李京陆了。李京陆盯上沙柳发电，不仅是想发展低碳经济，还因为看中了碳汇效益。他是个精明的商人，知道以后碳汇能给他带来巨大的收益。但那时的人并不懂什么是低碳经济，即使是一些领导、企业家也对之不甚了解，农牧民更认为他是说故事，忽悠人。

李京陆为打消农牧民的疑虑，提出商业化的运作方式，那就是拿出真金白银租赁农牧民的荒漠种沙柳，然后再交给荒漠承包户管护，他付管护费。等沙柳平茬后再按市场价格从农牧民手中收购。他向当地政府和农牧民保证4年建基地，2年建厂，在2008年底正式发电。

可当农牧民知道李京陆将建的是世界上第一个生物质热电厂时，本就心存疑惑的他们更疑惑了，咋看这大沙漠也不像产生世界第一的样子呀！这别是个更大的骗子吧？虽然有政府支持，但农牧民心中的疑惑不打消，他的绿色电厂还是空中楼阁。后来有高人出招，让李京陆去找乌审人民心中的治沙英雄宝日勒岱。若是宝日勒岱出面，农牧民就会相信他和他的绿色电厂不是骗人的。

李京陆终于见到了他仰慕已久的治沙英雄。

宝日勒岱不动声色地听着李京陆讲低碳、环保、经济利益链条带动沙漠绿化，还有，一个绿色电厂可为6000余名农牧民提供就业岗位，并把他们培养成永远不会下岗的为电厂服务的林业工人等。李京陆向宝日勒岱表示，他要为这个项目投入3.6亿元，而他的企业将从发电和出售碳汇指标上获得收益。

李京陆可能不知道，他眼前这位蒙古族老人早在几十年前就聆听过钱学森先生讲沙产业理论，对于产业化治沙并不陌生。她认为李京陆的设想实际可行，她支持绿色电厂的构想。听到宝日勒岱的表态，李京陆的眼睛有些发热。这位驰骋商海的男人，强忍着才没让自己的泪水涌出。

李京陆回到乌审召不久，有一天，宝日勒岱忽然出现在他的电厂，并亲手为他穿上了华美的蒙古袍，还按照蒙古民族的礼节为他献上哈达、美酒。这次，李京陆在这位让人尊敬的蒙古额吉面前，在勤劳淳厚的蒙古族牧民面前掉泪了。

谈到李京陆的绿色电厂，宝日勒岱曾对我说："那个电厂，使不起眼的沙柳成了宝贝，绿了沙漠，富了牧民。"

2008年夏天，我去过建在乌审召工业园区中的生物质热电厂。那时机组正在调试。电厂的负责人，一位瘦高的戴着眼镜的中年人十分自豪地告诉我："今年秋天，世界上第一座建在沙漠上的生物质热电厂就要正式发电了。"

我问他沙柳供给有没有问题，他说，他们已经建成33万亩的沙柳生产基地，换算成沙漠面积就是280平方公里。现在基地已经开始大面积平茬复壮。在这个基地管护沙柳的7000名农牧民，每人每年从沙柳身上平均获得1.2万元的收益。

那天我去参观了生物质热电厂的沙柳生产基地。那是沙柳组成的绿色海洋，一波接一波的苍翠一直蔓延到天边，壮观得让人说不出话来。

2011年夏天，我又走进乌审召，在一团团、一簇簇的沙柳丛中穿行。在这里我结识了牧民孟根。我问他乌审召生物质热电厂建成后，他有没有获取什么收益？孟根说："我已经给电厂管护沙柳6年了。过去是守着巴拉地上的百十多亩'草库伦'，却荒着4000多亩大沙丘。后来把这荒沙丘租给了电厂，让人家种沙柳。他们每年给我每亩3元的租赁费和管护费，光这块我每年收入就1万多元。沙漠绿了，我家还能挣上钱，这不是好事吗？"

说到这儿，孟根哈哈地笑了。他告诉我，他家还是收益小的，收益大的户能从电厂挣几十万呢！

生物质热电厂造福毛乌素沙漠中的农牧民，此言不虚。

现在毛乌素生物质热电厂已经发电近3年，累计发电1.2058亿度。治沙造林已累计完成40万亩。每年还可形成碳汇10万多吨。这个毛乌素沙漠中的绿色电厂，经济效益将会越来越显著。

乌审旗委高度评价毛乌素生物质热电厂的绿色实践，认为毛乌素生物质热电厂实现了生态建设产业化、产业发展生态化，一笔资金办了绿色能源建设、生态建设、沙区扶贫致富、循环经济、环境保护、新农村建设、西部大开发、节能减排、经济社会发展等多件大事，综合效益显著，值得总结和推广。

在毛乌素沙漠里还有一位奇人，他叫刘根喜。他一直在鄂尔多斯地矿部门工作，是地质工程师，现已年届七旬。他在沙漠里找了一辈子矿。根据他的职业敏感和对沙漠的认识，他认为组成沙漠的沙子并不是一无是处，他想解剖沙子，看看沙子里含不含矿物质成分。有人听说刘根喜要解剖沙子，想从里面找矿物质，差点笑掉了大牙，说："这烂沙子连墙都糊不成，还能有甚矿物质？"

好多人也劝他："别瞎折腾了，有这股子钻劲干点甚不好！"

老刘想的是这沙子里真要是含有矿物质，内蒙古，还有新疆、甘肃、宁夏的沙漠不都可以变害为宝了？于是，他开始了对沙粒的研究。他一次次地化验，都没有找出他想要找的东西来。他不甘心，继续做化验，在试验室里一干就是10多年。有人说他："你整日盯着沙子看，眼睛都快瞎了。"老刘的确是为化验沙子落下了眼疾。但苍天不负有心人，经过几百次甚至上千次的化验，他终于把毛乌素沙子的成分弄清楚了。原来这小小的沙粒竟是宝贝，它含有44%的长石，23%的石英砂。风积沙石英砂可以做微晶玻璃。长石是制造极品陶瓷的原料，可用于化工、医药、汽车、冶金、电子等诸多领域。每吨长石粉在市场的价格为1500元，而且供不应求，有极好的市场前景。

在老刘的眼睛里，沙漠始终是个宝贝，只是人类对它缺少认识。老刘化验成功的消息不胫而走，很快引起了社会各界人士的关注。有个办企业的人找到他要买他的专利，即老刘的化验配方，开价就是7位数。

可能那人的气派让老刘看不惯，老刘直言道："钱这东西支撑不了我的几十年研究，它对我来说够用就行。"

那人苦劝老刘："你老人家再想想，从试验室到工厂化生产，还要走多远的路，你知道吗？这得有强大的资金做支撑。"

老刘知道那人说得有道理，从试验室到工厂化生产，是要走很长的路。他听说乌审旗有一个风积沙研发中心。他想，都说乌审旗治沙治得好，现在已经摆开了阵势研究用沙，这正好与自己想到一块去了。他对这个风积沙研发中心充满了信心，觉得自己的试验将在这里得到印证和开发应用。

老刘直接找到研发中心党工委书记袁建斌，给他讲了自己发现风积沙成分的经过，并给他看了试验室分解出来的长石和石英砂的晶体。袁建斌喜出望外，他正在寻觅风积沙的研发项目。如果沙子真含有这样的成分，毛乌素沙漠可就真是一座金山了。他找来研发中心的全体成员开会，通报了刘根喜的研究结果。众人是又惊又喜，却不知道如何开发这个项目。也有人担心，试验室剥离出来的这点晶体能够实现大规模生产吗？袁建斌请示了旗委，旗委领导指示将这个研究成果通知有关部门，迅速交专业机构认定。

袁建斌和研发中心的人找到中国建材研究院。这家国内最权威的研究机构认为这项研究是首创，坦言他们过去从来没有接触过这样的课题。为了慎重起见，他们提出要对毛乌素沙漠的风积沙进行中试，就是说要在中材院的试验场里进行一次试验。只有经过了中试，得到了认定，风积沙的开发利用才有实现工厂化生产的可能。

但这需要中试经费100万元。100万元中试经费在研发中心所有项目中并不是一笔大的开支。这笔经费袁建斌完全可以自己签字支出，但是，他却召开了党委会，采取举手表决的形式来决定，结果全票通过。

袁建斌告诉我，之所以采取这种表决形式，是想要告诉党委成员，他们是在为即将拉开的工业化治沙大幕投赞成票。

一辆装满毛乌素沙漠风积沙的大卡车从乌审旗出发，开进了北京城。中试开始的那天，旗委、旗政府的领导都赶到北京参加中试开工仪式。袁建斌在这次中试中才知道风积沙的分离是多么的复杂，要经过水选、浮选、电选、重选、磁选等多种工序，还要加二氧化硅等试验材料。他此刻才真正知道刘根喜当年一个人猫在简陋的试验室里做分析、筛选是多么的困难和不容易。是什么让这位老人选择了这份坚守呢？

2008年3月，《沙漠风积沙选矿试验报告》正式问世，它首次向世界揭示了沙漠风积沙选矿和提纯后的真面目。这个报告称："根据选矿成果揭示的质量技术指标，其硅砂与长石可广泛用于玻璃、陶瓷、冶金、电子、医药和化工等工业领域作为生产原料。特别是精选后的硅砂，可作为5000多种无机硅产品和2000多种有机硅产品的工业原料，拓宽了沙漠风积沙的工业化利用，展示出了广阔的应用与发展前景。"

毛乌素沙漠有了更美好的前景。这项研究甚至可以说是为世界的工业化沙漠治理提供了重要依据。也许21世纪是世界范围内治理沙漠最有成效、最有价值的一个世纪。2010年秋天，李京陆在北京大学光华学院进行演讲时，曾经对北大师生这样讲过："在未来10到20年内，中国肯定有3~4个大沙漠消失掉。"

正是鄂尔多斯人对沙漠的执著研究，才为这一切提供了可能。

点沙成金可能不是梦。

这项研究报告激励着鄂尔多斯人开拓一个更大的治沙空间。但谁都知道，从中试实验场到工厂化生产仍然有很大的距离，尤其是这个工厂设备没有任何国标型号，也就是把试验场的设备依样扩大许多倍，建成风积沙工业选矿生产线。这存在着巨大风险，需要几亿元的投资，而这投资风险全部要由投资企业独自承担。在某种意义上来说，这也是一个试验。巨大的投资风险，使许多投资者望而却步，许多企业家观望徘徊，使这个前景极为灿烂的项目举步维艰。甚至有人对研发中心的人说，这个项目也许是给下一个世纪准备的。

这天，刘根喜和一个投资者来到了研发中心。刘根喜告诉袁建斌，这位投资者叫姚智纯，是地道的鄂尔多斯人，现在是双剑酒业集团的董事长。

姚智纯对袁建斌开门见山地说："我要在风积沙研发中心建立这条选矿生产线。刘工已经给我讲了投资风险。他说的只是工业技术设备方面的风险，我还考虑了其他风险，比如国家战略规划和产业政策的风险，能源和建材价格波动的风险等等。一切风险我都预见到了。我已经做好承担这些风险的准备。"

姚智纯是一位检察官出身的商人，已经在商海中搏杀了20年。理智、缜密、果断的个人风格使得他能在商海中纵横驰骋。

袁建斌带姚智纯去旗委汇报。这次见面让旗委办公室副主任折海军印象深刻，他记得，姚智纯与旗委领导就风积沙生产线项目本身谈得并不多，更多的是探讨对沙漠的治理、使用以及如何为人类造福，为人类赖以生存的地球负责。折海军对我说："我没想到姚总对环境的关注、对沙漠的研究有那么多独到的见解。"

姚智纯讲，世界将进入绿色工业时代，就是说要发展对整个生态系统产生积极影响的循环经济。循环发展赋予当代企业的任务就是既能最大限度地提高经济效益，又能保证和促进生态系统的良性循环与恢复。世界上许多荒漠是人类造成的，而绿色工业将使地球的创面得到恢复。

有了这样的认识高度，才使姚智纯对工业化治沙理智、清醒而且义无反顾。

2009年6月19日，以姚智纯为董事长的华原风积沙开发有限责任公司成立，20万吨风积沙工业选矿生产线、10万吨玻璃制品生产线项目在乌审旗苏里格经济开发区破土动工。

让毛乌素沙漠记住这个日子吧，这一天，工业化治沙的绿色旗帜在这里高高扬起！

这是世界上第一家直接以风积沙为原料进行工业化生产的企业。这个企业集中了中国建筑材料研究院和国内许多高等院校建材领域的专家、学者，以他们的专业知识和研究成果作为技术支撑，使刘根喜的试验结果实现了产业化。姚智纯提出了建这个企业的目标，那就是创建一个"以高科技、高效率的硅产业链为基础，以工业化治沙，变害为宝的新型生态建设开发公司"，"造福全人类"是企业追求的终极目标。

2011年仲春时节的一个春风和煦的早上，我来到苏里格开发区，参观正在建设的风积沙选矿生产线。袁建斌对我说，为建成这条生产线，风积沙研发中心已经投入1000多万，而姚智纯已经投入3个多亿。

我看着这个新建的厂区，巨大的车间以及里面的生产线，还有堆放在地上未开箱的各种设备，觉得姚智纯就是一个敢于吃螃蟹的人，心中产生了深深的敬意。

袁建斌说："这条生产线已经开始倒计时了，可离开工越近，我遇到的难题越大。你说这风积沙是属于矿产呢还是说不清的什么？应该是归矿产部门管理呢还是归林业部门管理？"

我说："现在应该归矿产部门管吧？"

袁建斌说："我问过矿产部门，矿产部门管理的矿产名录中没有风积沙。还有，这条生产线的选矿能力是年选100万吨。削平100万吨风积沙，就等于平整了750亩土地。照这个速度推进下去，乌审沙漠不久就会变成大片平原，为发展现代化的农、林、牧业提供了条件。问题是现在我控制的风积沙很少，开发区内只有一个国营林场里还有一些明沙，我让他们千万不要搞绿化了，等着下线吧。"

我说："几年了，我就在毛乌素沙漠里找大明沙，可我始终也没有看到。你这要是一开工，恐怕再也见不到大明沙了。"

不一会，这两条生产线的负责人走过来。两人都是高个，只不过一胖一瘦。瘦高个是风积沙项目的负责人。他对我讲："现在我们正在安装设备，生产线的主要部分已经全部安装到位，正对辅助设施进行安装。安装的难度主要是非国标设备，我们没有经验。生产线是中国建材研究院设计的，得不时请他们做技术指导。姚总对我们的要求是今年年底开工生产，现在看来没有问题。"

我问："配套的10万吨玻璃制品生产线呢？"

胖老总是位山东人，他瓮声瓮气地说："那是成熟的生产线，早已经安装完毕。我现在就等着姚总的生产线开工了。"

我问："你与姚智纯熟悉吗？"

他说："我们认识不止10年了。姚总'双剑酒'的玻璃酒瓶都是我供的货，我就是造玻璃的。我相信姚总。他说他要治沙，我也跟着出力，一块在沙漠里挖出个大金娃娃。"

他说着呵呵地笑了起来。

他听说我是个作家，问我："我们山东的作家莫言你认识吗？"

我说："认识啊，我们是同学。"

他说："前两年我们县里的书记请他吃饭，我作陪。我这儿开始生产了，我一定让我们书记请他来剪彩。到时，你也来啊！"

我愉快地答应了。

这位大汉还要留下我的手机号码，看来是一位极其认真的人。

参观结束时，与我同行的折海军说："可惜这次没有见到姚总。你听听他对生态治理和工业化治沙的见解，对创作准有好处。"

我回过头看着这巍然屹立在沙原上的厂房，感到眼前这巍峨的现代化厂房就像姚智纯的化身，沐浴在温暖的春风之中，正在向我娓娓叙说着毛乌素沙漠的春天。我想，工业化治沙的春天就是这样悄悄地降临在毛乌素沙漠里的。

驱车行进在绿意浓浓的乌审大地上，我们的汽车就像一叶小舟穿行在茫茫的大海之上。许多新建的厂房耸立在泛着绿浪的沙丘间，从我的眼前一一闪过，就像一艘艘小船与我们擦肩而过。

这还是毛乌素沙漠吗？我又一次问自己。

我反复这样地问自己，是因为在我的心中始终存在着对毛乌素沙漠的敬畏。它真的就在我的脑海里，只要想起它，漫漫黄沙就会挤满我的记忆。我曾看过一个资料，讲毛乌素沙漠的地层基底是由白垩系和侏罗系的紫红色、青灰色、灰色砂岩组成，厚度达600米以上。其结构松散，质地粗疏，极易风化成沙。基层上面覆盖着5米厚的第四纪河湖的冲积物，经过千万年的风吹雨打，以及垦荒、放牧，深埋的砂岩已经裸露于地表。

在鄂尔多斯的沟壑间，到处都能看到这种紫红色和青灰色的砂岩。我曾取下一块裸露的砂岩，用手捏一捏，砂岩就碎了。有专家断言，这是毛乌素沙漠的主要成因。就是说，毛乌素沙漠的绿色植被下，除了地上原有的沙漠，地下还沉睡着足有600米厚的潜在沙漠。假设我们稍有不慎，这头睡狮会不会在哪一天被我们惊醒呢？

我真的有些担心，乌审旗迅猛的工业化、城市化会不会唤醒地下的沙漠？这头凶恶的睡狮会不会在某一天就地十八滚，站起来，抖落掉身上的绿色，恶狠狠地扑过来呢？

许多人同我有一样的担忧。

就这种担忧，我请教过一位旗领导。我问他："假若把隐形的毛乌素沙漠比作一头睡狮，如何让它像一只温顺的睡猫，静静地安卧在天、地、人共同铺就的绿色绒毡上呢？"

他笑了，讲了这样一段话："我们现在的生态建设成果，凝聚了几代乌审人的心血，来之不易，弥足珍贵。当前，我旗仍然是生态脆弱地区，处于经济发展与生态建设的两难境地，稍有放纵，沙化的历史悲剧就会重演，工业化的污染更会贻害无穷。为了巩固'绿色乌审'的建设成果，我们会坚定不移地走生态文明之路，始终坚持生态优先，围绕生态发展经济，依靠经济发展促进生态文明。我们要让生态环境风险评估机制常态运行，上项目、办事情都要充分考虑生态环境的承受能力。决不以牺牲环境为代价换取经济一时的快速增长。算大账就是算细生态账，决不干向子孙后代'征税'，转嫁生态隐性负债的蠢事。"

听完这段话，我折服于他的清醒。

中国科学院李文华院士来到毛乌素沙漠，参观乌审旗的林业生态工程。看到昔日的荒原上长满了3~5年树龄的油松、樟子松，他知道鄂尔多斯在大规模发展乔木，这让他非常关心用水的问题，一再询问在培育初期到底要用多少地下水。他提醒道，这里的水太宝贵了，一定要注意区域水资源在工业、生活和生态建设各种需求之间的总体平衡，摸清楚家底，监测动态变化。

听完有关部门的汇报，这位长期从事森林生态、自然保护、生态农业与农林复合经营、生态经济研究的老科学家感慨地说："应该看到，中国的生态建设做出了世界都应该向我们致敬的成绩。"

2010年，一个由数十位国内防沙治沙、环保专家组成的调研组来乌审旗多次实地详细考察后，提出了一份《乌审旗生态建设模式调研报告》。这份调研报告问世后，引起了生态学界的高度重视。

国家林业局防沙治沙办公室副主任王信建认为："毛乌素沙地的生态治理之路不仅为当地人民带来了丰硕的回报，也为我国沙尘暴治理作出了有益的贡献，是世界治沙史上的宝贵财富，值得深入研究、总结。"

中国工程院院士尹伟伦说："这个模式包括一切经济建设坚持生态优先原则，使生产活动与生态建设相互促进、和谐发展，形成独具特色的沙地绿色经济，依靠绿色经济发展促进当地社会整体升级，进而构筑起新时期在西部地区脆弱的生态环境下，县域经济富民强区的基本体系。"

中科院院士唐守正认为，这一体系的特征是：在西部脆弱的生态环境中，经济建设须在"生态优先，绿色发展"的原则下谋求富民强区；努力消除经济发展中高能耗、高污染、高投入、低效率的落后发展模式，以"集约化、低能耗、可循环、低投入、高产出"的特点进入高级发展阶段；全社会树立起"生态优先、绿色可持续发展"的理念，放弃短期利益的诱惑，确保子孙后代共享生态建设财富。

的确，像这些专家们所说，在土地面前，人类必须学会节制自己的欲望，千万不要在土地的身上索取太多。一种生态文明的确立绝非一朝一夕之事，恢复生态，维护生态，人类永远在路上。

2008年1月19日，胡锦涛总书记在看望钱学森老人时，兴致勃勃地谈起了最近对鄂尔多斯的视察。总书记高兴地对钱学森说："前不久，我到鄂尔多斯市考察，看到那里的沙产业发展得很好。沙生植物的加工搞起来了，生态正在得到恢复，人民的生活水平也有了明显提高。钱老，您的设想正在鄂尔多斯变成现实。"

我们的先人造出个毛乌素沙漠，今天我们要做的事情就是把绿色的毛乌素沙漠传留给后人。当代乌审人既为先人还债，又为后人播绿，勇敢地承担着历史赋予的绿色责任。我知道，乌审儿女要走的绿色担当之路还很长，任重道远啊，英雄的乌审儿女！

尾　篇

想起了郭小川

在采写"绿色乌审"的日子里，我经常想起诗人郭小川。对这位文学先辈的尊敬，不仅在于青少年时期曾受过他创作的诗歌的滋养，喜欢他那豪气干云的澎湃激情和朗朗上口的动人辞章，还在于他在20世纪60年代中期曾深入乌审旗的乌审召公社采访，并撰写了华章。

谈起郭小川，宝日勒岱给我讲："这人在乌审召待了4个多月。"

有回忆文章称，宝日勒岱是在郭小川来乌审召后才加快汉语学习速度的。那时，郭小川是大诗人，担任过中国作家协会党组副书记、秘书长，他的身边总是有一群人围着他谈笑风生。可惜那时的宝日勒岱汉话水平不高，听不懂这些大文化人在说什么。就是从那时起，聪敏好学的宝日勒岱加快了汉语的学习。

郭小川采写了长篇通讯《牧区大寨——乌审召》，发表在《人民日报》的头条位置上，再加上《人民日报》的社论，一下子把地处毛乌素沙漠腹地的乌审召推到了全国人民面前，成为全国人民学习的榜样。

在寻访毛乌素沙漠的日子里，在梳理我国的治沙史时，我觉得，引起全国对土地荒漠化治理关注的是郭小川那篇文章和对"牧区大寨"乌审召的宣传，那是肇始之作。郭小川写完《牧区大寨——乌审召》后仍难捺创作冲动，又写了长篇报告文学《英雄牧人篇》，足足有3万余字，发表在1966年春天的《内蒙古日报》上。

我在采写"绿色乌审"的日子里，找到了这部报告文学，仔细研读完后，我觉得郭小川身上有深深的蒙古情结。他对蒙古族谚语的掌握，对蒙古族生活细节的把握、描述，都让人折服。后来，我才知道郭小川出生于原蒙、满、汉混居的原热河省丰宁县（今河北丰宁满族自治县），30年代初避日祸随全家迁居北平。青年时，曾就学于北平的蒙藏学校，而且还给自己起了一个蒙古族名字克什格（吉祥）。

郭小川在这部报告文学中写了在茫茫沙漠中寻找绿色时的焦虑和不安，以及见到苍黄大漠中乌审召这块绿洲时的兴奋和喜悦。郭小川写乌审召移栽沙蒿、植树、铲醉马草、切草皮、开砂石、建"草园子"（"草库伦"）；牧民学种地、学打井；"草园子"内还有一眼自流井，人们用它推动水磨、水碾；人民群众抗旱、抗洪；牧民学习毛著，争做"老愚公"、"女愚公"、"小愚公"……他笔下的人物不下四五十个，可见郭小川采访的认真态度。

诗人被"草园子"的景色所陶醉。他在报告文学的第一章"胜天图"中写道："这水色风光，使我们一下子想起了江南的水乡。然而，我们在江南水乡也没有见过这用围墙围住的田园，只有大城市的某些大公园可以与之相比。"

这是一部用文学记录的"牧区大寨"乌审召的治沙史。40多年后再读，更感到这部报告文学的珍贵价值。遗憾的是，现在很少有人知道郭小川与"牧区大寨"乌审召的渊源，就连"牧区大寨"展览馆也没有郭小川先生的半点记录。我跟乌审召镇的党委书记张志雄谈起，他也是头一次听说郭小川这样的大诗人还与乌审召有关系。我提议他们给郭小川先生塑个像，这样可以增加乌审召的文化内涵。他说："好，好。"

40多年后，我被"绿色乌审"所感动，沿着郭小川先生的足迹开始我的毛乌素沙漠之旅。同是寻找，他在寻绿，我在寻沙。40年前郭小川感叹："哦，简直是一片无边无际的沙海，浊浪般的沙丘一直冲向天的尽头……"他在毛乌素沙漠里寻找到了只有大城市"某些大公园可以与之相比"的乌审召的"草园子"；而我在"绿色乌审"寻找两年有余，驱车数千公里却未在毛乌素大地寻找到一处"一直冲向天的尽头"的"浊浪般的沙丘"。

　　毛乌素沙漠，你在哪呢？

　　我在乌审大地苦苦搜寻着，许多接待过我的朋友、农牧民、基层干部和地方官员都知道我在寻找大明沙。我总是问他们一个问题："你知不知道附近有没有很大的沙漠？"他们都说："有。"但我问究竟在哪儿时，他们却又回答不出来了。

　　这样的事情我遇到了许多。

　　我有时也问自己，我真的是在寻找毛乌素沙漠吗？好像是，又好像不是。实际上我也知道，我只是在寻找这个过程，记录这个过程。当年郭小川寻绿也好，我现在寻沙也好，都是在寻找、记录这个过程。

　　后来，我索性就住在无定河边，静下心来记录这个过程。

　　我住的这个地方叫巴图湾，它本来是无定河的一部分，后来修了个大坝，利用水力发电，有点三峡的味道。我住的萨拉乌苏宾馆就建在巴图湾的南岸，透过房间的玻璃，窗外就像一幅好看的水墨画。清澈的无定河水，奇幽的萨拉乌苏峡谷，还有层林尽染的毛乌素沙漠，活灵灵地呈现在我的眼前。巴图湾的早晨常常浓雾弥漫，水雾不时在林中飘浮转动，有时浓稠得只能让人看见沙梁顶上的片片树梢。我时常坐在房间里，呆呆地看着大团大团的水雾在无定河北岸的树林间穿梭。林木苍苍，雾水蒙蒙，还有细蛇一样的小道盘旋在毛乌素沙原上，在草丛中时隐时现。我常常呆看到阳光透射，水雾渐渐散去，北岸的毛乌素沙漠现出一片青翠。水碧天蓝，我能看到晶莹的水珠在草尖上颤颤滑动……

　　这还是毛乌素沙漠吗？

　　巴图湾的老乡们告诉我，无定河两岸是大沙漠最多的地方，殷玉珍、乌云斯庆、盛万忠、牛玉琴这些全国绿化模范就诞生在这片大沙漠里。我想，了，大约有三五个足球场大小，而且，还是一座孤立的沙峰，没有丝毫"浊浪冲天"的气势，就像是一只木呆呆的狸猫，静静地趴在无定河的南岸。在绿地蓝天的映衬下，黄黄的沙子发着金光，显得特静特美。

花花问我："是块好明沙吧？"

我笑笑，说："是块好明沙。"

燕飞泉说："人家肖老师是想找块大沙漠，就是那一眼望不到边的，就像咱这地方过去那样的。"

花花说："过去那样的？这人咋敢想来哩！"

花花忽然笑了起来。

晚上吃饭时，我们还在说这件事情。

张嫂悄声地说："我家掌柜的骑着摩托车，开着船，在河两岸来回地找。"

我知道张嫂家掌柜的是巴图湾水库护鱼的，他的任务就是巡河驱赶偷鱼的不法分子。这河道有几十公里长，每天早起晚归十分辛苦。

小高问："找见了没有？过去这两岸明沙多的……"

张嫂笑着说："找到了甚？我家掌柜的冲我吼：'这林草茂密得连盗鱼贼都藏得下，你让我上哪去给他找大明沙！'"

我们哈哈笑了起来。

笑着笑着，我竟然笑得连泪水都溢了出来，说："找到了，找到了。"

他们不解地看着我。

我说，我要寻找的毛乌素沙漠就在乌审儿女的记忆里。

2011年夏初稿写于无定河巴图湾水库
初冬定稿于内蒙古鄂尔多斯市东胜区

郭小川先生若是看到毛乌素沙漠这般变化，不定会起多大的诗兴呢！但在40多年前，看着这"浩浩乎平沙无垠"的毛乌素沙漠，诗人也停止了想象，开始严肃地计算一道数学题，那就是治沙英雄宝日勒岱们何时才能把乌审召沙漠栽遍沙蒿、沙柳。

"乌审召人告诉我们，如果按这七年来的速度，大概要三百年。"郭小川在文章中感慨道，"哦，三百年，如果三十年按一代计算，整整十代！"

这还是在革命干劲冲天的乌审召公社。郭小川感慨乌审召人为后代造福的气魄和宏谋通虑的英雄胸襟，也希望乌审召的后代在治沙上能用上"我们这一代所缺少的机械、原子能之类的东西"，以加快治沙的速度。

300年太久，郭小川的希望终于在40年后的乌审大地变成了现实。于是，在"绿色乌审"的毛乌素沙漠里，才出现了我这样执著的寻沙人。

"沙漠还用找啊？"萨拉乌苏旅游区管委会的几个小青年几乎都是在无定河两岸的毛乌素沙漠里长大的，他们对我的异行感到奇怪，"这人咋跑到沙漠里找沙漠来了？"

秘书小高是刚选调进管委会的一位中学历史教师，20多岁，和我儿子的年纪差不多。

他对我说："肖老师，我常带学生们在大沙梁上溜沙玩，我们那儿大明沙有的是。"

我说："是吗？"

过了几天，他有点懊悔地对我说："肖老师，你说得不错。我开车看了好多处，大明沙全让草和树盖住了。我咋觉着眼前都是大明沙，就像前两天还见过的……"

我拍了拍他的肩膀说："我找了两年多了。也许，我们对沙漠的记忆都会出现偏差。"

那天，我们在管委会食堂吃饭。食堂是一所简陋的农居，在萨拉乌苏宾馆后门的马路口。马路对面就是巴图湾村。厨师张嫂就是巴图湾村人。她平时都把食堂整理得干干净净的，农家饭手艺很好。

张嫂对小高说："你们学校是在乡政府那块，哪来的大明沙！回头我叫我家掌柜的顺河岸帮你找一找。"

我笑了，群众发动起来了，看来巴图湾村的群众要帮我寻沙了。

小高说他从小就在无定河两岸玩耍，那时就顺着大沙漠往河沟里溜。河边的沙滩上全是晒盖的王八，水草丛里还有许多小虾。现在王八不多见了，小虾还有的是。

我说："小时候我在河北保定老家的时候，家门口就是大清河，有船只直通白洋淀。那时河里边小鱼小虾多了去了。我们在河里用小笊篱捞，一会儿就捞一洋瓷盆。回到家里，我妈炸了给我吃，真香啊！"

我想起了妈妈炸的小虾。

张嫂笑着说："看肖老师馋得咽口水哩！"

人们都笑了。小高看着我。

晚饭的时候，满屋透着香气，餐桌上摆着一盘红通通的炸小虾。张嫂告诉我，这是小高大中午跑到河边水草丛里捞来的。

我问小高："虾好捞吗？"

小高说："我找了个细筛子，在河湾水草多的地方，捞了这么几筛子就回来了。找不到沙，我还逮不住虾啊！"

我不禁大笑，尝了一口小虾，果然清香无比，细品，还有一丝青草与河泥的味道。

这天，管委会来了几个客人，都是在我这两年来采写"绿色乌审"时结识的苏木和镇里的领导，说来算是熟人了。管委会的领导便邀客人们去无定

河边的花花鱼馆品尝巴图湾的鱼。我去年在无定河南岸采访时，曾在这个鱼馆吃过几次饭。女老板花花一见我就说："肖老师，去年你不是要我帮你找大明沙吗？我可是给你看下了一片大明沙。"

我问："在哪？"

花花说："双降沟，明天下午我带你去看明沙。"

双降沟我还不太熟悉，但我知道就在无定河的南岸，似乎离巴图湾村不太远。这几个在无定河两岸主政的镇、苏木的领导都说没错，双降沟是有片大明沙。

第二天下午，小高开车，管委会的副主任燕飞泉陪我去双降沟看大明沙。我们去花花鱼馆接上了花花。花花高兴地对我说："去年我就给你打探上了，那可真是一片好明沙。"

车在无定河南岸的沙原公路上走着，闪入我眼帘的大都是一片一片的樟子松育苗基地，还有果园、葡萄园以及起伏的草场、林地。花花指着路，车走着走着，往西拐进了一大片树林里，沿着林中一条细细的沙土路七拐八拐地穿行着。我摇下车窗，夏风轻轻地扑了进来，顿感一阵透心的清爽。我望着密匝匝的树林，眼前是无数在风中晃动的枝条树叶，耳中净是风掠树叶的飒飒响声。

花花说："出了这片林子地，就能看见那片大明沙了。"

车子出了树林，看见一片非常开阔的庄稼地，有几台高高的喷灌机在庄稼地里转圈，喷出一团团水雾，在阳光的照射下，出现了一个个绚丽的彩虹。小高说这喷灌机是进口的，100多万元一台，人可得好生侍候。

花花指着不远处一处农舍说："那是我二爷爷家。过了我二爷爷家，就看见西南那片大明沙了。原先这里也是大明沙，和那沙连着哩。"

过了那家农舍，往西南一看，果然看到了一片明沙，只是片有点太小